孤寒的山水

李士平　著

陕西新华出版
陕西旅游出版社
·西安·

图书在版编目（ＣＩＰ）数据

孤寒的山水 / 李士平著. -- 西安 ： 陕西旅游出版
社，2025. 5. -- ISBN 978-7-5418-4678-6

Ⅰ. I267

中国国家版本馆 CIP 数据核字第 2024U9S675 号

GUHAN DE SHANSHUI

孤寒的山水　　　　　　　　　　　　　李士平 著

责任编辑：韩　双
出版发行：陕西旅游出版社
　　　　　（西安市曲江新区登高路 1388 号　邮编：710061）
电　　话：029-85252285
经　　销：全国新华书店
印　　刷：西安友诚印务有限公司

开　　本：880mm×1194mm　　　1/32
印　　张：10
字　　数：233 千字
版　　次：2025 年 5 月　　第 1 版
印　　次：2025 年 6 月　　第 1 次印刷
书　　号：ISBN 978-7-5418-4678-6

定　　价：68.80 元

序　言

　　唐人孟郊，四十六岁进士及第，跨马长安，诗"春风得意马蹄疾，一日看尽长安花"。余年古稀，将所历山水，撰一游记，曰孤寒的山水。书将面世，虽谈不上春风得意，也获晚年之喜。喜之余仿南宋词人辛弃疾词《贺新郎》填一词。贺吾书将版，慰吾心之悦：

　　甚矣吾衰矣。每晨时，明城墙下，习趟太极。春花秋月梅飞雪，又度一年四季。鬓如霜，更珍桑榆，孤灯锥刺词与字，报喜讯拔筹下无锡。汇诗友，畅文心。

　　胸前奖杯尽得意，似唐人，看尽都花，风疾马啼。越溪深处鼋头渚，尽是吴侬软语，起豪兴，击棹歌之：东岳常迭帝王觐，风烟里，历历皇家去。吾虽衰，却飘逸。

2024年8月

目　录

第一章　情系桑梓

第二章 寄语他乡

第三章　名楼记游

第四章　散记域外

第五章　永恒记忆

第一章　情系桑梓

　　泡馍只有在家乡的馆子里才能吃出正宗的味道，因为这个味道里有着浓浓的乡愁。

皂　河

从西安昆明路西行，不远，就到了西三环。路上有一座桥，叫石桥。过去，这个地方叫北石桥。桥下的公路上，车辆来往穿梭，络绎不绝。公路两边，高楼林立，一派大都市的繁荣景象。公路边有一条河，叫皂河。我记忆中的皂河，水是清亮的，它像一条银色的缎带，曲曲折折的，从南向北蜿蜒。水里生活着众多的水生物。河堤上长满绿草、野花。河两岸的大地，演绎着春华秋实，变换着春夏秋冬。因此，我就萌生了一个想法：写一篇回忆皂河的文章，为我的童年，为皂河的过去，也为那些没有见过皂河本来面目的人们，更为那些时常笼罩在雾霾里，很少见到蓝天、星星的孩子们。

我5至7岁时，父亲在昆明路西段的西安化工厂工作。当时，厂里没有家属宿舍，父母在厂南边的牟家村租房住。村的南边就是皂河，它自东向西流，绕一个大弯，到村西边，再北行流入渭河。

我第一次见到皂河时，大概5岁。那一天母亲领着我，怀里抱着我的大弟弟，我们去皂河南边的鱼化寨看医生，是给我，还是给弟弟，我不记得了。我们沿皂河北岸东行七八里路，过一座桥，就到鱼化寨街道了。

那天，正值夏日，太阳热辣辣的，妈妈让我拽着她的衣角，和她并行，用她的身影为我遮蔽毒热的阳光。而我老是和她错前错后地走，想更广阔地张望皂河。

皂河的河床很平，水面距河堤一米左右，河面宽度大概20多米。河水平缓，流得无声无息，在阳光下，闪烁着细碎的波纹。河堤上长着茂盛的野草，草丛里绽放着五颜六色的野花，有一种红颜色的花，形似喇叭，村里的小伙伴叫它打碗花。说摸了它，回家吃饭就会打碗。所以，我一见到它，心里就会生出一丝恐惧。随着脚步声，草丛里不时惊起蚂蚱，蹦起来，又落下去。有一种虫子是绿颜色的，筷子粗细，一指头长，头尖尾细，我们叫它扁担虫。它会飞，惊起来能飞出四五米。离水近些的草丛里有青蛙，一听到脚步声，它们就扑通扑通地跳入水里。河对面的几棵柳树，阻了阳光，在地上铺了一片阴影。一头白色的母山羊，在阴影里静静地卧着，嘴不停地咀嚼着。它的身旁有两只羔羊，不知疲倦地嬉戏，时不时地跃起前腿，做出抵架的样子。一群野鸭嘎嘎叫着，在水面上打着扑腾。有水鸟时不时地掠过，像出弓的箭，速度很快，霎时便远去了。蜻蜓也在飞行，大一点的，身子比小拇指细一些，头粗过身子，眼睛很大，据说，它的视野有360度，通体绿麻麻的，我们叫它绿豆蚂螂。比绿豆蚂螂小一些的是通身红色或蓝色的蜻蜓，再小些的只有火柴棒粗，它们的翅膀几乎和身子一样长，休息时，翅膀可以合起来附在身上。好多年以后，我才知道这种小蜻蜓的学名叫豆娘，多好听的名字啊。

河岸两边是一望无际的麦子，麦穗青中吐着微黄。静静地站立着，凝聚着力量，预备走向最后的金黄。

看完医生，我们返回时，天突然变暗了，太阳收了它的光芒，躲进了厚厚的云中。浓浓的乌云罩了皂河，空中没有一丝风，气压很低，潮湿闷热，令人窒息烦躁。河中的鱼也变得狂怒，此起彼伏地跃出水面，一条条地有一尺来长。河面上空聚集了许多燕子，来回翻飞穿梭。河里的野鸭停了嬉戏，浮在水上，伸直了脖子，嘎嘎地叫。水边的青蛙、草里的虫子也呱呱呱、啾啾啾地叫着。一道闪电划过长空，紧接着就传来一声炸雷，整个河面突然安静了。但没几秒钟，野鸭、青蛙、昆虫惊恐的狂叫声再次响起来，黄豆大的雨点落了下来，翻飞的燕子突然就没了踪影。母亲拉着我紧走几步，进到一个瓜棚里躲雨。

稀疏的雨点越来越密集，一场暴雨终于铺天盖地落了下来。雨点坠在河里，水面泛起无数的水泡。此时，万籁俱寂，唯有雨水痛快淋漓地哗哗响着。十几分钟后，雨戛然而止，乌云散去，太阳复出，生出一道彩虹。一半在空中，一半在水里。一只捉鱼的鸟，逮了一条小鱼，叼在嘴里，拍翅升空，钻入彩虹。

1960年，我六岁。父母有了他们的小儿子，因母亲奶水不够，父亲就买了一只奶山羊，给他的小儿子补充奶水。我便每天和村里的小伙伴一起去放羊，这就给了我更多亲近皂河的机会。出村向南走，有一片苜蓿地，苜蓿是村里大牲口的饲料，春夏秋是不能在这里放羊的，冬天可以。

快乐的日子是在夏天。我们赶着羊往西，走二三里路，就到了皂河边。皂河在这里河床又宽了一些，水流更缓慢了。河堤上，杂草丛生，高一点的像是芦苇，小伙伴叫它羽子，长得稀稀落落的。杂草里也有可食用的植物，比如野蒜、野胡萝卜、灰灰菜、人汉菜。野蒜头都很小，没有食用的价值，它的叶茎才是我们的最爱。晚春初夏，一场雨水过后，野蒜苗青翠欲滴，一丛丛的，嫩绿嫩绿的，有半尺来高，我们一把一把地薅下来，回家交给母亲做饺子馅。虽是蒜苗，却没有一丁点蒜的味道，是比韭菜温和很多的辛辣，鲜美极了。灰灰菜、人汉菜，我们也采回去，或做凉菜，或晒成干菜。河水边长着野芹菜，比人工种植的芹菜小很多，那味道却更鲜香，是烹调凉菜的上品。前几年，我爬秦岭山，在一农家乐吃凉皮，配菜就是野芹菜，那味道鲜美极了。那种时隔多年的小时候的味道，一下子就将我的思绪拽回到遥远的童年。皂河这一段河水平缓，近岸的水里长了水草，一条一条的，像柳树的枝条随着水流摇摆。河边的泥里，有拳头大小的洞，手伸到里面往往会摸到泥鳅，抓出来，滑溜溜的。随我们放羊的狗，就撒了欢，围着我们转，泥鳅便成了它的美餐。

和我们一起放羊的一位老汉，经常脱得赤条条的到河里游泳。他把黑粗布裤子的裤腿扎住，浸透了水，然后，抓着裤腰，从头上往下猛一掼，空气聚在裤子里，鼓成一个 V 形，他抱着 V 形裤子，在水里扑腾。但一会儿，裤子就泄了气。现在想，他也就是会两下狗刨，没什么泳技的。上岸后，他用一根竹竿，穿了裤腰裤腿，在空中旋转，甩尽了水，放在草地上晒。

河堤不远处，有一片树林，全是榆树，中午，太阳毒辣时，我们就躲进树林里歇凉。羊也嫌热，停了吃草，卧在我们旁边，嘴却在不停地咀嚼。

羊的肚子撑得滚圆滚圆的时候，老汉的裤子也干了。太阳褪去了霸气的毒热，留恋在西边远远的地平线上，温柔的余晖洒向大地。蓝蓝的天空里，几朵白色的云，被染成了红色。于是，波光粼粼的皂河、静静的榆树林，也都变成了红色。羊群在头羊的带领下，不需我们驱赶，在夕阳的余晖里，向家的方向走。头羊的脖颈上戴着一个铜铃，随着摆动，发出清脆的声音。我们将皂河留在了身后，突然，就听到了几声蛙鸣。待到月上柳梢、星斗满天时，皂河就会蛙声一片，虫鸣不绝，蝙蝠穿梭。皂河就成了它们的世界、它们的天堂。

我八岁时，随父母迁居北窑头，这里离皂河不远，但一晃几十年，再没去过那里。但我有一个夙愿，就是想知道皂河的源头。

在写这篇文字时，我上网查了皂河。原来，皂河是西汉初期修建的一条人工运河，过去叫漕河。分流于樊川附近的潏河，流经长安韦曲、杜城、申店进入西安市区，经丈八沟、鱼化寨、北石桥、三桥镇、六村堡，至草滩入渭河。皂河流经汉长安城西南角时，阻断了汉长安城西去咸阳的道路，人们就在那里并排修建了三座桥，中间一座较大，是皇帝的御用桥。左右两座小一些，供老百姓使用。所以，这个地方后来就被叫作三桥。

哦，儿时的皂河，我儿时的美丽记忆，我儿时快乐浪漫的天堂， 我儿时多彩多姿的童话世界。你，还能再回到过去那清秀优雅、温柔贤淑的样子吗？

老　河

　　小时候，家旁边有一条河，叫防洪渠。从防洪渠向南一公里，还有一条河，河龄比防洪渠老很多，所以叫老河。老河老，却青春活泼，不像防洪渠不爱运动、老态龙钟。它比防洪渠细瘦很多，蜿蜿蜒蜒地从远处来，又蜿蜿蜒蜒地向远处去，就像一个有着黄蜂腰的窈窕少女，袅娜地来又袅娜地去。

　　老河的水是季节性的，冬春时，水流足，将河床填得满满的，河水终日从南向北流淌，由于水深，就呈墨绿色。开春后，天一天一天地暖和，水也一天天地落下去。等我们穿上背心裤衩子去看它时，水已降到了我们的小腿肚上。这时，我们就去水里捉一种鱼，鱼拇指大小，身上有五种颜色，我们叫它五彩鱼。捉鱼的工具很简单，用一块铁纱网做了扁的笼子，放在水里，在网的上方用竹棍击水，将鱼往下赶，待笼子提出水面，就看到鱼在笼子里蹦跳，太阳光下亮晃晃的。我们将鱼放在早已备好的器皿里。小伙伴的器皿五花八门，有的是罐头瓶子，有的是铝饭盒，有的甚至是家里的洗脸盆。捉一阵鱼，玩尽了兴，捧了器皿回家，一路上小心翼翼，生怕摔了器皿，渴死了鱼。回家将器皿摆在屋里惹眼的地方，搬条凳子坐在跟前，看鱼游来游去，身体泛着五彩艳丽的光，心里别提多舒坦了。五彩鱼虽然好看，却很难养。睡一夜，早上去看，都翻了肚皮，一命呜呼了。父亲说，罐头瓶子小，鱼缺氧死了。父亲就用废铁皮折成角铁，做了一个长方形的骨架，装上玻璃，便成了一个漂亮的鱼缸，我再捉了鱼就放在里边。第二天早上，满心欢喜地去看，哪承想，鱼又死了。我问父亲，父亲想了想说，五彩鱼长在活水里，可能不适应鱼缸。天再热时，老河的水就更浅了。在我们捉鱼的下游一点，由于地势的落差，河道上修了七八级台阶，被称作跌水。水从跌水上哗啦啦地响着流下去。这时，我们已经没了捉鱼的兴趣，赤了膀，穿着大裤衩，坐在跌水上，被水一级一级地冲下去，再返回来，又冲下去。我们称之为坐飞船。伏天到来时，老河就时常断流了，低一些的地方存了水，水里不仅有五彩鱼，还有泥鳅、虾米和鲶鱼。鲶鱼嘴两边长着长长的须子，我们叫它鲶胡子。河里还有水草，水草像柳条，随着水流摆动。河床干涸时，水草就伏在河底，再有水来，它又挺起腰摇摆。老河的水里有着鲜活的生命，有着鱼虾的快乐，有着水草给鱼虾做森林。老河的岸上，也有着无尽的生机。岸两边是一片片的农田，农田里多种蔬菜，低的是青菜萝卜，高的是黄瓜西红柿，长长的蔓攀在竹子编的人形架上。总有蝴蝶、蜻蜓、燕子在菜蔬上飞来飞去。河堤上是硬土的道路，向南通向鱼化寨，向北通向土门。

鱼化寨的街道两边都是商店，很繁华。有些城里买不到的东西，鱼化寨就能买到，比如，我们喜欢养小鸡，要买预防鸡瘟的鸡瘟散，城里合作社没有，鱼化寨就有。再比如，我的姥爷从山东老家来，他喜欢喝酒，我们附近的小商店买不到，鱼化寨就有。我隔三岔五去买酒，本可以骑自行车走一条大路，我却喜欢徒步走老河的河堤，就为伴一伴老河，看一看它墨绿的波浪。

老河的堤上长着钻天的杨树，杨树叶子向阳的一面闪着银光，背光的一面是暗绿色，有风吹来，叶子就哗啦啦地响。杨树也是鸟歇脚的地方，各类的鸟在杨树间飞来飞去，发出不同的叫声，当你走近它们时，便轰的一声飞走了。有一次我们听到树上有笃笃的声音，不知道是什么鸟叫，就静心闭气地在树下搜寻，终于看到一只鸟在啄树干，原来是一只啄木鸟，我们悄悄地看着。一会儿它果然从树洞里叼出一只虫子，拍拍翅膀，急急地飞走了。一个小伙伴说，啄木鸟去喂它的孩子了。

有时候我们结了帮去买鸡瘟散，走着走着就不安生了，攀到树上，折了杨树枝子，编一个帽子戴上。用粗一点的枝子做枪，玩起了打仗的游戏。堤上还有几棵榆树，长得不怎么高，初春时，照样也长一串串的榆钱，我们弯下它的枝子捋榆钱，放嘴里咀嚼，一个个小脸绽着笑，仿佛在品尝美味的鲜果。

再往前走，河上有一座桥，桥那边有一个院子，院里有几棵柳树，夏天，柳荫很大，遮得院子一片阴凉。风吹来，柳枝婆娑地摇来荡去，院子还时不时传出鸡和鸭的叫声。后来上学了，我一个同学就在那个院里住，他告诉我，那是油脂化工厂的一个家属院。好多年后，我俩在一个单位工作，成了好朋友，星期天我就经常去他家玩。他爸妈是安徽人，做得一手好菜，我也隔三岔五去蹭顿饭，打打牙祭。他们家人喜欢吃米饭，那时，大米限量供给，米不够吃，我就和同学走河堤，去鱼化寨的食堂买米饭。回来时，一桌香喷喷的菜就摆上桌了，每餐饭都会有一道汤，味道鲜美极了。同学的父亲告诉我是鸭子汤，还告诉我一个顺口溜：鸡皮鹅掌鸭子汤。

1980年，我要结婚了，父亲摆宴席，央人在鱼化寨食堂借了一口大锅，还有蒸笼和碗筷。宴席后我骑三轮车去还锅碗，新婚妻子也要去，我就带她走了老河的河堤。当时，正是冬季，河水满满地挤着河床，泛着幽幽的绿，静静地流淌。妻子穿一件橘红色的核桃呢棉袄，围一条红色的围巾，风吹过，拂一拂她乌黑的长发。我看一眼她瘦削的脸，忍不住就给她讲了一段我和老河的故事。妻子听得津津有味，说："你们小时候真有玩头。"

又数年后的一个春节，我住在父亲家里，突然想起了老河，满脑子尽是儿时的印象，憋不住那番向往，就去逛一逛吧。哪知却令我大失所望。老河，早改变了它的模样，黑褐色的水，散发出一阵阵的恶臭，河床上堆积着玉米秆，漂浮着塑料袋……我默默地站着，一遍一遍地自问，这就是我儿时捉五彩鱼、坐跌水、捋榆钱的老河吗？它咋就变成这样一副模样了呢？

去年春天，有一天我在环城公园晨练，巧遇了住油脂化工厂家属院的那个老同学，我们握着手，看着彼此斑白的头发，就聊起了往事，说到老河，说到老河边上他家的院子。他说，他当年特别羡慕我们住楼房，虽然他后来也住楼房了，但住着住着，咋就很想住回那个院子。我问院子还在吗，他说早就没了，那一片被开发了。我问，那老河呢？他说，老河被盖了盖子，变成了地下河。那个地方就是现在的鱼斗路。哦，鱼斗路我知道的，那里现在遍地高楼大厦，整日车水马龙。

告别了老同学，我的心却久久地不能平静，老河变成了地下河，它还有五彩鱼吗？它还有鲶胡子、泥鳅和虾米吗？

防 洪 渠

新家的楼后有一条河。

河起始于西安东郊的等驾坡，向西一直流到西郊，最后沿昆明路注入皂河。

河岸上堆着高高的土，顺着河床延伸到很远。这条河实际上是西安市解放后挖的一条城市防洪渠。河岸上的土就是挖河时堆起的。我们将这些土堆叫土山。

虽然叫渠，但它还是很有气势的。仅水面就有数十米宽，河堤宽二三十米。

这条河是我们儿时的乐园，它给我们的童年带来很多乐趣，也给我们留下许多快乐的回忆。

一、初识防洪渠

初见防洪渠时，它很安静，几乎没有人打扰它。河水流得很慢。水里长了水草，一根根细细的茎上，生着小拇指大小的叶子，形似柳叶。叶子很多，几乎覆盖了水面。

有时候，我们坐在岸边看水草，想那一根根的水草，就是水里的森林。那时，我们还不知道这片水的森林里还有许多的水生生物，那里还有一个不为我们所知的世界。

河面上，蜻蜓很多，有绿豆色的，有红色和蓝色的。绿豆色蜻蜓最大，我们叫它绿豆蚂螂，还有火柴棒大的，学名叫豆娘。豆娘虽小，头却很大，颜色也艳丽，总在水的边缘飞飞停停。河里青蛙也很多，白天，我们很少见到它们，傍晚，它们的鸣叫却乱成了一锅粥，整个河床都是呱呱的声音。月光里，还能看到青蛙鸣叫时嘴两边鼓起的白泡。

仲夏时，河水里会有一片片透明的黏液，黏液里有小米粒大的黑点。那是青蛙繁育的卵，再过些时日，卵就变成了小蝌蚪。小蝌蚪一片片的，圆圆的身子，拖着长长的尾巴，在水里像一片片黑云。夜空里有蝙蝠在飞，它们的动作实在敏捷，忽上忽下，忽左忽右，真可以用"往来翕忽"形容。河岸上，有一溜高压电线，夕阳斜照时，在河边飞累了的紫燕，便落在电线上休息，排成长长的一溜。

二、捉蜻蜓

捉蜻蜓主要是捉绿豆蜻蜓。它是蜻蜓中个头最大的一种。

我们先设法捉下一只蜻蜓。然后，用缝衣线将它绑了，线的另一头绑一根胳膊长的小棍。我们站在水边，有蜻蜓飞过来，就将小棍举过头顶，在头顶上转圈，嘴里吹着口哨。飞翔的蜻蜓，就跟着我们的蜻蜓转。转过两圈，我们将带线的蜻蜓落到地上，尾随的蜻蜓也扑到地上，这会儿就要一个箭步上去，用手轻轻地罩住它捉了。然后背过它们的双翅，夹在手指缝里，继续再捉。有时候蜻蜓却不理会我们，从我们身边向远处飞。我们就喊："那边有鬼，这边有水。"一遍一遍地喊。后来，年纪大了些，想起来我们对蜻蜓喊水啊鬼的，就觉着可笑。鬼是人类杜撰出来的，蜻蜓怎么知道鬼是个什么东西呢，它又怎么会怕鬼不去那边呢。况且，它也是听不懂人话的。

捉蜻蜓时，捉到的蜻蜓都是公的。公蜻蜓正是在忙着求偶中，乱了心绪，被我们捉了。一次，我一下捉了四只蜻蜓，想着蜻蜓是吃蚊子的，晚上睡觉时，便将蜻蜓放在屋里，没落蚊帐，想着蜻蜓会把蚊子吃光光的。哪承想，这一晚却被蚊子叮了十几个包。原来这一晚，蜻蜓根本就没有飞行。第二天放学回来，我发现一只蜻蜓已经死掉了，另三只也蔫蔫的了。我赶忙拿到河边放掉了。后来，从课本中知道了蜻蜓是益虫，就和小朋友们约定，捉了蜻蜓都要放掉，让它们快快乐乐地在防洪渠边生活。

三、酱油泥鳅

一日，在河边玩时，发现河里有泥鳅。泥鳅，滑溜溜的，很不好捉。后来，我们掌握了泥鳅的生活习性。泥鳅白天在水里四处游荡觅食，天黑后，就会钻进河边的小洞里。我们将手伸进水里，摸到凹进去的洞，往往就会有泥鳅。

泥鳅晚上很笨拙，我们在洞里摸到它们，很容易就将它们抓了。泥鳅都不大，比手指头长一些。起初，抓泥鳅只是好玩，后来，抓老练了，每次就抓得多了。我们就想，如何能将泥鳅做熟了打打牙祭。

一天，吃了晚饭，家长们都在楼下乘凉，我和两个伙伴抓了十几条泥鳅。回到楼下，看到新民他爸妈也在楼下，摇着扇子和人聊天。我们合计一番，决定去新民家油炸泥鳅。我们到他家，将泥鳅剖了肚子，清洗干净了。刚要用油炸时，新民却变卦了。他说，用了油，他妈会打他的。

是啊，那时食油定量供给，每人每月才四两。做饭炒菜都省着用。抠掐一年，攒点油，过年时炸点油条、麻叶。那时，油确实金贵。不敢用油炸泥鳅了，但我们又实在不甘心。最后，我们决定用酱油煮泥鳅。锅里倒了酱油，又加了水，把泥鳅放进去，水开了，咕嘟咕嘟地冒着泡。小小的厨房里就溢满了香气。大家抢着吃，觉着味道美极了。

现在，日子好了，吃鱼吃肉是常事了，可总觉着没有那次的酱油泥鳅好吃。后来，我们又吃过两次酱油泥鳅。是在谁家，却不记得了。

四、钓鱼时逮了一只鳖

终于，有人在防洪渠里发现了鱼，便有人开始在这里钓鱼了。

最初，钓鱼的人零零散散的，站在水边，漫不经心，收获却颇丰。钓上的有鲫鱼、小麻鱼、白条，大的有巴掌长，小的与手指长短差不多。

时间不长，钓鱼的人趋之若鹜，河沿上都站满了人。星期天的早上，用"人满为患"来形容河边的人多是一点也不夸张的。防洪渠没有了往日的安静，一下子变得热闹了。

看人家钓鱼眼馋，我们也想钓鱼，但是买不起鱼竿。我就到土门的街道上，买了几米鱼线、几个鱼钩。回来时，在楼下围追一只大白公鸡。捉了它，在尾巴上拔几根羽毛。将羽毛根部粗壮的羽管剪成大米粒长的短节，用缝衣针在鱼线上穿上五六个短节，就做成了鱼浮子，也叫鱼漂。然后，绑上鱼钩，再将铝合金的牙膏皮剪成条状，挨着鱼钩缠在鱼线上。接下来，就要解决鱼竿了。那时，楼下有把打扫卫生的扫帚。为了不被扫地的人发现，我们就将扫帚拖到楼里的厕所里，抽上边的竹竿。后来，还是被扫地的人知道了。他揪着我的耳朵要去找家长，最后被楼上同学的家长劝解了。

钓鱼，还要准备鱼饵。西边的单身楼北边，是一块空地。单身的人们为了方便，总是将脏水从窗口泼出去，养肥了楼下的空地。地里的蚯蚓又红又肥，是最美的鱼饵。

一切具备了，我们也成了小小的钓鱼人。我们的渔具简陋，经常被人笑话，可我们的战绩一点也不比他们的差。钓上了鱼，我们没有鱼兜，就在岸边折一截长茎的草，将一条条的鱼从鳃穿出鱼嘴，串成长长的一串。

每次钓完鱼，我们就提着一串串的鱼，骄傲地走过笑话我们的人旁边时，胸脯挺得直直的。

我把鱼拿回家，刮了鱼鳞，剖腹掏了内脏。父亲将鱼放进油锅里轻轻炸了，再放在炉口边上炕干。吃进嘴里连鱼刺都是焦酥的。

有人说，河里还有老鳖，有人还拿尖叉插到过老鳖。我们没亲眼见过，所以也将信将疑。一天，我和小伙伴们又去钓鱼，钓了一阵子，伙伴们都有了收获，可我的鱼浮子总是纹丝不动。

正在焦躁时，鱼浮子沉到了水里，却不再浮出来。这可和平日里鱼咬食时浮子的反应不一样。

我连忙举竿，却未能将鱼钩提出水面，感觉鱼钩那头被什么东西拽着走。我静了静心，再慢慢地将鱼竿提起来。

一个巴掌大的黑东西终于出了水面。黑东西刚提到岸边，却脱了钩，四只爪子划拉着向水里跑。

我一脚踩住了它的背。它的长脖子伸了出来。天啊，我今天竟然逮到了一只鳖！

在伙伴们的帮助下，我用鱼线绑了鳖的后腿，提着回家了。路上，有个人说要花三块钱买这只鳖，我说不卖；他又说给五块，我说给十块也不卖。那个人还死缠硬磨。我说真的不卖，我们也没吃过鳖，拿回去尝尝鲜。

我们回到家，给水池子里放了水，将鳖养了两天，说是让鳖吐吐肚里的脏水。然后炖了一锅汤，喝了，也没觉着有多香，总觉着有点腥味。

五、溜冰

儿时的冬天比现在的冬天冷很多。

交了九，防洪渠就开始结冰了。到了三九四九，冰就冻结实了。在高高的岸上，抛块砖下去，冰面也就砸个白点。谚语说："三九四九冰上走。"这时，学校也放了寒假。平常在楼下玩的卧驴不骑、单腿蹦斗鸡、打沙包已没了再玩的兴趣。那一河滑溜溜的冰，勾了我们的魂，成了我们寒假里的乐园。

起初，我们先在冰上修出一条冰道。所谓冰道就是在一段冰上反复地溜滑，这段冰就光滑如镜，比其他冰面滑溜很多。

那时冬天人们都要穿棉鞋的。为了溜冰，我们都穿了塑料底的布鞋。这种鞋叫板鞋。寒冬里，塑料底变得硬邦邦的，在冰上，哧溜一声，就滑出去很远。冰道修好了。我们在冰道五六米外，站成一排，鱼贯地助跑，到冰道时侧了身子，两脚分开站稳，在冰道上滑了出去。

有两个大一点的孩子，他们还会单腿滑行。右脚踩在冰上，左脚向后翘起来，弯下腰，两只胳膊平伸开去，像一只在空中翱翔的燕子。而我们大多数人没有这个本领，有时也想尝试着做一下，却滑倒了。后边的伙伴刹不住脚就撞了上来，也摔倒了。再后边的伙伴可就是故意地往上撞，一个一个地去摔倒。一瞬间，河面上都是我们人仰马翻的身影。有的趴着，有的仰着，有的侧卧着，有的半跪着，有的压着别人，有的被别人压着。河面上不时传出我们开心的笑声。

在冰道上滑行，儿大便腻了，就想着法儿变花样。我在家里找了几个木板条，用钉子将它们钉在一起，拴一根绳子。一人坐板上，一人拉着绳子在冰上跑。这就是我的冰车。伙伴们的冰车，简直是五花八门的。有的是家里的小板凳，平面扣在冰上，小屁股坐在凳子腿中间。有的竟然是一个废了的搪瓷脸盆，一个伙伴坐在盆里，一个在后边推着跑。冰上滑溜，冰车来往穿梭，撞车就在所难免了。后来，大家排成队，顺一个方向滑。转一圈回来，坐车的人和拉车的换了班，冰车重新起航。

一个大一点的伙伴，当了我们冰车队的队长。他在一根树枝上绑了一个手帕。冰车每次出发前，他就站在一侧，举着手帕，宣布出发的命令。

他说："本次列车是开往北京天安门的，各位旅客请您坐好，列车就要出发了。"然后，他嘴里先咔嚓几声，又呼哧呼哧地模仿火车的喷气，最后"呜——"的一个拖长音，我们的冰车就出发了。

另一个大一点的伙伴总当不上队长，就有点嫉妒，说："总玩火车去北京，也没意思了，咱们玩冰上骑马打仗吧。"

于是，我们的冰车又变成了战马。

伙伴们要分成两拨，两个大伙伴就分别是两拨的队长。我们则由他俩挑选，当他们的兵。挑兵是要讲公平的，不能你说要谁就要谁。

我们站成一排，由两个队长挑选。两个队长依次从我们面前走过，用手指点着我们，嘴里念叨着："挑兵挑将，鸡仔皇上，看谁是我的好兵好将。"

"将"字落在谁身上，谁就是他的兵。

选兵挑将完了，双方就开始布阵。

两军拉开一段距离，双方队长做战斗部署。大意就是给自己的兵确定势均力敌的对手。让自己的兵和对方个头、体力相当的兵捉对厮杀。

一个不参战的伙伴做裁判。他站在两军中间，扬起手从空中劈下，喊一声"开战"，我们就发起了冲锋。瞬间两军就混战在了一起。混战时，拉车的和推车的是不能动手的，因为他们是战马。混战一场，最后由裁判判定输赢。输赢的标准是，哪方的骑兵被拉倒得多，哪方就输了。

一般都是三局两胜，有时候，输的一方不服，就再战两场，成了五局三胜。

忽有一日，听母亲说，明天六九了，就想起"五九六九，沿河看柳"的谚语。就去河边的桥头看柳树。柳树的枝条柔弱地垂着，柳枝上满是斑斑驳驳米粒大的包。不知里边包裹的是柳絮还是柳叶的胚芽。一阵风吹来，柳条便荡起来。风吹在脸上，已没有了深冬的寒意。

离了柳树，沿河堤走。临岸的冰已经很薄了，透着黑色，冰面上还裂了缝。河中间的冰看上去还是老样子。但我明白，要再溜冰得到明年冬天了。

六、鱼的灭顶之灾

谚语："七九河开，八九雁来。"

天气果真一天天暖和了。

防洪渠边的高压线上又常常歇了燕子，一字儿排开，长长的一串。

河里也有了青蛙的叫声，前几天还零零散散的，没几天便此起彼伏，连成一片了。

今年，我也有了新的鱼竿——一根长长的笔直的竹竿。它是我一个农村同学从他们村的西红柿架上拔下来送给我的。今年钓鱼，我也可以神气地将鱼钩远远地抛到河中间去了。

那天，我拿了新鱼竿，兴高采烈地去钓鱼，却看见有人在钓青蛙。

钓青蛙的工具也是鱼竿和鱼线，却没有鱼钩。鱼线的顶端绑了一个小拇指大的白色棉球，那人将棉球抛在水草面上，慢慢地往回收。青蛙看到移动的棉球，以为是虫子，跳过来就咬住了棉球。那人手疾眼快，提起鱼竿，青蛙就被吊在了空中。那人左手拿着一个带木把的兜网，接了青蛙在兜里。青蛙感觉落了地，就松了棉球，那人又开始钓下一只青蛙。

青蛙很多，那人就像流水作业。抛竿、提竿、抛竿、提竿，一会儿就捉了很多。

不几天，效仿捉青蛙的人就多了起来。

后来，青蛙的叫声不再热闹，不再此起彼伏。我们知道，河里的青蛙已经很少了。所幸，也没人钓青蛙了。我们想，慢慢地青蛙又会增多的。

一个星期天的早上，我们正在河边钓鱼，突然来了几个人，他们每人手持一根长长的竹竿。竹竿头上绑着月牙形的镰刀。他们竟然开始割河里的水草。水草本是很脆弱的，不一会儿，就被他们割掉了一大片。

然后，他们坐下来抽烟休息。我认得他们其中的一个，他是我们附近一个建筑公司家属院的，他儿子和我是同学。那个家属院的人，大多是安徽、江苏一带的南方人。

他们歇了一会儿，用一个长竹耙子，将割掉的水草搂上岸。看着他们，我们不解其意，便窃窃私语，猜测他们割水草的目的。有人还说："是要养猪了吗？"这天日暮时，这伙人又来了。他们不再拿镰刀竹耙了，而是每人拿了一个渔网。渔网的口是竹片子弯成的一个椭圆，圆大概一米的直径。他们都穿了连体的胶皮衣，每人背一个竹子的鱼篓，在水里并排地向前走。前边有人拿竹竿敲击水面，将鱼往下赶。每次网提起来，里边都有银光闪烁的鱼在跳。

连着三个星期天，他们如法炮制，将这一段河道的水草全割光了。昔日的河道再无绿色，无了生机。我们都觉着很难过。长了十几年的水下森林，被他们只用了三天就毁坏得荡然无存了。

后来，隔三岔五地又来了撒网的人。他们站在水边，左手攥着渔网的绳头，右手将聚拢在一起的网抛向空中。网在空中展开，形成了一个大大的圆罩子，然后落下水去。他每次收网时，我们都默默地祈祷，不要有鱼落网。

人对自然的索取，是残酷的，又是无止境的。终于有一天，河里的鱼遭了灭顶之灾。那天放学回家，一个小伙伴说，昨晚有人在河里引爆了雷管炸鱼。

我不相信，他说是真的，是他们班一个同学的父亲做的。我便将信将疑地去河边探一番究竟。这一看，我确信了。水面上零散地漂浮着死鱼，但是都很小，估计大点儿的都被人捞走了。河水也浑浊了很多，想是被雷管炸起的河泥污染的。

我们在防洪渠钓鱼的天真快乐就此彻底结束了。我那笔直的、长长的新钓鱼竿也无了用武之地。

七、别了，防洪渠

这年夏天，西安劳动公园开了游泳池。暑假我们三天两头地去公园里游泳。

公园离家有一段距离。我们中午吃了饭就去公园的泳池里扑腾两场，也就两个小时，回家的路上，却总觉着饥肠辘辘的。

半道上，有几棵枸桃树。夏日里，枸桃果子熟得正透，核桃大小，红得像熟透的草莓。每次走到这里，枸桃就勾了我们。我们攀到树上，吃得嘴唇发黏，手指发黏。

离枸桃树不远处有一个小单位，叫什么名字，忘记了。院里有一个水龙头，我们趁看门老汉打瞌睡，偷偷溜了进去，洗手、漱口，再溜出来，老汉还在打盹。

几个枸桃，虽不顶饥，却解了口渴和疲乏。顺着街边一溜梧桐树回家，听着树上的知了唱歌。

一天，去游泳，泳池在换水，便扫了兴。走到构桃树下，低枝上已没了构桃，高处的几根树枝上，还有零散的几个，却是青色的。

　　构桃已过了季，今年再没得构桃吃了。

　　回来后，伙伴们相约去河里捉蜻蜓。河水在炎炎的日光里泛着暗绿，几片白云在水里浮着。几只水鸟在河对面的草地上鸣叫，声音清脆。一个伙伴扔了一块石头在水里，荡起一圈一圈的水波，浮云散了，水鸟也惊飞了。水波消失殆尽，水面又平如镜了，浮云聚拢了，水鸟却没有再飞回来。几只蜻蜓在水面上飞，我们却没了捉它们的兴趣。

　　一个伙伴说："咱们在这里游泳吧。"这主意正合大家的心意。我们刚才把泳裤放回家，这会儿懒得去取。大热的日头，河边又没人。我们东张西望着，就脱得赤条条的，扑通扑通地蹦进了水里。

　　接下来的日子，我们几乎忘记了劳动公园的泳池，天天在这一方水里，热闹着夏日所剩无几的时光。

　　有一个伙伴，叫马四面，大我一岁。他是个蔫性子，干什么都慢。一群人学游泳，我们几个早都能扑通扑通地在河里游几个来回了，可他还不怎么会游。

　　终于有一天，马四面说，他也可以横渡这条河了。

　　我们都说："不信，不信。"

　　马四面说："不信，我给你们游过去。"

　　他扑到水里，手脚划拉着，扑打起水花，可总觉着他就没前进似的。好不容易到了对岸，他歇了一会儿，又游了回来。上了岸，他脸色煞白煞白的，躺在草地上，大口大口地喘气，打一个嗝，竟吐出几口水来。

我们逗他："马四面，你喝水了？"

他说："喝了。"

我们又问："喝了几口？"

他说："游过去喝了五六口，回来喝了十几口吧。"

我们都笑着说："马四面啊马四面，你咋就这么笨呢？"

马四面不回答。再看他时，却发现他已经躺在草地上睡着了。

又一日，我们又脱得一丝不挂地在水里。却来了前楼的一个阿姨，她坐在岸上，我们都吓得蹲在水里喊她走，可她说："小屁孩，老娘啥没见过。我就不走，有本事你们今天别出来。"

我们都认识这个阿姨。她有两个儿子，都比我们大，一个叫牢，一个叫笼。据说，这名字是一个算命先生给算出来的。

牢和笼，都爱打架，都挺厉害。所以，我们也不敢骂他们的妈，怕牢和笼知道了，收拾我们。

但她终是抵不过那毒辣的太阳，坐了一会儿，起身离去了。我们慌慌地上岸，穿了裤子，躺在草地上休息。

又一个夏天，我们想再去游泳时，防洪渠已变成了一个污水渠，在炎炎的夏日里散发出恶臭。

很多年后，在一个学习班里学习毛主席著作，有一篇文章叫《别了，司徒雷登》，不知怎的我就想起了防洪渠，鬼使神差地蹦出一句话："别了，防洪渠。"

鱼　　事

槐树的花香散尽的时候，一场太极拳的赛事也结束了。

太极拳老师李冬花说："最近训练、比赛，大家辛苦了。明天放假一天，大家好好休息一下。"

因此，那个说了近两年去吃鱼的事就被拳弟小吴又提了出来，并说往后天气越来越热，再去，就不爽快了。我们几人一商量，明天就去。

鱼事，其实就是吃鱼。因直白地说吃鱼，有些俗气，也有些吃货的二。因此，就将吃鱼说成了鱼事，这样，听起来文气，吃鱼也就成了斯文的事了。

吃鱼是两年前就说定了的事。吃鱼的地点是小吴选的，就是长安区大峪口东边的大杨庄水库。

小吴说，这个水库颇受钓鱼人的喜爱，因为水库的水质好。水质好，鱼肉就鲜。而且，这里的鱼比一般鱼塘的鱼大。一个上午，能钓几条五六斤、八九斤的鱼，比在一般鱼塘钓几条一两斤的鱼刺激很多。

记得同学杨树森发过一个朋友圈，他站在一个池塘边上，手里握着钓鱼竿，面前的网里有几条硕大的鱼。配了文字，说是在大杨庄水库钓鱼，最大的一条有六斤重。

小吴和他的同学及爬山的驴友去吃过几次鱼，每次回来都给我们说得眉飞色舞，说鱼如何如何鲜嫩，如何如何味美。每次都逗得我们馋涎欲滴，恨不得立马就去品尝一番。

但是，我们这个吃鱼的计划竟然拖了两年多。

两年前，我们计划了去，拳姐颐荷却崴了脚。几个月后，颐荷脚好了，却又遇了一次太极拳比赛，又搁置了。第三次计划，是去年下半年，我却去了珠海。所以，就一直拖到了现在。

吃鱼的发起人是拳妹小廖，也就是我们这次鱼事的东家。

小廖是东大街钟楼书店的营业员。

两年前，我们学习太极的热情正高。老师早上教了新动作，我们晚上就去环城公园练习。小廖下班步行路过环城公园，看到我们练习，也就加入了我们的行列。

小廖为人朴实大方，性格活泼开朗，让我们教她。我们都成了二传手，早上新学的动作，晚上就现卖给她。

时间久了，她就和我们熟了。听小吴说去大杨庄吃鱼，便要请我们去吃。

我们拳友也曾有过几次郊游，大家都AA制，这次，我们仍说AA制，但小廖坚持做东，我们也只好由她了。

这天，我们开了两辆车出了市区，上雁翔路，一路南行。到了秦岭脚下的环山路，再东行。

到水库时，已近十点了。

水库边上，站着几个钓者。他们看到我背了一个长长的皮革包，以为是渔具。有个人对同伴说："看，钓家来了。"其实，我那是一个笛子包，里边装了几根竹笛。

我们选了一个大一些的棚子坐下。小吴泡了一壶藏菊茶，茶汤黄中透着红，煞是吸引人。几位女士却无心吃茶，结了伙，沿水库边溜达去了。

只剩下我和小吴、婵娟三人，坐了一张大八仙桌。倒了茶，慢慢地喝。忽的又来了阵阵的风，吹得衣角呼呼地飘，身上便觉爽快无比。

眼光越过水库，看到了对面的山，一山的翠绿。山顶融入了蓝蓝的空里，几朵云飘来和它做伴。

几杯茶饮过，神清气爽了。我拿了笛出来，先吹了一曲《茉莉花》。浓浓的江南小调，悠悠地散在了水库里。这曲调倒和这番水景相得益彰。

小吴去给我们订鱼了。过了一会儿回来说："水库老板今天没有存鱼，要吃鱼，须自己钓。"

他去拿鱼竿钓鱼了。几个女士转回来了。我继续吹笛子，女士们跟着唱。乐了一会儿，又继续喝茶聊天。

小吴一直未开竿，今天要吃的鱼还未有着落。

拳妹小廖坐不住了，一趟一趟地跑去看，却总是沮丧着回来。一次，拳妹婵娟去看，回来笑着说，今天有鱼吃了，大家高兴地问："钓到鱼了？"

婵娟将拳头展开，掌心里攥着一条小拇指大的鱼。我们哗的笑了。

小廖说："李大哥你也去帮小吴钓鱼吧，总不能咱们今天吃不到鱼，白来一趟吧。"

为了不扫小廖的兴，我去了水边。因为我没有鱼竿，就搬了椅子坐在水边看人钓鱼。

先来的那几个人是一伙的，他们已钓了几条鱼，存在一个鱼兜里，浸在水库边的水里。

小吴在水库边站着，握着钓竿，头上已渗出点点的汗珠。拳妹小廖给他拿来一瓶冰镇的矿泉水，他咕嘟咕嘟一口气喝了半瓶，又握了钓竿，继续等鱼上钩。

　　已近中午，那几个钓鱼人收了鱼竿，准备离去。此时，却听到了拳妹子们的惊呼。原来，我们等待的鱼终于上钩了。

　　小吴两手攥了鱼竿，脸上表情似乎严肃，却隐了微笑。鱼竿的梢子，被鱼坠着，弯了一个漂亮的弧形。

　　我忙从椅子上跳起来，抓过一个抄网，下到水库的二道沿上，趁机将鱼抄进网里。

　　鱼在水里拼命挣扎，忽左忽右地蹿，我便挺着网忽东忽西地追。

　　岸上有人喊："不要急，将鱼多溜一会儿，溜累了就好抓了。"

　　鱼终于落网了。小吴兴奋地说："呵，是青鱼，刺少。这正是我想要的。"又有点遗憾地说："只是有点小。"

　　放在磅秤上一称，足有四斤八两，不算小了。

　　鱼交给厨房，又点了几个凉菜，我们便回了棚下悠闲地喝着茶，等着吃鱼。

　　不一会儿，鱼做熟上了桌，一盆是麻辣味的，面上一层红红的辣油，点缀着花椒、生姜、葱花，空气里也弥散了麻辣的香味；另一盆是三鲜味的，焦黄的鱼上撒了黑、白芝麻。还未举箸，已是馋涎欲滴了。

　　饭毕，我们继续喝茶聊天。此时李老师却生了钓鱼的兴致，小吴便陪了她去。

　　我有点瞌睡了，靠在椅背上竟迷糊了。蒙眬中，又听到拳妹们兴奋的喊声。原来，李老师钓上了一条大鱼。

柿子二三事

过了霜降，拳友终于对我们说可以去摘柿子了。

拳友的老家在咸阳礼泉大阳村。礼泉是陕西关中的苹果之乡，拳友的弟弟在老家就有一个果园。

每年，过了国庆，拳友总拿些弟弟送她的苹果给我们尝鲜。

吃了新苹果，感觉秋天的脚步就加快了。护城河边和马路边的一排排银杏树，经了几场风和雨，就由苍翠转了金黄。再有风吹，黄叶就飘飘洒洒地落下来，地上便铺了一层，软软绵绵的，像一块金色的地毯。此时我就知道离摘柿子不远了。

一日早上，我在建国门外见到一个卖柿子的小贩，近70岁了，临潼人。他每天带一担笼临潼火晶柿子来，不到中午就卖完了。我隔三岔五买他的柿子，和他闲聊。

他说，起先卖的是自家树上的。卖完了，觉着有利可图，就收了别人家的来卖。今年到现在已卖了2千多元。这是他给自己挣的零花钱。儿女们逢年过节也孝敬他，但他不要。他说自己挣钱，用着舒坦。

担笼里的柿子，顶上的那层已卖去了一大半，和第二层形成了一个台阶。柿子一个一个，肩挨肩立着，火焰般红，真真爱煞人。随手拿了几个，付钱回家。喜滋滋地对妻子说："老婆，买了你爱吃的火晶柿子。"于是，一人一个，轻轻地剥皮。然而，皮却脱得不利索，不时带下一层厚厚的肉来。味道也没有想象的甘甜，便扫了兴。

柿子，我一直喜欢吃，但是，童年吃柿子的记忆并不深刻。一直没有忘的则是玩柿子核的游戏。

几个小男孩，用树枝在地上画一个田字形的框，这框的名叫锅。四个小方格内分别写上1、2、3、4或2、4、6、8。游戏者在每个框里放上相应数量的柿子核，然后在五六步外画一道起步线，接着用锤子、剪刀、布决出顺序，再依次将手中的母核放在起步线上，用中指和拇指配合，将母核分四次弹入锅里，同时嘴里还念叨着"一弹弹，二绵绵，三小鸡，四要钱"，谁的母核先入锅，就可赢走锅里的柿子核。就这简单的游戏，我们每天乐此不疲，玩得津津有味。

儿时，还有一件难以忘却的和柿子有关的事，就是喝柿子醋。那时，我家隔壁是一家山西人。一日，这家孩子的父亲拉回一架子车软哄哄的柿子。由于路上颠簸，柿子都失了形。我和他家的孩子用盆子将柿子一趟一趟地端回他家。倒进一个陶瓷缸里。柿子在缸里变了糊状。邻居父亲说，他要用柿子做醋。

20天之后，我一进楼门，就会闻到一股浓浓的醋味。

我很惊奇柿子怎么就变成了醋呢！一天，邻家孩子的父母上班去了，邻家的孩子就领我去他家看醋。

那口大缸，用砖垫高了。缸底接出一截短管，短管上扎着一截纱布。一滴一滴的黄色液体，从纱布上滴答滴答地流进一个盆里。大缸顶上盖着一床棉被。我想揭开棉被看看缸里。邻家孩子拦住我说，不能揭开，要不醋会坏的。

盆里的醋，黄亮黄亮的，散发着缕缕的酸味。我忍不住那股诱人的香气，用勺子舀了尝。一连几勺，觉得特别爽口过瘾。后来，在外面玩渴了，就让邻家伙伴带我去他家喝几勺醋。几天之后，被他的父母发现了破绽。他们上班时，就锁了醋缸房子的门。从此，我就再也没有喝过柿子醋了。前几年，朋友送了一瓶柿子醋。吃了，却总觉得没有小时候喝的那醋香醇。

前几天，我们一行7人，驾两辆车，去拳友老家。拳友的母亲和弟弟正在果园里忙活。见了我们，热情地让我们摘苹果，要多少，摘多少。而我的心思，更多的是摘柿子。苹果地边上，五六棵柿子树上挂满了通红的柿子，压弯了枝条。那树叶，经了霜气，也由绿转成了暗红。

熟透了的柿子，七零八落地掉在地上，有的摔得稀巴烂，有的掉在密密的草丛里，便幸免于难。

我信手捡起一个软兮兮的柿子，从裂缝处揭起皮，绕着柿子转了两圈，皮就剥离干净了。柿肉鲜黄鲜黄的，渗出点点滴滴的汁液。一只蜜蜂飞了过来，围着柿子嗡嗡地叫。我挥挥手，赶走了它，将柿子送进嘴里。一股清凉的甘甜，入心入肺，令人陶醉。

我对拳友说："你家柿子真甜，我前阵买的临潼火晶柿子都没你家柿子甜。"

拳友说："霜降后，柿子经了霜打，才会大量增甜。就是长在地下的萝卜、红薯也是霜降后的吃起来甘甜。"

哦。我这才恍然大悟，拳友为什么霜降过后才带我们来摘柿子。

这几棵树，结的柿子有两种：一种比鸡蛋大一些，柿顶尖尖的，皮呈红色；另一种则更大点，扁平，色黄。

拳友告诉我，尖顶的是火柿子，水分小一些，柿子饼就是用火柿子做的；扁平的叫水柿子，水分大些。将柿子摘下来，存放在阴凉处。等柿子软透了，涩味也散尽了，吃起来汁多软糯，甘甜无比。

从拳友家回来，看着带回的两大盆硬柿子，我垂涎欲滴，却因那涩，无法解馋。

忽地想起，何不将柿子温了，只需一个夜晚，那涩气就退了，就有了脆甜的口感。

说起温柿子，难免让我想起一段往事。

1971年的秋天，我刚参加工作，单位要抽人去永寿的农场收秋，我们班组也被分配了一个名额。我们班长的大徒弟是1969年从长安县农村招工来的。班长想他会干农活，就派了他去。谁知，大徒弟坚决不去，哭得眼泪汪汪的。还说，他又没犯错误，凭什么让他去农场。搞得班长在众人面前下不来台。

我给班长说，让我去吧。班长说："不行，你没在农村待过，又不会干农活。"在我一番死缠硬磨下，班长终于松了口，同意我去。

下午下了班，班长还去了我家，见了我的父亲。说因我年龄小，本不让我去的，但我坚持要去。父亲说："他也没下过乡，他要去，就让他去锻炼锻炼。"

就这样，我去了永寿农场。

每天，我们早早出工，掰玉米棒。下午收工，吃了晚饭，正是夕阳西下的时候，我们一伙年轻人结伴去场部外边玩。

场部外边，是零零散散的当地村民的窑洞。窑洞前几乎都有柿子树。熟透了的柿子挂满枝头，在夕阳下，闪着火红。

问一老乡，柿子卖吗？老乡看看我们五人，说："卖，五毛钱一担笼，自己上树摘去。"

我们争先恐后地上了树，摘了满满一担笼，拿回农场的大通铺宿舍。因那会儿柿子还有涩气，我们只能对着柿子干瞪眼。

和我们一起来收秋的，有一位王师傅，他的老家是河南温县。他对我们说："你们出钱，我出力，今晚，我给咱温柿子，明早就可以吃了。"

这是我第一次听说温柿子。

农场的后院，有一个棚。棚里有一口大铁锅，不知王师傅从哪里找来了锯末，生了火，在铁锅里加了水，放了柿子。这一夜，我睡得迷迷瞪瞪的，感觉王师傅披着棉袄，提着马灯，进进出出五六次，去后院调整水温。

第二日早，我们还在热被窝里，王师傅就喊我们："柿子好了，可以吃了。"听了这话，我们一骨碌起来，跑到后院。

大锅里，一层金黄的柿子挤挤挨挨地浮着。抓一个出来，还温温的。咬一口，脆脆的甜甜的。

不到一日，我们便将柿子全吃完了。

几日后，我们又去买柿子，老乡却涨了价。我们一块两毛钱买了两担笼。

这一晚，王师傅，又披着棉袄，提着马灯，进进出出了五六次。然而，早上，他却没喊我们。

我们到后院去看，柿子却不是金黄的，是红褐色。捞一个出来，还有点烫手。咬一口，涩了舌头，麻了嘴巴，也不嘎巴脆。

王师傅说："夜里，没掌控好火，水过热，柿子烫死了。对不住大家了。"

不忍王师傅内疚自责。我们连忙安慰他说没关系，我们再买了重温。

王师傅连连摆手说，不要买了，再温坏了，糟蹋大家的钱。

虽然王师傅第二次把柿子温坏了，但我却根据他的经验学会了温柿子。这些年，温过几次，都挺成功的。

拿出一口大锅，锅里放了温水，用手试试，略比手温高一些，放入从拳友家带回的柿子，再用棉被裹了保温。一夜查看了三次，水凉了就续点热水。

第二日，晨练时，将温好的柿子带给拳友品尝。拳友们说，没想到，老李还有这绝活。

一个拳友妹子，将拿回的柿子削了皮，用绳子绑了串，吊在阳台上，晒柿饼。到了冬天，我们还会有柿饼吃呢。

荷花、铁观音和萨克斯

今晨，早早醒来，突然萌生了拍残荷的冲动。于是，赶忙起床，胡乱弄点吃的，背了相机、三脚架，就去赶 800 路公交车，为的是在日出前赶到拍摄地。

拍摄地在丰庆公园，今年夏季去那里拍了一次荷花。

那天，拍荷花的人很多，大家在荷花池边一溜地站着。

有人支了三脚架，轻松地按快门；没有三脚架的，便手端了相机，稳站脚跟，静心敛气，生怕将荷花拍虚了。

是啊，那么漂亮的荷花，爱都来不及呢，将它拍走了神，不就是一种罪过吗？

荷花开得正盛。每个花朵，都被一根指头粗细的荷秆举着，奋力向上，尽情地展现着无尽的娇姿，仿佛是在对人们说："我是最漂亮的。"

含苞待放的荷花骨朵，那种即将释放的美丽，被一层绿色的骨衣包裹着，就像闺中待嫁的少女，正在憧憬着坐了花轿，吹吹打打地准备出嫁。

也许是在今晚皎洁的月里，也许是在明天湿润的晨曦里，花骨朵就绽放了。刚刚绽放的荷花像极了才出阁的少女，满脸的羞涩与娇柔。

荷花的叶子，则大方很多，簇簇拥拥的，你挤着我，我挨着你。文学家朱自清说叶子出水很高，像亭亭的舞女的裙。每每读到这个比喻，就觉着满池的荷花就是舞台上的芭蕾女，阵阵拂过的风，就是为芭蕾女伴奏的美妙音乐。

太阳逐渐升高。拍摄的人散得寥寥无几了，我收了相机，留恋这一池的美丽，便歇在池边的一棵柳树下。树下，已先有人坐了。

那人50来岁，清瘦，脸白，穿一件黑底暗花带领的短袖，短袖的下半截扎在蓝色的裤腰里，头发整齐地从额头向后梳着。

他也是一个摄影人，已将相机装进包里，三脚架还躺在他的旁边。身旁的石头上放着一个苹果大小的茶壶。茶壶旁边的白色茶杯里斟了茶，汤色清亮，一看便知是上了档次的铁观音。

我坐了，他便和我打招呼："来拍荷花？"

我说："是啊。"

他又说："今年的花比去年开得好。"

我说："你去年也拍了，那你是摄影前辈了，我才初学。"

他说："什么前辈啊，喜欢就好。照着玩呗。"

说着话，他拿起一个保温壶，给茶壶里续了水。又从一个包里拿出一个茶杯，斟了茶，说："来，喝杯茶。"

他的这番盛情，我晓得是不能拒绝的。喜吃酒的有酒友，爱喝茶的有茶友。我俩虽是萍水相逢，但在这样诗情画意般的意境里，若拒绝这番盛情，是很煞风景的。

不知不觉我已喝下了三杯茶。

那人将茶壶里的茶叶倒掉，又抓了新的茶叶泡了。

我问他："你家离这里远吗？"

他说他的单位就在公园外面，厂子是他自己的。他老家在福建，从小就喝家乡的铁观音。

不远处的一棵树上，突然传来了知了的叫声。这声音，多年没听到了。我俩便都不说话，侧耳，听蝉的歌唱，眯眼，看池里的荷花。

我俩分手时，互留了电话号码。他又详细说了单位地址，嘱我有时间去他单位喝茶。

一转眼，时间过去了半年。我虽也曾路过他的厂子门前。但我却没有进去找他喝茶。因为，那里没有荷池，没有荷花，没有出水很高的舞女的裙，也没有遮阴的柳树和唱歌的蝉。

不觉间，车到了公园门口。这一站，叫市政府小区。我赶忙下车，直奔公园。

此时，应该正是日出的时候。因有雾霾，太阳就迟迟没有露脸。但这也没有影响我的兴致。

公园里，打拳的、舞剑的人穿着宽大的衣服，伴着音乐，动作似行云流水，又如云卷云舒。

一个交谊舞的场子里，一对对男女跟着圆舞曲在场子里打着转。一对年龄大些的夫妻，没有跳舞，手拉着手，在舞场的边沿踩着舞点走路，像跳舞，又像散步。

这里风景虽好，却不能令我驻足，因我更惦记着那个荷池和池里的残荷。

我疾步走过一个游船码头，码头的铁栅栏门还关着，游船在水里一字排开。水面很静，连轻微的涟漪都没起。游船静静地躺着，仿佛还在夜晚的梦里没有醒来。

走过一个九曲桥，便到了荷池。荷池周围静悄悄的，没有一个摄影人。这正是我希望的。

荷的残枝，不再翠绿，却依然昂首挺胸，高高托举着莲蓬。

莲蓬上一个个的洞，就是一个个的襁褓，里面都睡着一个莲子宝宝。所以，荷枝高举的不仅是莲蓬，而是她们生命的延续，是来年春天的翠绿，是来年夏季的姹紫嫣红。

荷的残叶，不再水灵，不再娇柔，不再像舞女的裙，更像用旧了的、半合着的雨伞，倒垂着，吊在枝干上，不舍落下。这残叶显示着它对生命的热爱，对曾经的青春的眷念，对再一次水灵娇柔的期盼。

荷池边的柳树，苍翠的叶子里，点缀着斑斑驳驳的黄，树上没有了蝉鸣，树下没有了喝茶的人，却来了一个吹萨克斯的人。

我想，这一方的荷池不再是我一个人的了，这一方的寂静终要被打破了。

我站在三脚架后边，将相机的焦点对准荷枝上的一只麻雀，咔嚓，按下了快门。萨克斯也响起来了，麻雀展翅飞去了，留下荷枝在那里摇摆。

那人吹的是一首外国曲子，这首曲子我曾听过，但不知叫什么名字，曲子的旋律婉转悠扬，给人带来一种莫名的伤感，却又会生出缕缕的快意。

我静静地站在三脚架后，听着从微微涟漪上传来的优美旋律，看着涟漪里飘飘摇摇的柳树倒影。

一曲终了，我从陶醉中醒来，扛了三脚架，去柳树下会了吹萨克斯的人。

他六十五六岁，身材魁梧，四方脸。胸前的萨克斯在初升的太阳下闪着金光。

此时，他又吹响了另一首曲子，这首曲子我很熟悉，是一首萨克斯的名曲，叫《回家》。

我站在他旁边，不敢发出一点声响，怕打扰他。

他吹完，对我点头笑了笑。

我说："吹得真好。"

他说："不好。瞎吹。"

我说："很好的。"

又问他："先前吹的那个是外国曲子吗？"

他回答："是。"

我问："曲名叫什么？"

他回答："是《斯卡布罗集市》。"

我说："挺好听的曲子。"

他说："有些伤感。"

我说："伤感也悠扬。"

我央求他："能再吹一遍吗？"

他笑了笑，说："行啊。"

于是，那曲折悠扬的旋律再次响了起来。这乐曲飘过了荷池中微微荡漾的碧波，飞过了初冬里池边婀娜多姿的垂柳，绕过了曲曲折折的九曲桥，入了池荷那边一个长长的白色拱桥的洞里。

我再一次陶醉了，陶醉在初冬的一个清晨里，陶醉在一片残荷的荷池边上。

忽地想，那边的拱桥我是不是也应该去走走。

秦岭腹地的厚畛子和老县城

　　今天，终于踏上了去厚畛子的路。好多年前就想去那里，可一直没有成行。父母健在时的一个周末，我驾车载着他们，去黑河水库游玩。与人闲聊，得知沿水库边的公路南行，2个小时左右就到厚畛子了。遂和父母商量，去厚畛子转转，晚上在厚畛子的老县城歇一宿，第二天返回。征得二老同意后我高兴地驾车启程。

　　蜿蜒崎岖的山路，左转右转，上坡下坡。走过了几个急转弯，父亲突然说不去了，让我掉头转回。我一边给他做工作，一边继续南行。没想到父亲真的生气了，口气严厉，坚决不去。我只好找了个相对宽一点的地方掉头。所以，去厚畛子的老县城就由期待变成了夙愿。

　　自西汉高速公路崂峪口出高速路，沿环山路西行，到周至县马昭，南行进山。不一会就看到一个古塔，塔下有一个院子，院门上一个牌匾，上面写着"仙游寺"几个字。

　　当年，和父母来这里，只有古塔和几棵老树，还没有院子。一棵老树上缠着藤蔓，开着紫色的花，一束一束地垂下来，在和煦的风里摇荡。站在这里，向南俯视，翠翠绿绿的山腰里，泛着粼粼波光的黑河水安静温柔地顺山势蜿蜒。

　　驾车从仙游寺旁边经过，想到那次父亲力阻去老县城，我明白，他是因这山路危险。每次和他出去游玩，他总是将我的安全放在首位。在家里，他坐在沙发上，就打瞌睡，但是，在车里，他绝不瞌睡，两眼圆睁盯着路面，不断提醒我，前边有车，右边有人，慢点慢点。想到这里，便生了对他们的思念和没有了他们的伤感。

一路盘山南行，我们的右边是葱绿的山体，左边是河。河水随着河床的跌宕起伏，时而湍急，时而缓慢。在一个观景台上，我们停车赏景。河上，一座铁索桥通往对面的山里。一伙大学生，有的在桥上留影，有的下到了河底，相互撩了水玩。有几个男生，已爬到对面的半山上，声音拖得长长的喊，山谷里便有了长长的回音。这一段河床宽阔平坦。河水像极了害羞的少女，尽显了她的温柔，她大度地接纳了天上的蓝天白云和葱茏的山峰，将它们映在水面上，将这一方山水，滋润得如诗如画。

再前行，右边的山体有一个豁口。一个山里的妇女，在那里摆着木板长桌做生意。我们停车休息，妇女说豁口里有一线天景观。同伴去看，我和妇女闲聊。妇女告诉我，她家在对面的山里。说着，用手指了指河那边的一座山，我顺着她手指的方向看去，蓝天下，一座山茫茫苍苍的，一片白云正缭绕在山顶。我真想象不出，那个地方，怎么会有人家，会有人住！我问她，从家到这里要走多长时间。她告诉我，要走三四个小时。她说，她每天早上 10 点赶到这里，中午饭点卖点凉皮或者面条，下午就早早收摊回去了。妇女健谈，问我退休了没有。我告诉她，退休 3 年了，今年 63 岁了。妇女说我比她小 6 岁。我有些吃惊，她看上去最多 60 岁，哪想到都快 70 了。她说她有 5 个儿女，11 个孙子孙女。儿女都在外边工作，就她和老伴在家。他们偶尔也去儿女那里住住，但住不习惯，没几天，就又回来了。她说，山里空气好，人便长寿，他们村 40 来口人，90 岁以上的老人就有好几个。这倒让我羡慕起他们了。

下午快 1 点时，我们到了厚畛子镇。镇子不大，沿着山路盖了房子。这一段山路就成了街道。街道边有一个广场。广场上修了琉璃瓦顶的长廊。这时的西安已是晚春，而这里还未到盛春，柳树的嫩叶还带着鹅黄在柳绦上摇曳。间隔在柳树中的几树樱花，正开得如火如荼。长廊便在樱花树、柳树丛中伸向远方。长廊东侧是一条河。坐长廊里，听河底水声潺潺，树上鸟儿啾啾。不觉间，吟出两句唐诗："几处早莺争暖树，谁家新燕啄春泥。"现在，这里气温还较低，游客很少，镇上人家本就不多，所以，整个镇上显得格外冷清。一个路口处，有一家商店，门匾上写着"驴友之家"。店里陈列着遮阳帽、登山杖、双肩背包、登山鞋等。由此可知旅游旺季这里的热闹了。我坐在亭子里，还在痴痴地遐想，忽听家人喊吃饭，便寻声进了一家面馆。厅堂宽敞，方桌条凳透着木料的本色，厅堂里弥漫着淡淡的柴火味，突然有了饥饿的感觉。

老板是一位 30 来岁的男子，很热情，迎着我，脸上堆了笑。问我："吃什么？"我问："有面吗？"答："有。"我又问："有油泼面吗？"店家又答："有。"我说："就来碗油泼面。"不一会，面就端上桌来。面扯得像裤带，装在一个像盆一样的老碗里。面上的辣椒面、葱花，被泼了滚烫的油，便红绿中尽显了娇媚滋润。空气里霎时飘起热油葱花和米醋的香味，更觉饥肠辘辘了。这碗面，吃得我酣畅淋漓，又要了面汤喝了。喜吃面的人都知道，原汤化原食，吃完面再来碗面汤才是一个痛快舒服的吃面过程。

饭后，向厚畛子镇的老县城出发。从厚畛子镇到老县城有 18 公里，其中有 7 公里翻越秦岭梁的路，路窄、弯急、坡陡，十分险峻。果然，出了厚畛子镇，路况明显差了。虽是水泥路面，但因很久没保养了，路面斑斑驳驳，坑坑洼洼的，裸露着砂石。我们绕着坑洼，颠簸着前进。不一会，这种残破的水泥路面也没有了，取而代之的是更窄一些的土石路。在一个岔道口，不知该走哪边，便选了条宽一点的路走。不一会，却被一条河挡住了。河上有桥，只能步行过去。准备调头回去时，河那边小路上却过来几个人，告诉我们河那边的山上有瀑布，瀑布很高，值得看看，于是欣然前往。

山上植被茂密，大树很多，顺着山势，形成森林。树干上时而可看见人为鸟做的窝，窝上都有编号。这个季节，正山花烂漫，红黄紫的花漫山遍野地开放。山路虽然逐步升高，但山里空气好，氧气足，我们并未觉着气喘和累。

一阵微风，吹来浓烈的花香。我们努力搜寻，却未找到这香味从何处而来。

这条路走到尽头，就到了瀑布边。瀑布很高，虽然不是夸张的"飞流直下三千尺"，却也有六七层楼高。瀑布从高处落下，跌入一个大水潭里，水潭边有一个牌子，上写"老龙潭瀑布"。老龙潭本是厚畛子的一个景点，我们因不知它的所在，就没有刻意地去寻它，却误打误撞地来到了它的跟前。和老龙潭的邂逅，纯属偶然，也许这就是我与老龙潭的缘分吧。正是"踏破铁鞋无觅处，得来全不费工夫"。

从瀑布下来，返回岔路口，择另一条路继续攀行。山中十分寂静。空荡的道路上只有我们一辆车在穿行。那种 U 形的，带着大陡坡的弯道也多了起来。我小心翼翼地驾着车，每次转弯时都换了一挡，缓缓攀行，并不断鸣笛，以期知会对面可能来的车，做好会车准备。走着走着，天变暗了，阴沉沉的，不一会儿竟落了雨点。我心里有些焦急了。不知道老县城到底还有多远，前面的路会怎样难走。又遇了一次会车。

两车相距三四米时，我们都停了下来。这段路比较窄，一边是峭壁，一边是悬崖。对方车里下来一人，在两车前看了一下地形，指挥他们车靠左前行；我们车同伴也下去了，指挥我尽量靠右行，两车相错时都收了倒车镜，几乎是擦肩而过。本想向对方问问前面路况，一番紧张的会车后就忘了。

会车后，山路仍是崎岖，山野依然寂静。无尽的山，无尽的林木，遥远深邃的天空，不断移动变换。我突然就有了穿越时空的感觉。不知不觉间，四周的山已低于我们了。路边建了一个亭子，立了一个石碑，上写"秦岭界"三个字。因天阴得很重，我们无心在此逗留，便向山下奔去。此时，我们已经穿越了秦岭北麓，开始在秦岭南麓穿行。大概20分钟后，行到两座大山的中间。这里相对平坦，远处，一个门楼孤零零地站着。

行到近前，才看到门楼上嵌着"老县城"三个字。门楼东边，一片石滩地，被修整了，平平的，石缝生出杂草，蓬蓬松松的。石滩上有几间空无人迹的房子，在灰暗的天空下和门楼遥相对应。站在写着"老县城"的门楼下，却看不到老县城，也不见人的踪迹。天空里，几只不知名的大鸟在盘旋，更显得这里寂静、孤独和苍凉。不知怎的，脑子里就蹦出"地老天荒"几个字。难道我们经过秦岭梁一番穿越，果真是穿越了时空，来到了一个洪荒的地域？从石滩上绕过门楼，继续前行。转过一片树林左拐，远远看到一道城墙，在路的那头南北铺开。我精神为之一振，想提挡加速向城墙冲刺，可路面全是用石头铺的，高低不平，心疼车，只好作罢。车在颠簸中前进，愈接近那道城墙，我的心愈加忐忑不安。近了，近了，我们终于进了老县城，寻了住处，泊了车子，这一刻，一路上的驾车疲劳、艰难攀爬全忘到了九霄云外。

老城仍是石块铺的路，街道两边，房子并没有连成排，而是一家与一家相隔很远。每家都是用木条做围墙，圈住自家的院子。院子都很大，种着蔬菜、果树，有一个院里还种着牡丹。此时，这里还是早春，牡丹才结了花骨朵。花骨朵被外边一层绿色的骨衣紧紧地包裹着，似襁褓里的婴儿在熟睡。此时，天空竟稀稀疏疏地落了雨点，阵阵寒意袭来。偶尔看到几个老县城的人都穿着羽绒衣或夹克衫。我单薄的长袖和一件摄影背心已抵御不了这般寒冷，拿着相机的手也冻得有些僵硬了，只好返回提前订好夜宿的农家院里去。农家院的主人是一个二十五六岁的女子，看我们从外边回来，冻得缩头缩脑，便说："给你们开了床上的电褥子，去暖暖吧。"进到房里，我们把手伸进被子里，一股暖流顺手心手背传入周身。女子很能干，带着一个三岁的男孩。她告诉我们，她和孩子平时住在周至县城。孩子在县城上托儿所，她和老公都希望儿子从小接受好的教育。家里的农家乐平时由老公经营。还有两天放五一假了，农家乐会忙一些，她就回来给老公帮忙了。小男孩对我们一点也不生疏，拿了作业本给我们看，才三岁就认识了很多字。我们在他家打太极拳，他也加入进来，一招一式地模仿我们。

孩子的父亲一大早就摘野菜去了。来回五六十公里。夜黑透了才回来。摩托车后边驮了两个蛇皮袋，鼓鼓的，除了香椿，别的我都不认识，但我肯定那些都是树叶。果不其然，他告诉我，这些都是树上采的，有的树长在悬崖上，采摘很危险，因此他们一般都是两人一起去，互相有个照应。看着他疲惫的身影，我突然对这小两口心生敬佩。他们的厨房挺大，收拾得很干净，灶台上贴了瓷片，厨案上蒙着不锈钢板。冰柜橱柜擦得一尘不染，一副现代厨房的派头。

在西安已进入晚春初夏的时节，我们在老县城的这一晚却开着电褥子，盖了两床被子，进入了梦乡。第二天黎明，被公鸡的报晓叫醒，躺在温暖的被窝里，静静地享受着山村黎明的静谧。

再次醒来时，天已大亮了，我赶忙起床出门。天已经晴了，太阳冒出了山头，我急忙拿了相机到街上拍照。初升的太阳将街道、老房子照得亮晃晃的，身上也暖融融的，和昨天来时的寒冷雨天相比，真像两重天。我信步在街上走，路边遇到了一个茅草棚子，里面摆着桌椅，棚子外边，一树桃花正开得灿烂。两只大白鹅嘎嘎叫着，摇摇摆摆地从棚子旁边走过去。忽然觉得在棚里品一杯茶，观青山，赏桃花，听犬吠鸡鸣，看袅袅炊烟，不是神仙也胜似神仙了。

这里的房子都只有一层，但都有一个隔层存放粮食和杂物。房檐下吊着串串苞谷，彰显着老县城人的辛劳和收获。房檐下的灯笼和苞谷相互映衬，勾勒出一幅朴实自然的农家生活画卷，也为招揽游客增添了景致。

来到一个院子门前，我隔着木栅栏门向里张望。这个院子很大，中间一条石铺路，路边几棵柳树，新长出的柳叶很嫩，里边的房子也古香古色。我正纳闷这是个什么地方的时候，走来一个穿米黄色夹克的人，拿出钥匙打开了栅栏门上的链条锁。我央求他说，里边景色很美，我能进去拍照吗？那人客气地让我先进了门，我趁着早上的光线，抓紧时间拍照。突然看到院里一石头上的字，方知道这个院是老县城的保护站。

黄夹克男子也拿了手机在我旁边拍照。我悄悄地用余光看他，他五十多岁，夹克衫里穿着质地不错的羊毛衫，头发整齐地倒向一边，鼻梁上架着一副浅色窄边眼镜。我猜测他可能是这个站的领导。一番攀谈后才知道他是周至县下派到老县城村的第一书记。

我询问他老县城的概况。他告诉我，老县城又称周至县老县城，始建于清代道光年间，那时叫佛坪厅县城，当时这里商贾云集，有近三万人口。城里有衙署、城隍庙、文庙和佛爷庙，还有一个佛塔。民国时，因匪患猖獗，加之地处秦岭腹地，交通不便，所以，老县城逐渐被废弃淡忘。最荒凉的时期，城中只有九户人家，被人们称九户人家一座城。它现在只是厚畛子镇最南边的一个村子。

他说，作家叶广芩曾任周至县委副书记，后来写了一部名为《老县城》的散文集。这个几乎与世隔绝的小村庄才逐渐被人知晓，前来探险游玩的人逐渐多了。起初，由于山路崎岖难行，来这里的游客都在厚畛子镇雇农家的拖拉机上来。后来，政府在这里设了保护站，修了简易的土石路，外界的车才得以进来。他告诉我，老县城现在有四十户人家，大部分都开了农家乐，厨师都是自家人，但都是经过正规培训的，饭菜价格统一规定。香港一个商会还给农家乐提供了冰箱、冰柜、消毒柜，帮助老县城人发展旅游接待业务。全村有 104 人，其中 90 岁以上的有 4 人，70 岁以上的有 7 人。听着这个数字，我觉着这可称得上是长寿村了。

告别第一书记，信步在街道上。一个院前，有妇女在摊晒野菜，为即将到来的五一假日做迎客准备。一个向阳的屋檐下，一对中年夫妇正在吃早餐。暗红色的矮脚桌上，一盘土豆丝，一盘锅盔，两碗黄灿灿的玉米糁。一只小猫卧在矮桌旁，暖暖的太阳将中年夫妇、矮桌和小猫的影子投在墙上。再行，一人家的厨房上空，烟囱正吐着袅袅炊烟。幽静的房舍，幽蓝的天空，翠绿的青山，好似一幅清雅的水墨画。城的西段，又有一个异于其他农舍的院子，房舍青砖青瓦，院里修了长廊，长廊里陈列着很多石碑、石龟、拴马桩和其他石料雕刻。原来，这院子是老县城文物管理所。

　　老县城地处秦岭腹地，地僻人稀，且山路崎岖难行，清政府为何在此设衙建县？我猜，其主要目的应该是维持周至到洋县傥骆古道上的治安，抑制土匪们对商贾的骚扰和劫掠；同时，又可将这些远离州府的商贾们纳入政府管理，收取赋税。老县城有西、东、南三个城门，分别取名为景阳、延熏和丰乐。此城没有北门，对外的交通主要是西门，它通往厚畛子，通往周至县。南门，只是一个标志，没有实用功能，出门洞便是山。但是，老县城的鼎盛时期，它有怎样的功能，不得而知。城门洞两边，有脸盆大的圆洞。土匪来时，关上厚重的门扇，圆木插入洞里，城门便固若金汤了。现在只有门洞，没有了门扇。

　　我想，老县城虽然远离闹市，静静地沉默于秦岭腹地，然而，它也有它的风起云涌，它也有它的兴盛败落，它也有它的定数变化。

　　看着老县城郁郁葱葱的大山，看着城上悠悠飘浮的白云，我突然有股莫名的伤感，感叹岁月匆匆，叹息世事无常。一个人闲逛痴想，不觉两个多小时过去了，猛然想起同来的家人，赶快返回晚宿的农家，他们已经在院里等我多时了。我赶快向他们道声对不起，开车返程。

车行在老县城的街上，从东门驶向西门，继而驶向秦岭梁，驶向厚畛子，驶向西安城，重回喧嚣的闹市。突然我心里生出对厚畛子的不舍。车在石块铺筑的路上颠簸，心里也莫名其妙逐渐沉重。

再见，繁荣兴盛于清代的佛坪厅老县城；再见，败落于民国时期的佛坪厅老县城。

堰 坪 梯 田

阳春三月，春和景明，朋友相约去安康汉阴堰坪踏青，我欣然应之。

适逢清明小长假，为避车堵，遂商定赶早出发。过牛背梁时，天大亮了。公路两边山上的树和草已有了些许绿意，想起唐代大文学家韩愈的《早春呈水部张十八员外》诗："天街小雨润如酥，草色遥看近却无。""草色遥看近却无"，对早春绿意似有似无的描写，真是神来之笔啊。

车奔如飞，几株盛开的山桃花从车窗外一掠而过，女士们便爆出惊叹。

而后，我们进入了秦岭终南山隧道。

隧道是2007年建成通车的，长18公里，它是亚洲第一长公路隧道。车行15分钟，我们穿越了隧道，已是陕南商洛柞水境内了。这条隧道，将西安到柞水的路程缩短了60余公里。行车时间由原来的3个小时缩短为40分钟。而西康高速公路也延伸到了重庆，从西安到重庆可以朝发夕至了。

古人叹息的"蜀道难，难于上青天"的秦岭天堑变通途了。

在漩涡镇吃点东西，再东行十余里，就到了堰坪。

堰坪三面皆山，山上尽是梯田。梯田修建于清代，被誉为古梯田。山上有黄龙、茨沟、冷水和龙王四条溪水，四季长流，滋润着梯田。堰坪人在梯田里耕耘收获。

梯田远处的山，绿树葱茏，罩着薄薄轻雾。梯田层层叠叠，顺着山势，延伸至谷底，三面的梯田就连成了一片。

现在，正是油菜开花季节。漫山遍野，尽是金黄。

金黄里，间隔着麦田，麦苗幽绿，和油菜花映衬，彰显了春的盎然。

看花的人很多，车停在公路边，排了长龙。人下到田里，就入了花海。

花丛里人头攒动，笑声朗朗。妇女们摆了姿势，让老公拍照。年轻姑娘，举着自拍神器，自拍自乐。一个老者，胸前挂了相机，却没拍照，拈了株花，深深嗅一口，闭着眼，长长地出一口气，一副陶醉的模样。

我们攀到山上的观景台向下俯瞰，梯田的壮观尽收眼底。一阵风来，油菜花生了波浪，顺着山势涌下去，到了谷底，消散了。

从山上下来，在路边农家门前小憩。

房东老太热情，开朗，搬了小凳给我们坐。

她说，她家原先在山上，这个房子是前年修的。除了房中间的厅堂，一楼和二楼各有四间房。二楼是他儿子儿媳孙子孙女住的房间。

一楼四间房，一间是她的卧室，一间做了厨房，一间是存放粮食、杂物的仓库。仓库里，十几条蛇皮袋，装着大米、黄豆、油菜籽等。

老太太告诉我们，现在日子好了，年年的粮食都吃不完，再不愁饿肚子了。楼上楼下都有卫生间，自来水也通到了家里。这日子，过去做梦都不敢想。

儿子儿媳在漩涡镇做生意，平时在镇上住，今天清明节学校放假，儿媳就带了两个孩子回来看奶奶。儿媳也热情大方，领着我们楼上楼下参观。

老太做生意精明，在门口摆了野菜、酸菜、自制的豆腐乳、晒干的土豆片和菜油。

老太告诉我们，菜油是自家地里的油菜籽榨的，比商场卖的色拉油、调和油香多了。

我拿过一瓶，鼻子底下嗅了嗅，确实很香。朋友闻了，说："有小时候的味道。"

于是，大家便说起了小时候买油的趣闻。朋友说，小时候去买油，油冻得稠乎乎的，想起热胀冷缩的原理。忙回家，取了家里所有油票，打了油，想着沾了便宜，后来才知道，油冻了也会膨胀，所以并没有沾到便宜。

大家听了，都笑了。

我也讲了个关于油的往事。20世纪70年代，我刚工作，发了工资，便和同事去西关同福楼打牙祭。我们要了一盘烧带鱼，味却发苦。便对厨师兴师问罪。厨师说，鱼是用计划供给的核桃油做的。油发苦，鱼自然也苦。

房东老太太插话说，那时的日子真苦。那神态，像是对我们说，又像是自言自语。

后来，我说，真想拿这油炒盘菜，找找小时候的味道。

老太太善解人意地说，那就在我们家吃晚饭吧，尝尝我家儿媳的手艺。

我们大喜过望，连连感谢。并说一定要付饭钱。老太说，看着给就是。

这餐饭，有蒜苗炒腊肉，烧干土豆片和两盘新鲜的野菜。虽无大鱼大肉，却很鲜香。

尤其是干土豆片，从未吃过，嚼起来，很有韧性。

主食是柴火铁锅焖的米饭，锅底一层锅巴，深受两个女士青睐，边嘎嘣嘎嘣地嚼着，边说这更像小时候的味道。吃完饭，老太的儿媳说，她和儿子女儿要回镇上，楼上房子反正闲着，如果我们愿意，今晚可以住他们家。

这突如其来的恩赐，真让我们受宠若惊。忙不迭地说愿意愿意。并说，这个我们也要付费。

老太听了还是那句话："看着给就是。"

想想刚才还在为晚上的住处忐忑不安，现在得来全不费工夫。真打心里感谢这婆媳俩。

吃完饭，朋友提议到梯田深处逛逛。

这时，太阳已西，日色近暮。

赏花的游客已经很少了，花丛里安静了很多。

我们信步闲踱，沐着清风，嗅着花香。油菜花半人多高，繁硕的花瓣里，夹杂着新生的籽夹，微风里摇着。

花间是弯弯曲曲的小路，和小路相伴的是叮叮咚咚的溪水。

油菜收割后，田里就引入溪水种水稻。若夏末再来，就会喜看稻菽千重浪了。

山区的房舍，不像平原房舍那么集中，而是散落在田里。白墙红瓦，高低错落。葱茏的山，潺潺的水，无际的花。宛如一幅江南的水墨画。蜿蜒的公路，斗折蛇行。盘绕到每家的房舍。房舍都没有院墙，房前屋后种着蔬菜。

我们信步到一户人家门前，门前有两位大哥正在聊天。见到我们后，热情地邀我们坐下。

一位大哥烧开水，抓了窗下晾晒的新茶叶，给我们沏茶。

两位大哥一个姓吴，一个姓段。

吴大哥告诉我们，他们祖上是湖南人，清朝乾隆年间，为避战乱，从湖南长沙迁徙到这里。吴家先民在这里，依山开荒，修建梯田，巧妙地利用了这里的山山水水，遵循一年四季的自然法则，春插秧苗，夏获稻菽，秋揽玉米，清明时节，漫山遍野盛开了油菜花。吴家后代，繁衍生息，代代相传，将堰坪建设得美若仙境。

堰坪梯田和邻近的凤江梯田被合称为凤堰梯田，共 1.2 万余亩，是目前秦巴山区面积最大、保存最完整的古梯田，已有 250 余年历史了。

吴大哥说，堰坪不但风景美，民风也淳朴。出门路过谁家门前，由于没有院墙的遮挡，路人和主人就方便相互问候，这无形中就增进人们的亲情。谁家有红白喜事，大家都会去帮忙，认真地做事，热闹地吃酒。出去串个小门，也不用闭门锁户。

山上有一个古宅院，名叫花屋，是吴家北迁后的第三代子孙修建，共有房舍一百余间。房舍雕梁画栋，院落气势宏伟。现供游人参观游览。院内有一石壁，刻着吴家祖训，主要内容是以孝为先，尊老爱幼，与邻为睦，与人和谐。

同吴大哥家相邻的有一土木结构的二层房子。青砖柱子夹着土坯墙，墙皮斑驳。屋面巴掌大的青瓦，鱼鳞般排列，瓦缝中，长着一尺来高、形似雪松的不知名的植物。我们起初以为它是过去生产队的办公室。老段告诉我们，那是他家。并邀请我们去看看。

进入他家，南北有 20 余米长。房中有一张双人床，几个油漆已经脱落的货架和柜台凌乱地靠在墙边。

老段说，这房子原是村里的供销社，他是供销社的职工。前几年，供销社改制，他下岗了。供销社没钱给他补偿金，便将这房子抵给了他。

老段有两个儿子，都在广东打工，只有过年才回来。平时家里只有他和老伴。老段备了砖，准备翻修房子。让两个儿子回来开家农家乐，也好陪在他和老伴的身边。他热情地邀请我们下次再来，一定要到他家做客。我们高兴地答应了。

告别老段和老吴，顺着田间小道返回。这时天已经蒙蒙黑了，游人也散尽了。伴着我们的只有叮叮咚咚的流水声，忽然听见一两声青蛙叫，渐渐地就多了起来，此起彼伏连成了一片。

抬眼望去，散落在田野里的房舍亮了灯，星星点点，恍若仙境。

第二天醒来，窗帘透了亮。推开窗扇，湿润的清凉扑了面。原来，外面下雨了。雨细如牛毛，润物无声。远处的山，眼前的梯田，婀娜的花，白墙红瓦的房舍，都笼罩在蒙蒙的雨雾中。美丽堰坪，待到稻熟时节，我们再来伴你"稻花香里说丰年，听取蛙声一片"的诗情画意吧。

洽川有一个《诗经》里的故事

去年七月，和数十位同学去合阳，不是游玩，是看望我们的班主任老师。

在此之前，我对合阳只有两个印象：一是合阳有甘甜的红薯，20 世纪 70 年代，邻居家女儿在合阳做知青，探家时总带一些红薯回来，邻家母亲会送我们家几个尝鲜；二是合阳有我初中时的班主任成老师，成老师老家就在合阳，退休后定居在合阳县城。他做我们老师，已是 51 年前的事了。我们只上了两年就毕业和他分开了。

我们这一届的学生，因为没有上过高中、大学，所以一生中再没有接触过新的老师。小学时的老师，由于当时我们年龄小，所以印象就不深了。人生中记忆较深的就只有初中老师了。因此便对成老师有一份难以忘却的情感。时隔 51 年，这份感情似乎更加浓郁了。在去合阳的路上，我脑子里总幻想着老师现在的样子，他已是 80 岁高龄了，是满头白发了还是头发稀疏了，他是否已弯腰驼背行动不便了呢？不知不觉，我们已到了老师家小区门口，老师已在小区门口等我们，他的模样和我一路的想象大相径庭，头发仍是黑的，虽没有年轻时那么稠密，却也不稀疏，个子还是瘦高，背着一个书本大的包，包里装着手机，走路腰不弯、气不喘，领我们上楼时，竟一步跨上两个台阶。

屋里茶几上，早备好了香蕉、苹果、葡萄、瓜子，还沏了茶。我们在沙发上、小凳上坐了，老师忙着让我们吃水果，给我们倒茶。我们赶忙自己拿水果、端茶，让老师坐下休息。

　　我们班同学30年前聚会过一次，那次请了老师，见过一面。虽然过去30年了，但老师还是一个个快速地叫出了我们的名字，令我们惊诧。

　　中午，和老师一起吃饭。饭桌上，老师对我们说："你们也六十五六岁了，希望大家少喝酒不抽烟，保重身体，还要多点忘性，对遇到的不愉快、不高兴的事很快忘掉，有利于保持身心健康，还要多学习，不要被进步的社会所淘汰。"

　　吃完饭，他托他的女儿带我们去合阳的景区洽川逛逛。因为我视力差些，怕晚上返程开车费力，就坚持不去，回来总觉着亏欠了同学。于是在今年五一，我邀了同学专门再去一次洽川，以弥补上次的遗憾。去之前，先上网查了一下洽川，我对合阳突然有了一个新的认识。原来，《诗经》里的开篇之作《关雎》吟诵的爱情故事就发生在合阳的洽川。

　　那天，我们开两辆车，从西安出发，走西禹高速，一路堵车，本是两个半小时的路程，却走了四个多小时。到景区门口已经是下午两点多了。门口有农家乐，吃碗面充充饥，就奔了景区。

　　景区门口，有两个高耸的男女塑像，男的头戴帝王之冕，身材魁梧，双眼炯炯，女的黄蜂细腰，婀娜多姿，亭亭玉立于帝王身侧。塑像下有"天作之合"四个字。这两尊塑像就是西周文王姬昌和他的妻子太姒。来这里游玩的一对对情侣依偎在塑像下合影，憧憬一个甜美的婚姻。年龄大些的则期盼两人能够相濡以沫，白头偕老。塑像背面有一个石碑，镌刻着周文王和妻子太姒的爱情故事。

广场北边是一堵城墙，中间有城门，门上写"莘国水城"。莘国是夏朝时的一个部落国，是夏启王封给他的一个支子的封地，这个封地就是合阳，称为"有莘国"。

大约公元前 1130 年，也就是商后期，在今陕西省岐山县，有一个岐周国的嫡公子到了婚娶的年龄，他听说黄河边上的有莘国有一位姑娘，是夏启王支子的后裔，姑娘天生淑丽，貌若天仙。又温柔贤淑，勤劳质朴。

岐周公子慕名亲往有莘国探查。在渭河北边的洽川见到了太姒，一下被姑娘的美貌倾倒。因此，他对姑娘"寤寐求之"，"求之不得，寤寐思服"，"辗转反侧"。后来，岐周公子又亲自去洽川，用隆重的礼仪迎娶姑娘，因渭水上没有桥，岐周公子就用船在河上搭浮桥娶回姑娘。岐周公子对姑娘百般疼爱，以"琴瑟友之"，以"钟鼓乐之"。

这个岐周公子就是周朝的奠基者文王姬昌。他娶回的姑娘就是有莘国的太姒。太姒嫁到岐周，相夫教子，把后宫治理得井井有条，又勤劳质朴，敬上悯下，深受文王厚爱和臣下敬重。夫妻二人同心协力，岐周国力日渐强盛。文王和太姒共生了十个儿子，嫡次子姬发，就是打败商纣王、建立西周王朝的武王。

到了宋代，朱熹在对《诗经》中的《关雎》做注解时，就说"关关雎鸠，在河之洲"里的河就是合阳境内的黄河。"窈窕淑女，君子好逑"中的淑女就是太姒，君子就是文王。《诗经·大雅·大明》也说："文王初载，天作之合。在洽之阳，在渭之涘。"就是说，文王年轻时，上天给他配了好姻缘，新娘就是太姒，太姒就在合阳的渭水边上。

过去，读书不求甚解，简单地感觉《关雎》就是描述青年男子爱慕年轻女子的诗歌，并无所指。这次洽川之行，详细地阅读了《关雎》的解读，才明白它讲的是文王和太姒的爱情故事。而这个爱情故事之所以深受孔子、孟子、朱子等历代大儒推崇，是因为文王和太姒的爱情是一个很和谐的组合。文王治外，太姒主内，各司其职，阴阳协调，维护了君君臣臣的周礼。君王有了这样的爱情，就能治国平天下；普通百姓有了这样的爱情，就能家和万事兴。

洽川泉眼众多，最秀丽的当属处女泉，而它也在景区的最深处。进入景区，尽是绿水碧波与郁郁葱葱的芦苇，有风吹来，芦苇就朝一个方向偏去，叶子相互地挤挨，发出哗哗的声音。忽然，芦苇巷里摇出一只带篷的小船，咿咿呀呀的，水上就荡起涟漪，涟漪一圈圈地散开去，将小船送入了一座白色的拱桥，然后消失了。拱桥的对面，有一个灰瓦白墙的照壁，墙下是绿茵茵的野草，白墙后面，是一望无际的芦苇，蓊蓊郁郁的，拥挤着延伸开去。白墙上用黑字写了"洽川处女泉，春如诗、夏如画、秋如梦、冬如醇。"赏景品读，心底生出一番快意。

再行，遇一河，上搭吊桥，一群少男少女正在颠桥，一个个站立不稳，东倒西歪的，发出阵阵爽朗的笑声。不知怎么我的脑海中浮现出文王迎娶太姒时的画面。渭水上搭着浮桥，文王跨上浮桥，春风得意，心花怒放。

过了吊桥，步入一条木板长廊。长廊是在沼泽地上搭建的，两边是绸缎般温柔的绿水，郁郁葱葱的绿树，含翠欲滴的芦苇。

尽头的处女泉，一汪碧绿，隐逸在一片芦苇里。芦苇就是处女泉的天然屏障。据说，本地的姑娘出嫁，都会来这泉里沐浴，以告别自己的少女时代，告别自己美丽的家乡。这个习俗就是从太姒那里传下来的。

返回时，长廊外的芦苇深处传来几声咕咕的叫声，我想，那该是一只雎鸠在叫吧。不觉间吟出了"关关雎鸠，在河之洲，窈窕淑女，君子好逑"的诗句来。又想，成集于两千多年前的《诗经》里的爱情故事竟然就发生在眼前的这片芦苇里。原来《诗经》里的故事离我们这么近。

平利龙头村

朋友两口子，平日带孙子，忙碌得脱不开身。国庆长假，他们儿子一家去了外地的岳母家。老两口得了闲，便约我们两口子和另一朋友自驾车去玩几天。因此，我们备了干粮、水果、瓜子、花生，如约前往。

我们都是过了六十岁的人了，喜欢清净。那些大景点，年年都热闹得过头，人满为患。高速路上，车水马龙，经常数个小时静止不动，我们也不愿去凑那个热闹。

因此，我们避开出行高峰，10月2日驾车奔了陕南。朋友的妻子去年清明节时去过平利县城关镇的龙头村，说那里山清水秀，景色宜人。因此，龙头村便成了我们的第一个目的地。

在曲江上高速路之前，车流量还挺大，走走停停的。上了高速路，行驶一阵，车辆逐渐稀疏了。用了十几分钟，穿越了一个长长的隧道，已到柞水县境内了。

柞水的阳光出奇的明亮炫目，天空蓝得像海，白云浮在空中。路两边高大的山，满目苍翠，早红的枫叶稀稀疏疏地点缀其中，像轻描淡抹的水彩画。

如再过些时日来，满山的红叶便唱了主调，层林尽染，美不胜收。如果听到几声雁叫，也许会吟出"秋高气爽，雁阵惊寒"的诗句来。

下午四点多，我们到了离县城不远的龙头村。村外一面墙上，几个遒劲的草体字"最美乡村"格外醒目。这里说是村子，却没有村子的模样。村街两边，都是仿古建筑的二层楼，一楼大多是商店、食堂，二楼多是客房。

我们开车穿越村子，街道上尽是熙熙攘攘的游客。街道的尽头，有了院落农田，有了水塘和袅袅的炊烟。水塘边上、田埂上走着三三两两的游人。

停了车，奔至田边，一片苞谷地，玉米已被掰掉了，空留了枯黄的玉米秆，寂寞地站立着。另一片地里，半人高的灌木丛，一行行的，叶子黑绿，我们猜测是茶园吧！

一个水塘，波光粼粼，水面映着垂柳，几只水鸟在飞。远处的山，笼在西斜的阳光里，山顶上，几片云悠悠地飘着。

朋友的妻子说，这次没有上次来好看。上次来，油菜花正开，一片的黄绿，满眼的山清水秀，云雾蒸腾，宛若仙境。

我说："你上次来，是踏青；我们来，是登高。季节不同，景色亦不同。但同样有着游玩的快乐。"正如宋代文学家欧阳修在《醉翁亭记》里所说："四时之景不同，而乐亦无穷也。"

我们寻了两家田间的农院，却被告知没有房间了。因此，决定夜宿平利县城。

女娲文化广场

平利县城有一个广场，叫女娲文化广场。

离开了龙头村，数十分钟就到了平利县城。县城主街商业气氛浓厚，高楼商铺连排林立，小轿车也是络绎不绝。

我们转了一圈，也没瞧见宾馆、食堂，遂决定钻小巷去找找。别说，小巷里住宿、食堂还真不少。看了几家，住宿条件还不错，可都没地儿停车。街道一边虽然画了停车线，可都没有空位。顺小巷走到尽头，遇到了一条河，河面宽宽的，河水泛着幽绿。河名叫坝河，平利县城就沿坝河延伸。

我们找好了宾馆，吃了饭。夜幕降了，随意走走，遇到一个广场。广场上一片一片的音乐里，一群群的人影憧憧，正在跳广场舞。一串串的彩色珠灯，有的一人高，有的半人高，有的则贴着地面，五彩的灯光变换着颜色，在人影的缝隙里游走。近看了，方知是一辆辆的电动游乐车，装饰了彩灯，游人驾驶着，在广场上转圈。贴着地面流动的彩灯，却是孩童们溜冰鞋上的珠灯。广场深处有一个塔，五层高，巍峨挺立，飞檐拱角，夜里亮了灯，金碧辉煌的。塔名五峰塔，和不远处的五峰山遥相呼应。塔后，一座漂亮的拱桥横跨坝河。随桥起伏的灯带，在夜幕里弯了一个漂亮的圆。坝河的水，也被两侧的灯光染了色，一河的波浪，细碎金黄。

第二日清晨，我拿了相机，赶到坝河岸边，想拍几张初日里的波光粼粼。太阳却不出来，便胡乱拍了几张，在拱桥上走走。桥下几个老人持竿垂钓，静静地互不说话，可能是怕惊了鱼吧。

广场上满是晨练的人，有打太极拳的，有舞剑的，还有跳舞的。广场的北侧有一个运动场，是平利青少年运动中心。运动场两头立着足球大门，足球场上铺了绿色的塑胶，外延一圈是红色的塑胶跑道，一群人在跑步。我走入跑道，踩在软软的塑胶跑道上，也有了跑步的冲动。

和一个锻炼的中年男子闲聊。他告诉我，这个广场叫女娲文化广场，因为平利是上古女神女娲的故乡。他指着广场上的四根柱子说那是女娲文化柱，雕刻着四幅反映女娲文化、女娲传说的浮雕。

辞别中年男子，突然看到足球场上几个少年在踢足球，就想到了自己儿时也特别喜欢踢足球，却没场地去踢。我们这群小孩，总在楼下踢，有时一脚力气大了，球就飞到了楼上，打碎了人家的玻璃，挨一顿骂。

平利的青少年有这样一个足球场，真有点羡慕他们了。

自主创业的面馆老板

回到酒店，同伴们已梳洗描抹妥了，我们便上街寻早点。一条巷里，馄饨、稀饭、米线、包子、面条、蒸饺，品种倒不少，我想吃菜豆腐，却没有。

进了一个面馆，店面不大，挨两边的墙摆了两排桌子，中间留一条过道，桌面清爽，墙面白净。我便对这面馆生了好感。正面墙上写了各种面食的名字，红底白字，字体娟秀。我们讨论着吃什么面。店里一老者正在吃面，听我们说话，脸便向了我们说："这家的臊子面好吃。大清早的，有面有汤，吃着舒坦。"这话正合了我们的意，便喊了老板从操作间里出来，点了五碗臊子面。

问老板早点咋没有菜豆腐呢？老板说："菜豆腐、热面皮都是汉中那边的小吃，安康这边没有的。"

想想汉中、安康相邻，都属陕南，却也十里不同宴啊！

问老板周边旅游景点。

老板说："先给大家煮面，一会你们吃，我来介绍。"

一时，面上了桌。吃口面，喝口汤，味道果然不凡。

朋友老李，也是美食爱好者。赞叹说："这臊子，各种调料拿捏得到位，爽！"

老板出来，问我们从哪来的。女士们抢着回答："西安。"

老板说："这里没有玉宇琼楼，这个季节也看不到姹紫嫣红了。"

听他语出不凡，便想，这是个有故事的老板。抬眼打量他，一米八的个头，三十岁左右的年纪，国字脸，眼大鼻挺，肩平腰直，精干洒脱，说话喉音重重的，透出一股磁性。心下暗想，这一表人才，做个面馆老板，真是可惜了。

老板介绍龙头村时，我们说去过了。老板说，可以去逛逛长安古镇，镇里有一条街，专卖茶叶，还可以手工现炒茶叶；之后就去古楚国的城墙遗址吧，遗址现在又复原了城门，离这里三四十公里，不算远。

老板介绍完了又说，他曾在西安待过四年，对西安也熟悉。

我忙问："在西安做什么事啊？"

他回答曾在西安体育学院上学。

我恍然大悟，说："是大学毕业生啊，怪不得腹有诗书，出口文气呢。"

他腼腆地笑了笑说："虽然学的是体育专业，但也喜欢唐诗宋词，经常看看。"

我问："毕业咋就开了面馆？"

他说："毕业后，当过老师，又在政府机关干过。最后，还是想自主创业，就辞了工作，跟人学做面，开了面馆。"

他说西安的油泼面很好吃，在西安上学时经常吃。面馆开业时，他却做不好。后来有一个西安人来吃饭，那人给他传授了一番诀窍。他现在做的油泼面不但来自西安的人喜欢吃，就连过去不习惯吃油泼面的本地人也喜欢吃。

听着他的介绍，我对他放弃优越工作、自主创业的精神肃然起敬。看着他的不大的店面，我想谁的事业、谁的辉煌不是从小到大、一步一个脚印干起来的呢，想起那句老套子的话："是金子，在哪里都会发光的。"

告别了老板，经过十来分钟的车程，我们就到了长安古镇。古镇的外边新建了商业街，几排仿古建筑商铺，方格门窗，煞是气派，国庆黄金周里，却家家闭门锁户，门可罗雀，仿佛就没有开业过。老街上，家家店铺旺气，货物都摆在了自家店铺外面，一街的琳琅满目。

这里盛产富硒茶，我们却无人要买。开车观了一番街景，便离去了。

羊 山 村

陕南的县城，因山的限制，街道都不宽敞。但每个县城，无一例外，都有一条河。旬阳县城的河叫旬河，阳光下，波光粼粼。我们寻了一偏僻的街角，停车吃饭，商量下来去哪个景点。

朋友的妻子说，她姐夫今年夏天随一个写作团在旬阳采风，待了三天，还写了篇文章。她在微信里查，文章还在，文章名是《旬阳三日》，采风的地方叫羊山村。

这村名我们一听就生了兴趣，想那村子一定在白云深处，羊在白云里出没，人在雾里行走，个个都像天上的神仙。这文人墨客扎堆采风的地方，我们何不去一游，也沾点文气墨香呢。

我们出了县城，奔了去羊山村的道。此时，路右边，旬河汇入了汉江，公路沿汉江延伸。

初入山道，路边还有房舍。行进一会儿，房舍没有了，路也变窄了，基本一个车道宽。心想，如果对面来车，如何错开啊。正想着，就传来了汽车的鸣笛，原来是两辆农用渣土车从上面下来，这下糟了。

我们的车停下来，渣土车也停了。我下车帮老李看地形，唯有后退十来米，左边的山凹进去一些，是这一段最宽的地方了。

我指挥老李倒车。几次前进后退，车终于擦着山壁倒进了凹里。收了倒车镜，渣土车沿着沟沿过去了，我们也长长呼出一口气。

继续攀行，路愈蜿蜒，沟愈深。车颠颠簸簸，二十公里的路程，仿佛总走不完。

此时，已没有了初进山的兴奋，而生了担忧，想着荒山峻岭上的羊山村有无吃住的地方？正自忐忑，上方又下来几辆小轿车，恰好错车在一个弯道处，路稍宽一些，错车还算顺利。他们是从羊山村下来的，并告诉我们，羊山村有吃有住，放心去。

这番错车，去了担忧。感觉路不再崎岖，山景愈发宜人，深邃的沟壑也有了更多趣味。望着前边蓝天下的白云，我想，羊山村应该就在那里吧！

下午五点，我们终于到了羊山村。羊山村位于旬阳县城以东的羊山上。羊山果然很高，最高峰海拔1950米。因此，羊山有旬阳高原之称。

我们在村南边的一个大院里订了房间。然后悠闲地去逛村景。羊山村北高南低，房舍顺山势起伏，高低错落。村里有农家乐，有客房。村中央一个十字路口旁边的墙上有宣传栏，宣传栏里介绍了村况。有客房的人家都编了号，公示在宣传栏里。全村大概有百十张床位，住宿价格统一。看来羊山村的旅游接待已比较规范了。

离我们住宿地不远处有一个小院。小院里有一栋二层楼，墙壁雪白，墙上挂着新收的玉米，门厅、墙上画了梅花，黑色的梅枝、红色的花瓣和黄色的玉米相映成趣，给院子添了一抹书香气。

院子对着自家田野，一片高粱，结了红穗，在绿叶上铺开一片红。夕阳里，远处的山，一山的苍翠。院子边沿，几丛野菊正开着。房主人是一个山妹子，大概四十来岁，身段高挑，脸虽微黑，但眉目清秀，正在院里收衣服。见我们来，她就微微笑了一下，算是打招呼。我和她说："妹子，你家房子，墙白梅红玉米黄，雅致。"

她说，那是他儿子画的。

我问："儿子是学美术的吗？"

她说儿子在县城广告公司做设计师。

我说："你儿子能干。"

她又微笑了，说："还行吧。"

话虽随意，可她脸上还是溢了自豪。

告别她，我边走边想，山里的孩子，进了县城，做了广告设计师，也是一件值得骄傲的事了。

在一个院里，我瞧见了自来水管，便觉得稀奇。房东说："山上修了蓄水池，通了水管到各家的院里。高山上的泉水无污染，水质好。我们这里空气也好，城里人说是天然氧吧。夏天，我们这里也不热，七八月，来这里休闲避暑的人很多的。"

村北东折，一条土路通向村后的山里。路边一牌子，画了箭头，上写"生态种植园"。因天近暮我们便不去参观了。

返回宿地时，我们抄了近路，穿过一个院子。院里一堆带根的干枝灌木，我们以为是草药。院主人说是牡丹苗子，明年开春栽种。

我们问，苗子根这样裸露着，还能活吗？

院主人说没事，牡丹生命力很强的，耐养。

过去，总认为牡丹娇贵，没想到，在这深山峻岭上，我才明白，牡丹的生命力是很顽强的。

第二日清晨，空气润润的，我出门走走，又遇了山妹子，她在自家的高粱地里。一大片的高粱已被她撕掉了叶子。

我问她："妹子，收高粱吗？"

她说："高粱还没熟透，撇了叶子，营养就集中供穗子了，米粒子才长得饱满。"

我又问："高粱是用来酿酒的吗？"

她回答是，还要再加点玉米，用两种粮食酿。

我说："你再添三种粮食，就是五粮液了。"

她笑了笑说："好啊。"

她又说："新酒明年春里就开封了，你们再来，请你们尝尝。"

我赶忙说："好哇，谢谢。"

顺路走过一片玉米地，玉米秆枯叶黄，在晨光里站着，根部一片白花花的地膜。细看，原来玉米都是从地膜里长出来的。我觉着奇怪，向人打听，方知玉米采用了地膜保温种植，可提前下种，提前 20 天成熟。改变了过去山里秋季降温早、雨水多，影响玉米收成的状况。

溜达了一圈，我回到住宿的院里，伙伴们都起来了，在院里踢腿伸腰。我搬了凳子，坐在阳光下，四周望望，方知羊山村坐落在一个山洼里，四周都是山，一圈的绿，围了村子。仰头看天，很蓝，几朵云，雪白，并不飘动，仿佛是镶嵌在天上的。

忽然，房东喊我们吃饭。一盆小米红豆粥，熬得黏糊糊的，葱油锅盔，透着金黄，还有一碟红心的水萝卜泡菜，都已经摆在院里的石桌上了。这顿早餐，女士们只嚷着好吃。

房东收拾桌子时，我问："老板，泡菜好吃，能否再送点？"

老板说："没问题。"

伙伴老李说："泡菜下酒，越喝越有。今晚歇了，整两口？"

我说："正是这个意思。"

饭毕，到周遭再遛遛，向人询问附近景点，说有高山草甸、铁锁洞、清明河、瀑布群、十八罗汉、一线天等等。

因这些景点都要徒步登山，我们便不去了。

返程时，又看到了山妹子的高粱地。高粱秆已全被撇光了叶子，光光的秆戳向空里，顶着穗子，像一杆杆的红缨枪。

突然想到明年开春这些"红缨枪"就变成了香气扑鼻的酒。这酿酒的工艺真神奇啊！

蜀 河 古 镇

我去过许多古镇，唯觉蜀河古镇独特。

说它独特，是因为一般镇子都建在宽阔且周围有良田之地，而蜀河古镇却在一座山上，周围也无良田。

我们自羊山山里出来，入了公路，沿汉江又东行。汉江夹持在两山之间。山颜翠青，水色绿深。这一刻，方悟了绿水青山一词之精妙。

这一段，地势平缓，江水不兴，视野开阔，天高云飞，令人神清气爽，心旷神怡。我不觉吟出一首五言小诗来：旬河入汉水，汉水绿微微。驱车旬阳东，遥向蜀河镇。

车行大概五十公里，便到了蜀河古镇。镇口，右转下坡，路边有泊车标志。拐下去，方是蜀河河道，河中心，有水流，即将汇入汉江。水边有停车场，很大，开车绕了两圈，竟无车位。

镇上，一超市有地下停车场，我们便在那里泊了车。

街面上，商铺林立，行人络绎，货物竟摆在了路边上。忽然有大卡车驶入，我正诧异，伙伴老李说街道本是公路，方才不怪。

走一阵，没感觉到镇的古味。向人打听，曰：有小巷右转，便是老街。

遇小巷。走百二十步又一街。东有一山，断了街道。半山上，有一寺，石阶通之。山下，有一泡馍馆，空气里，可以闻见阵阵肉香。

顺街向西，街道平而不宽，小轿车也是进不来的。两边楼房却高，大都四五层，仰头看，却是一线天的感觉。让人想起了山上的树林，为了争阳光，每棵树都可着劲地往高里长。这一街的房子的主人都铆足了劲地将自家的房子盖高，并不为争阳光，而是因山里平地金贵。

街道是青石路面，两边房脚都高于街道，门前也是青石台阶。

一路走去，街道两边林林总总的还是商铺，街上繁华热闹。行到街尾，便清静许多。遇一小院，门外窥视，是四合院，古朴静谧。还有几个小门脸食堂，有炸麻团的，有蒸凉皮的，有摊煎饼的，还有搓麻花的。想这几个食堂倒是有趣，吃食虽是单一，却是不同地域的特色。

但这一街的高楼房舍，也没什么太浓的古味。

一宅门前，遇一男子，五旬左右，平头，头发微白，天庭饱满，眉秀眼炯。和他搭讪，问他古镇咋没有古色。他说这条街算不上古，真正的老街，还需再登高。

我又问："这地方，地地道道的陕西地界，镇子咋就冠了四川的'蜀'字呢？"

他说，这地方西周时属古蜀国，有河，谓蜀河，清朝中期始有镇，镇以河得名。清代中期，我国南北商业流通空前发展。蜀河地处陕鄂蜀三省交界，且有汉水下武汉、通长江。陕西、山西等北方物资走旱路，翻山越岭到蜀河，再转水路，到武汉，去南方。南方的商货，逆汉江北来，在蜀河登岸，入旱路，销往北方。于是，特殊的地理位置，使蜀河成为南北物资流通的中转集散地。一时间，各地商贾纷至沓来，云集蜀河。于是蜀河成镇，时有"小汉口""汉江小都市"之美誉。

别过男子，我们一行人寻石阶攀高。石阶边角多有破损，阶缝间生出小草。上面有老街，亦是东西走向。然而，街道不再平坦，两边房舍随地势高低错落。身侧便是下面屋顶。墙身多石板，斑斑驳驳，凹凹凸凸。潮湿处绿苔爬满了石板。屋面也多是拇指厚的长条石板。

房子主人早移居他处，唯留空房老巷顺山势迂回曲折。深一点的巷子，走进去，便有曲径通幽的感觉。

山上平坦处，也有宏大建筑。如一灰砖门楼，高六七米，高檐飞空，墙上有蝙蝠飞翔之图，寓幸福吉祥；又有鱼的图像，寓年年有余；还有鹤颜高发夫子，却不知何意。门顶上有狮子绣球、太极图。门上方有三字，乃"护国宫"。这就是建于清代中期的蜀河最大的会馆——黄州馆，由黄州商人集资所建，耗时十余年。馆内用砖均由湖北黄州运来，每块砖上都铸有"黄州馆"三字。

步入馆内，院落呈长方形，青石铺院，有后殿，两厢亦有廊楼，皆是砖木结构。灰砖灰瓦，尽显荆楚建筑风格。回身看，院首一楼，雕梁画栋，双层飞檐，曰：鸣盛楼。这是一个戏楼。细看，方知戏楼后墙便是门墙。会馆实是没有门楼的。这就是典型的江南院落的形式。

会馆西侧，有杨泗庙。庙门外绿树枝条上缠了缕缕的红布带子，在微风里摇曳。庙里烟雾袅袅，火烛缭绕，善男信女，磕头烧香。

此外，这一方的山上，过去还有江西会馆、湖南会馆、武昌会馆、陕山会馆、三义庙等。

会馆就是各地商人商贾拉帮组派，增强各自势力的帮会场所。一个镇上有如此多的会馆，也足见当时蜀河商贾来自多个不同地域。

我站在黄州会馆门外，俯瞰山下，蜀河汇入汉江，江水滚滚东去。江上已不见当年来往的商船，亦听不到船工浑厚苍凉的行船号子。身后，唯有经历过百年风雨的会馆依然屹立在山上，默默地注视着远去的汉水，怀念着会馆昔日的辉煌，又感叹着世事变迁的无奈。有诗曰：

灰墙雕楼临山金冈，雾罩云绕瞰汉江。

北迎秦岭马帮贾，南接长江水上商。

日间厢楼茶贸易，夜听乡曲到天光。

黄州会馆今犹在，不见当年黄州商。

从山上下来，我有了一个疑问，黄州会馆、杨泗庙为何都舍低求高，建于山上，而且海拔基本一样高！突然想起黄州会馆脚下有一石柱，标记着1921年和1983年蜀河镇两次洪水的最高点，都在会馆下面一两米处。看来，会馆选址在山上，是充分掌握了洪水的最高线的。或许，那时候的蜀河、汉江的水位比现在水位高很多。因此，那时候的老房子才会建在山上。

下到山下的街道，我们又融入满街的繁华之中。突然一辆绿颜色的摩托车驶来，在狭窄的巷里，在络绎的人缝里缓慢地穿行。骑车人穿一身邮局职工制服，摩托车上挂着邮包，原来是一个邮递员。

在繁华的都市里，我们已经很长时间没有见过送信件、送包裹的邮递员了。

走进毛坝河镇草川子村

2018 年的清明小长假。朋友发来微信说，知道我的车年前开到珠海后就未开回来，有无时间坐她家的车出去度个小长假。

小长假、黄金周我一般是不出去的，想想那路上如长龙的车、景区如织的游人，便无了游逛的兴趣。转而一想，乘朋友的车，倒省心，没有驾车的辛苦，还可东张西望地看风景，这简直是一种享受。

加之，我近日来心情不太好，也想出去散散心，便答应了朋友的邀请，并询问朋友，能否不去人多的景点。

朋友回微信说：去宁强县毛坝河镇草川子村。本想在百度上查查这个地方，想想明天就亲临了，何必多此一举，不如趁天未黑去买点腊牛肉、锅盔，以应路上之急。

一、出发时遇上堵车

第二日早上八点，家住附近的一朋友开车来接了我，说和那辆车在秦岭服务区会合。

本打算从丈八北路上西汉高速。半道上另一朋友打来电话，说她们七点多就在西汉高速路涝峪口以北堵上了，建议我们走环山路，到涝峪口上高速南行，就会绕过堵车。

临近涝峪口，我们也傻眼了。路上车已排成了长龙，十几分钟，寸步不动。朋友去前边探询，回来说，高速入口封了，问警察何原因不放行，说是汉中方向大堵，走过去也是堵，不如在下边待着，或者由此返回西安，就近去玩吧。

朋友儿子说，那就在环山公路边找个地方玩玩吧。此时，我们的车已被前后左右的车围了，莫想动弹，只好耐心等着。好在等的时间不长，约20分钟后前边的车徐徐地动了，我们跟在后边缓缓地行进。

进入高速路口，一警察挥手示意向右行驶，这是回西安的方向。我们前方的车却打了左转向，驶入了汉中方向的入口，那警察也佯装没看见，我们也尾随其后，这正是我们要去的方向。

行驶了十几分钟，另一车的朋友打来电话，说她们也通行了，照原计划，秦岭服务区会合。

路上，又遇了两次小堵，都是由车祸造成的。这一路，走走停停的，到秦岭服务区时，已是11点了。服务区里的车，从停车场排到了服务区外的匝道上。几个警察站在路边，指挥车继续前行，不能停留。我们在秦岭服务区会合的计划也就泡汤了。

想想，从早上七点，涝峪口以北就开始堵车，秦岭服务区是涝峪口过来的首个服务区，人们都急着在这里解决吃喝拉撒，怎能不排成长龙，人满为患呢！

下一个服务区，车终是进了停车场，胡乱寻了地方停了车，忙忙地去上厕所。女厕所门外排了长长的队，男厕所每个方便的人后边也站着两三个等候的人。有的人等不及了，就上了高速路上的跨路天桥，到对面的服务区解决。

下午三点多，我们两车终是相会了。再行驶一百多公里，四点半到了黄坝驿出口，下高速，驶入山间公路。导航显示，离我们去的终点还有五十多公里。这山路是国道？是省道？不得而知。反正路并不宽敞，依山傍河，上坡下坡，左拐右弯，竟将朋友的孙女摇得晕了车，哇哇地吐了。

接下来，我们放缓了车速，以防再有人晕车。再前行，看到河对面的山上有一个很大的洞，看过去，洞里黑黢黢的，洞底部，一股山水汹涌地喷出，被洞外的石头阻隔开来，而后又合拢在一起，哗哗地泻入下面的河里。我们被这景色所吸引，停车，下车，拍照，小憩，缓解了一路的疲劳。

天傍黑时，我们到了草川子村的附近，却遇了几辆车从对面驶过来，诧异他们为何黑天走山路离开。一打听，才知道里边已没有了住宿的地方。又庆幸朋友早早地订好了住处，心里一下踏实了。

我们和房东联系，房东告诉我们再往前行，会有一座桥，嘱咐我们在桥上等他。

不一会儿，一个黑影从河堤上匆匆赶过来，他就是我们的房东王老师。

二、房东王老师

知道房东是位老师，那是第二天的事了。

房东王老师上了我们的车，为我们带路。车在田间的路上走，那路也是硬化了的水泥路面。几分钟后，我们来到一栋崭新的三层楼前。楼的周边没有院墙，宽宽的平台对着农田。

王老师告诉我们，这是他小舅子的家，我们和他联系住宿时，他家的房子都订出去了，就把我们安排在了这里。小舅子的楼是新盖的，新房、新被、新褥子。我们放了行李，跟着王老师去他家吃饭。顺着田间一条小道走，路边有一排膝盖高的篱笆墙，护了墙里的农田。因前一晚下了雨，路上坑洼的地方还积了水，在暗夜里闪着光亮。走过一座小小的拱桥，再绕过一个吊脚楼，就到了王老师的家。

王老师家的院里，灯火通明，停着四五辆轿车，院里人影憧憧，都是来此游玩的客人。

一拨早到的客人，已用过了饭，便开了音响，在院子里跳舞。一条漂亮的小狗，不知从哪里钻过来，欢快地嗷嗷叫。

在咚咚的音乐声中，我们忙忙地吃了饭。又沿着田间小道回到住处，夜间的凉气渐渐地逼上来，感觉冷了。回到住处才发现，床上铺有电褥子，电褥子的开关亮着红灯，手伸到被窝里，暖暖的。

第二日凌晨五点，就被此起彼伏的公鸡打鸣声吵醒。六点半时，天大亮了，我穿衣起床，拿了相机出门，想去邂逅山里的日出。哪知，天却是阴的。于是，我沿着农家的房前屋后转，房子都靠着山。山根下，几个旧房子，灰灰的墙上生了绿苔，巴掌大的瓦上，零散地长了野草。这正是我们房东家的老屋。挨他家旁边，几户人家正在盖新房，将来也要办住宿。看来，这里的旅游接待能力还是很有限的，这里的旅游观光也只是初见端倪的事情。

大清早的，这房后的山下，很是孤寂，但它却是鸡们的乐园，一群群的鸡在草丛里觅食、追逐。忽然想起昨晚吃饭路过的那个拱桥，便沿着小道过去。道旁的篱笆墙里是松软的土，土里长着两三寸高的土豆秧子。

拱桥就在前边了，越过拱桥，看到了一株开满白花的梨树，树丛里，隐映出一个泥墙红瓦的房子，不觉间就想起了"小桥流水人家"的诗句。

我举起相机打算拍照，后边却过来了一个人，穿一身黑灰色的制服，头发整齐地向后梳着，脸虽微黑，却透出丝丝的文气。他对我说："喜欢拍照，秋天再来，那时，漫山遍野的红叶，美极了。"

我忙忙地拍照，应付地和他寒暄了几句。却觉着他有些面熟。

过了拱桥，漫无目的地走，却走到了王老师的家。住宿在他家的游客已陆续地起了床，有的在院里说话，有的抽烟，有的刷牙。我信步走入厨房，想看看早上的饭菜。厨房是一个两间的套房，外间的房子中央是一个火塘，火塘里几个拳头粗细的圆木棒子，正噼噼啪啪地腾着火苗。火苗上吊着一个水壶，壶里的水吱吱地响着，壶口冒着白汽。再上边，是从房梁上吊下来的串串香肠和一块块的肉，已被烟熏得黢黑了。里边则是真正的厨房，灶头上柴火烧得通红，两个妇女正忙着为游客做早饭。忽然看到那个穿制服的男子抱了一捆柴火进来，猛地想起他就是昨晚接我们的王老师。

我本眼拙，昨天见他又是夜里，所以没能认出他。本想和他聊几句，却因他忙里忙外地收拾桌子，端菜端饭，便断了念头。

吃罢早饭，回到住处，欲去山上的石林景点，妇女们还要打扮一下。趁这工夫，我便和房东小程聊起来。我问他："你姐夫是个有文化的人吧！"

他说："我姐夫是一个老师，在离这里20公里的毛坝河镇上班，我们这里的孩子都在那里上学。"

他又说他姐夫是这里第一个搞旅游接待的人，也喜欢摄影。我问："你姐夫是一个老师，他怎么会想起做旅游接待呢？"

小程说具体他也不清楚，却让我生了对王老师一探究竟的想法。晚饭时，我们特意晚去了一会儿，大多数游客已吃过了饭，王老师也有了短暂的空闲。

我便主动找他闲聊。我说："王老师，听说你也喜欢摄影？"王老师说："是，我自己觉着还有点摄影的悟性。说起来，都是十几年前的事了。我们山上那片石林，我打小就爱在那里玩，后来当了老师，总觉着那片石林不一般，是摄影的好素材，我很想用照片把它们宣传出去，以便开发我们家乡的旅游业。可是，那时穷，买不起相机，就去借朋友的相机来拍照，并把照片送给朋友。这些照片引起了朋友的兴趣，朋友介绍摄影爱好者来这里，总是找我安排吃住。我就在家里设了个摄影接待站。再后来，逐渐有人来这里旅游了，我就办起了农家乐，接待游人。说起来，也有十多年了。"

我说："你住在这里，得天独厚，一定拍了好多漂亮的石林照片吧！"

他说："有，咱俩加个微信，我发给你。"

我说："你当老师，又喜欢摄影，还办了农家乐，很辛苦吧？"

他说："农家乐，主要是老婆打理，节假日，我回来给老婆帮帮忙。摄影是业余爱好，当老师教书是最主要的，山里孩子上学，翻山越岭的，不易啊。"

我坐在火塘边，伸了手在火苗上烤，火苗映红了王老师的脸。我突然觉得，王老师也不易。告别王老师，回住处的路上，我在想王老师虽然是一个普通的人，但是努力地为家乡做着不普通的事。

三、中华石林

妇女们打扮妥了，我们开车去山上看石林。半道上，遇到一棵银杏树，硕大的树冠，向四周蓬开，新生的绿叶，还未长大，在高高的空中，闪着翠绿。

几个游人，拉着手围那树干。七个人竟也没围住。又上去一个，八个人，方才拉了一个圆。车入山里，遇了三岔口，路边停着八九辆车。一个木牌子标着景点指示，向左是石林，向右是高山草甸。

我们弃车先去石林。蜿蜒的土路碎石较多，虽是雨后，却并不泥泞。路边星星点点的黄花如核桃大，是开得正艳的蒲公英。前方，几个圆木搭起山门，上书"中华石林"。

过了门楼，沿着缓缓的山路走，右侧是山体，都不甚高。一块山体，在五六米的高处，自上而下地裂了一道缝，高八九米，宽五六十厘米。缝里竟长了一棵树，像是镶嵌在石缝中的。举了相机拍照，惊诧大自然的鬼斧神工，又感叹生命力的顽强。再前行，两个高高的石柱，紧紧地挨着，顶端似两个坐着的人的形态。柱下有牌子写着"夫妻石"。过了夫妻石，入了一个夹道，两边的山笔直地垂下，露出黛青色，山虽然不很高，可人还是显得很渺小。三五一群地走在夹道里，那红的、黄的、蓝的服色，高低的说话声，爽朗的笑声，为空寂的山添了生机。山顶大大小小的石头，游客们说这个像乌龟，那个像石佛。其实都是一个大概的意思，或者说是，仁者见仁，智者见智吧。

路边，两三个山里人摆了山货卖，有核桃、野山栗，还有干竹笋。他们对着游客，热情地招呼，并捧来核桃让品尝。我们七八个人，每人尝一个，也吃掉了他七八个。这一路的游人，要是都来尝，他还有核桃卖吗？但他们却没有顾及这些。我们走时，他还抓了几个核桃送给朋友的孙女。我们一边走一边感叹山里人的厚道。决定下山回来，一定多买些他们的核桃回报他们。

出夹道，遇河，有桥。从桥上俯瞰下游，十分宽阔，翠绿的山与河相伴着向远处延伸；一片片的梨花，开得雪白，夹杂在绿色里；一片梯田，新翻了土，前天夜里又下了雨，过几天，也许这片梯田就会热闹地长满禾苗。

再前行，遇到几处吊脚楼，墙面黑灰，小瓦青色。一段新铺的青石板路，将我们引入了石林。

这一方天地，篮球场大小，生长着拳头粗细的白桦树。树丛里散落着高高矮矮的石峰，有的一人高，有的半人高，虽然小，一个个却长得不俗气，有的整齐，有的错落，有的独自站立。有一个像莲花宝座，一个游客将他的宝贝女儿放进宝座留影。石林边缘，有两条半人高的墨色石条，长十余米，下厚上薄，顶部薄得像立起的巴掌，几块石片，生在顶上，像极了鱼背上的鳍，中间有轻微的凸起，通体的斑驳又像满身的鱼鳞。这两条石条，被当地人称作"墨龙石"。仔细品来，这"墨龙石"的名字还是恰如其分的，但这石林的名字，却是有些夸张了。尤其那山门上写的"中华石林"就更让人匪夷所思了。但转而一想，这些小石峰，虽算不得石林，更不能和云南昆明的石林媲美，但它却有它的独特情趣。我们常赞大家闺秀，也夸小家碧玉，更说牡丹国色天香；

但是，牡丹看多了，来这山里，看看小巧玲珑的蒲公英，看看小家碧玉的石峰也是别有一番情趣的。

从石林出来，走了另一条路，下了一段台阶，到了谷底，又遇一农家院落。门外一株芍药花开得火红，芍药旁边立着一个背篓，另一边是一片青草地，像绿毯子。一些老碗粗的圆木横七竖八地躺在绿草里，长了绿苔。经人介绍才知道这些圆木是生木耳的床子。院里出来一个妇女，黑衣黑裤，头顶一块黑手帕，手里端着一个盛着玉米豆的盆子，咕咕咕地叫着，撒出一把把的玉米粒，一二十只鸡瞬间从草丛里飞奔而来。

朋友问妇女，鸡卖吗？妇女没接茬，却对朋友脚上的一双绣花布鞋感兴趣，说花绣得好，她很喜欢。我们问："用一双鞋换两只鸡，怎么样？"妇女说行啊。

开罢了玩笑，别了妇女，回到三岔路口，本想再去草甸子，可是从那边回来的人说山上道路泥泞，不好走。便打消了再玩的念头，回去吃午饭。

饭毕，朋友说离此地不远有一瀑布，名"飞虹"，是否徒步去逛逛。正要消食，遂欣然前往。从飞虹瀑布归来，我搬了小凳坐在楼前的平台上小憩。前边的田里，散散乱乱的游客，荷锄掮锹，要去山上挖药材、挖竹笋、剜野菜。几株山桃，正开了粉的花，点缀着有了些许绿意的农田。远处山上的绿意却是很浓了。下午，本还有景点要去逛的，谁知，这午后的太阳却将人晒得懒洋洋的了，遂去了再逛的念头。烧水烹茶，眯了眼，看田野，看山桃花，看远山，一会儿便睡眼惺忪了。

西方沟人的挂壁公路

　　西方沟村位于汉中市宁强县的毛坝河镇。由于它坐落在一座大山的顶上，所以村里人总要翻山越岭，走二三十里路才能到。

　　西方沟人祖祖辈辈就居住在大山上，有人将他们的家园形容为世外桃源。但西方沟人却梦寐有一条通途，可以将他们带到大千世界。西方沟村的西边有一条公路，直通毛坝河镇，但村的西边却是高五六十米的悬崖峭壁，公路在峭壁的底部，西方沟人只能在悬崖上望着公路上来往的车辆行人叹息。

　　2000 年，村干部换届，一个小伙子做了村民委员会主任。俗话说，新官上任三把火，小伙子的第一把火就将全村人震惊了。他要带领大家在悬崖峭壁上修一条公路，直通山下，既圆了祖辈先人的梦想，又造福于后代子孙。他的设想，在西方沟村掀起轩然大波。毕竟，西方沟村只有一百来户人家，几百口人，世世代代都是抢着锄头刨土的，在悬崖峭壁上修路，谈何容易。于是，有人反对了，说祖辈们都不敢干的事，咱们还能干？有人说咱既没钱，又没有技术，还是求国家给咱修吧。但是，这把火也将村里一群血气方刚的小伙子、大姑娘的热血烧沸腾了，他们坚决拥护新主任的想法，发誓跟着新主任将这条路修出来。

　　我在西方沟人的挂壁公路上走一走，不知道西方沟人怎样筹集的资金，怎样克服的技术难关，越过了多少艰难险阻，又付出了多少心血和汗水，才修通这条公路。在施工中，一定发生过很多可歌可泣的动人故事，这些我都不知道，也无从在文章中叙述。但我的脑子里总浮现出这样的画面，悬崖峭壁上，西方沟人头戴柳条安全帽，姑娘们扶着钢筋钎子，小伙子们抡着大锤，叮叮当当的锤击声此起彼伏，轰轰的爆破声震耳欲聋。爆破的烟雾还未散尽，便有身捷如燕的小伙子，腰上绑了绳子，从岩顶上荡下来，手里握着铁杠，清理爆破后遗留在悬崖上的危石。然后，村里的老老少少，肩抬人扛，将爆破的石块搬走。俗话说：寸土难移。西方沟人在悬崖上开凿了一千多米长的挂壁公路，其中有多少石块要搬走，很难想象。我站在半山腰的公路上，仰首看去，岩顶很高很高，片片白云在岩顶飘荡。俯瞰，山下的毛坝河，变窄了，变细了，在山峡里蜿蜒。而我站在这天地之间的公路上，显得如此渺小，如一粒小小的芥菜籽。此刻我突然感觉到西方沟人的伟大和魄力，也深深地体会到了西方沟人开凿这条公路付出的巨大艰辛。

那日，我们将车停在毛坝河边，徒步走上挂壁公路，以期更深地体会西方沟人开凿挂壁公路的艰辛。步行一会儿，同事的孙女喊累，不愿再上了，她的父亲只好陪她下山去等我们。我们继续攀行，遇到一个自驾游的车队从山上下来。头车发现了我们，用对讲机通知车队："有行人步行上山，车队沿道路右边行驶，注意安全。"车队大概二十余辆车，一辆跟一辆，徐徐地从我们身边穿过，仿佛是从天而降。我们抑制不住兴奋，继续攀行，视野越来越宽广。放眼望去，远处的山，绿茵茵的，层层叠叠，无边无际，湖蓝的天很低，笼了高高低低的山峰，悠悠的闲云，在山峦间自由自在地徘徊。毛坝河水，被夹裹在两岸的绿里，像一条白色的缎带，悠悠地伸向远方。一条便桥通了河对岸，一条羊肠小道在对面的山上蜿蜒曲折，高处更陡峭的地方设有钢梯，那钢梯通向一个观景台，在观景台上可看到我们脚下的挂壁公路。

我们的身旁，仍是笔直的绝壁。向上望去，稀稀疏疏的树长在峭壁上。公路的另一边长了半人高的灌木，就无法近距离看到悬崖底下。所以，虽然身处半山绝壁，却也并未感到恐高惊惧。再前行，公路钻入了山洞，进到洞里，方知公路不仅在继续攀高，而且也在慢慢地拐一个弯。出了山洞，我们的方向已由原来向北转为了向东。也就是说，公路在山洞里拐了一个九十度的弯。对面一座山，已离我们很近，都能看清上面的树叶和草。那山恰在此处拐了弯，留给我们一片更广阔的视野，层峦叠嶂的山，在我们的眼里无尽地放射开去，还有一条白色的光带，在翠翠的绿里时隐时现，那应该是毛坝河的影子。

出了山洞，公路不再是挂在壁上，而是变成了一条普通的山间公路。再行，看到绿树里有房舍。行至近前，路边一小院，院里房舍白墙红瓦。院门外一个木牌，写着"西方沟村卫生院"。原来，我们已经走入了西方沟村。再行，忽然听到了切割机的刺耳声。原来是一户人家，盖了两层的楼房，正给墙面贴瓷片呢。房间里铺了地砖，几个工人正在安装不锈钢栏杆，刺耳的声音就是工人切割不锈钢管的声音。房东是一位年轻的妇人，正端着新泡的茶给工人，看见我们，脸上就溢了羞涩的笑。我说："大妹子，你家房子盖得气派，又是村头第一家，何不开个农家乐呢？"大妹子憨憨地笑了说："这不，房子才盖起来，打算明年开一个试试。"我说："祝你明年开业大吉。"她又甜甜地笑了，脸蛋上陷了两个酒窝。

离开她家，街道上遇了两位老人，身穿黑布棉袄，头戴草帽。一个老爷子手里正玩着一截寸把长的不锈钢管，钢管已被他揉磨得溜光溜光的了。两位老人边走边说话，我举了相机想抓拍一张照片，却被他们看见了，脸上刚刚的轻松自如一下子变僵硬了。我只好放下相机和他俩搭讪。他们祖辈都住在这里，以前去镇里要走几十里的山路，所以没有要紧的事，谁也不愿去的。现在修了这条公路，不仅去镇上方便了，拖拉机、汽车都能开上来了，盖房子的砖瓦灰砂石也能运上来了，村里好多人家都盖了楼房。过去，只能就地取材，盖土坯的茅草房。我顺着一位老人手指的方向看，一溜新房后边的山上，几间破旧的茅草房子，黑黢黢的，被荒草围了。他俩说那户人家盖了新房，旧房子废弃了。告别了两位老人，我悠悠地在街道上闲走。前边的几个女士却和村里一个妇女聊上了，喊我去给她们合影。那妇女四十多岁，脸上白里透着红，浓眉下，一对大眼，眼仁黑亮，头戴一顶粉色的遮阳帽，和我们说话也落落大方。原来，她就是当年带领村人修挂壁公路的新上任村民委员会主任的妻子。

　　我问她："你们当年修挂壁公路，困难很多吧？"她说，那可真难啊，无技术，缺资金，她老公跑贷款，找技术人员画图纸，还要做村里人的工作，现在想起那段日子，心里还慌慌的。她告诉我，公路修通后，她老公被调到毛坝河镇做了副镇长，后来又调到宁强县城附近的汉源镇做副书记。她又指着路边几棵繁花似锦的树说，这是樱桃树，结的果子很甜的，可惜，你们来早了。我们这山里樱桃树、杏树、核桃树很多的，都不使农药。秋天再来，景色更好，还可以尝尝我们的核桃。我们连连向她道谢，并说，秋天一定再来。扭头却看到同事的孙女和她的父亲，已站在我们身后，便惊诧地问她们怎么又上来了。他们说在山下遇了一辆上山的拖拉机，便搭了顺车上来了。忽然想到，这条挂壁公路，对西方沟人来说太重要了，它不仅方便了村里人的出行，还能将村里的农副产品运到山外去，又能引来山外旅游观光的游客，正应了数年前中国流行的一句话：要致富，先修路。

告别了她，我们沿原路下山。看到对面的观景台有人影在晃动，便用手做了喇叭状，对着那边"嗨，嗨"地喊，很快，那边也"嗨，嗨"地有了回应。这嗨声在两座山的峡谷间，悠悠飘荡，传到很远，很远……

我家的北阳台

我家在闹市的一条背巷里。

今天有朋友来，泡了茶，朋友却不坐客厅，说："拿两把椅子，坐北边阳台上吧。"这倒甚合我意。于是，我将茶盘放在阳台半矮的橱柜上，我俩一人一张椅子相向而坐。

北阳台是我家的厨房。虽是做饭的场地，空闲时我却喜欢坐在这里。想来，我坐这里的时间比坐客厅的时间还多。我在这里喝茶，看书，好多篇文章就是在这里写的。有朋友来时，我常想约他们坐这里，但觉着对客人不礼貌，就不曾开过口。今天朋友主动提出，我自然是十分高兴。

今天是夏至。雨，昨天就下了一天，到现在仍然没有停歇的意思。我俩端着茶，听阳台外面的雨声。

我们这栋楼是没有院子的，只有顺着楼的一个走道，走道边上是一条绿色的铁栏杆，将楼和外面的街道隔离开来。

街道也是很窄的，对向错开两个小轿车都挺挤的，又是一个半截头的巷子，所以虽处闹市，却是一个比较安静的场所。

路边窄窄的人行道上有几棵洋槐树，其中一棵正对着阳台，此时，高大的树冠上叶子葳葳郁郁的，雨水打在树叶上，发出哗哗的声音。一辆轿车过去了，传来车轮碾水的声音，接下来又只剩了雨的哗哗声。

这时，朋友说："知道为啥要坐这里吗？"

我看向他，等他下文。

他抿一口茶，望着窗外，接着说："这个地方接自然。"

我笑了，说："人家说接地气，你却说接自然。"

他回我："接地气是一楼的事，你家都二楼半了（楼下有半层高的地下室），坐这里，看绿树，听雨声，望望这雨中的小巷，你不想'逢着一个打着油纸伞的女孩'吗？这一番宁静，不就是纯净的大自然的情趣吗？"

他这一番话，倒正说到了我喜欢坐北阳台的兴致。只是，他还没有将这一方的自然情趣说到位。

对面的洋槐树下，是一排两层的红砖房，透过随风摇摆的洋槐树叶的缝隙，红砖房就显得影影绰绰、斑斑驳驳的。红砖房的北面，还是几排两层的红砖房。炎炎的夏日里，那个院子的上空也是一片繁茂的幽绿。那是一片梧桐树，它们大约四五层楼高，就像一片森林，遮挡了我的视线，使我只能看到满眼的绿色和它上面的天空。那一片绿里，经常传来各种鸟的叫声，有的清脆婉转，有的低沉短促。麦子收割时，有一种叫声，听起来像极了"算黄算割"的谐音，像是在催促人们收黄了的麦子。奇怪的是，麦收完了，就再听不到"算黄算割"的叫声了。小时候在农村住过，村里人说那鸟的名字就叫"算黄算割"。还有一种叫声是"咕咕咕"的，头两个"咕咕"是上升音，第三个"咕"却是下降音了，我一直不知道它是什么鸟的叫声。

一天，一只斑鸠落在了阳台外的防护栏杆上，头左摆右摆地对着我瞧，我也盯着它看，它却没有一丝害怕。我鬼使神差地去橱柜里抓了一把小米，拉开阳台窗子，它却拍翅飞到了槐树上，我将米撒在阳台上的一个花盆里，关了窗扇。一会儿，它又飞了回来，还是落在栏杆上，等了一会儿，许是觉着没有什么危险，才跳到花盆上，啄了米吃。第二天几乎是同一时间，它又来了，我又抓米给它。一连几天，都是如此。再一天，我在手机上写文章，忘了给花盆里放米。突然就听到阳台上有"咕咕咕"的叫声，抬眼看，原来是它来了，站在花盆上，正对了我叫。天啊，那"咕咕咕"的声原来是斑鸠发出的，我忙抓了米给它撒出去。想想，挺有意思，我喂了它米，它回报我，让我知道了"咕咕咕"的声音是它的。

那一片树林里，夏天自有它的郁郁葱葱和鸟的欢快鸣唱。初春时，它却有另一番景象，就是树上开的铺天盖地的白花，有风吹过，花朵摇摇摆摆的，就像飘飘洒洒的鹅毛大雪。每逢这时，我就会站在阳台上，对着那一片雪白发呆，想，是因为冬天没有下过一场像样的雪，老天爷心里过不去，就生了这一片白，来填补我们的缺憾吗？

梧桐树的白花散去的时候，阳台外面干枯了一冬的洋槐树，也开花了。洋槐树开花总在我们不经意间，而我们也总是先闻到它放出的幽香，方惊悟槐花开了。这时，花束一串一串地垂吊着，一个一个的花朵像晶莹剔透的白珍珠。一根硕大的枝干竟伸到了阳台边上，一串串的珍珠唾手可得，但我却舍不得惊扰它们。它们是那么的娇柔婀娜，那么的洁白无瑕。我唯有怀着一颗纯洁的心，静静观赏它，默默祈祷它多留些时日，让我能够更长久地观赏它、迷恋它。

一天傍晚，我在城河边散步回来，一弯月亮在空里悬着，回家站在北阳台上，推开窗扇，槐香扑鼻而来，使人如痴如醉。一串串晶莹剔透的花朵，在淡淡的月光里越发娇柔了。一阵微风拂过，飘来一阵欢快的胡琴声，突然有了吟诗的冲动，就吟出一首七绝《咏槐》来："开轩月夜槐飘香，何处胡琴送悠扬。叹声娇花香时浅，明日小巷皆夏光。"

阳台稍右一点，有一株笔直的棕树长在绿色栏杆的里面，它是我们院里唯一的一棵树。我们搬来这里时，棕树刚被一个陕南姑娘种下，还没有人高。有人说，这是南方的树种，养不活的，但棕树活了下来，而且长得很旺盛，现在已经有四层楼高了。棕树的叶子像一个硕大的巴掌，每有风吹时，大巴掌上的手指就微微颤动着，像琴师在抚琴弦。

一年冬天，夜里下了大雪，清晨，阳台外面是一片雪的世界，棕树就像一个白色的柱子，一个个的大巴掌被雪裹了，往下垂着。太阳出来时，雪化成了水，从大巴掌的指尖上滴下去。经过雪水的冲洗，棕树叶子在百木凋谢的寒冬里，更显挺拔翠绿了。

其实，棕树正对的是我儿子卧室的窗子。儿子读大学时，一次和同学去一个僧人的茶舍喝茶聊天，僧人问儿子房舍周边环境，儿子说窗外有一棵棕树。僧人沉默一会，说："你将来会去南方水多的地方工作。"谁承想，儿子大学毕业真去了珠海，在那里成家立业，现在他的儿子都十岁了。

朋友，现在你明白我为什么喜欢坐在我们家北阳台了吧！在这个混凝土高楼到处林立的城市里，能有这一片绿色，能享受这一番自然的情趣，能有一棵棕树串联着对亲人的牵挂，实在是一件可遇不可求的事。

泡馍里的乡愁

一方山水养一方人，一方人钟爱一方山水。羊肉泡馍就是咱老陕人的最爱。

20 世纪 70 年代，我参加了工作，工作地无食堂。一碗廉价的羊肉泡馍就成了我经常的果腹之物。一个师兄的战友的父亲在西大街一个泡馍馆做炉头，我和师兄就成了这个泡馍馆的常客。每次掰馍，师兄都嘱咐掰成黄豆大，他说这样炉头师傅认为是吃泡馍的内行，会多给一勺油或多一片肉。一次和一个同学去，我故意将馍掰大些，也没有油寡肉少，便觉得师兄是故弄玄虚。

后来，我在小寨南边一个工地干活。这里已经出了西安市区，一条柏油路变成了黄土路，路继续向南，通向长安县。路边一个红砖墙红机瓦的平房，就是一个泡馍馆。泡馍馆门前有一块黄土场子。每天中午饭口，场子上就会停一溜马车，赶车把式支一个木交叉，架一个铁皮槽子，拌上谷子秸秆、麸子喂上牲口，自己去馆子里吃一份泡馍，有的只要一碗肉汤，泡上自带的锅盔。车把式虽然是南来北往的，但大都互相认识，见了面就说粗话，相互开开玩笑算是打招呼。有的掰着馍，笑那自带锅盔的："你真个是老扣掐，舍不得一毛钱馆子里买俩馍。"那一个也不恼，说："我这锅盔，面白馍硬呢。"一时馍掰好了，送了后厨，等的工夫，有人不耐寂寞，就吼一句"包龙图打坐在开封府"，一嗓子出来，就有了掌声，旁边桌子上的客人，虽不认识，也拍手叫好。

泡馍馆门外，有一个剃头匠。车把式吃了饭，就来他这里刮光头，掏耳朵，再按摩脑勺后颈。按摩的时候车把式闭着眼，一副极享受的样子。最后剃头匠按一个穴位，车把式的头刹那间便无力地垂下，嘴里流出哈喇子。四五秒钟后，剃头匠又在车把式胸前打一拳，车把式一个激灵便醒了过来。他抬起头，打俩哈欠，伸一个懒腰，仿佛从一场大觉中醒来，去收拾了草料盒、木交叉，紧一紧马的缰绳，精神抖擞地上路了。走远了，还传来一句粗犷的唱腔："我持钢鞭将你打。"

那时，我们工地没有食堂，附近也只有这个泡馍馆，所以，我们每天必去这里就餐。时间久了，与剃头匠也熟了，就问剃头匠的绝活。剃头匠说绝活叫放火，可以降火解毒。我当时十七八岁，正年轻力盛，又天天被羊肉泡馍拱火，所以老牙疼目粘，吃了几包泻火的药也不顶用，就央他给我放放火。他说剃了光头才能放。我不舍得一头乌发，央他两次，仍不给放，只好作罢。泡馍吃了一阵有点腻了，再去时，就从路边的菜田里薅一把蒜苗、韭菜或者菠菜，佐在泡馍里遮点油腻。一个半月后，施工结束回家，母亲说："这娃出去一个来月，咋吃得油头光面的。"

数年后，单位和一个开发公司及一个生产队联合开发一个项目，我被派到那里工作。项目组每个月进城去开发公司开一次例会。每次去，我和生产队的几个干部都很兴奋，因为开发公司楼下就是一个泡馍馆。每次会后，公司就请我们去那里吃一次泡馍。一次开完会，公司经理说："今天换个口味，吃海鲜吧？"生产队的干部立马反对说，咱老陕吃不惯那些，所以继续吃了泡馍。

往事如烟，一晃几十年过去了，我也成了退休老人，经常去珠海儿子家居住，好像将羊肉泡馍淡忘了。今年的初春，摄影班的百合发了几张西安春柳的照片，突然勾起了我的乡思。于是，给照片添几句话，名《春半》：

春又过半，故乡柳儿又未见，

抬眼望北，添无尽思念。

本欲北还，疫情突来搅扰散。

又定时日，不知可遂愿？

写罢，不知咋就想吃泡馍了，儿子说，珠海有泡馍馆，就带我去了，馍软软的，三两下就掰完了，煮好送回来，吃了觉得不筋道，也没有期待的香味。旁边桌子上的几个男女，边吃边叽叽喳喳地说着我半懂的粤语普通话，就觉着这泡馍少了点什么。少什么呢？说不清楚。但是那番思乡情却更重了。

又几天，西安疫情缓解，让儿子买了机票，飞回来，迫不及待地去了泡馍馆，服务员问："自己掰吗？"我抢着说："自己掰。"拿了馍、碗寻桌子坐了。掰馍时，四周都是久违了的乡音，就觉着特别的亲切。旧年吃泡馍的往事也浮现出来，正自回忆，隔壁桌上一老人的手机响了，铃声是秦腔《三滴血》的唱段：祖籍陕西韩城县，杏花村中有家园。

我突然明白在珠海吃泡馍少什么了，少了故乡的山、故乡的水，少了咱老陕的乡音、咱老陕的乡情。泡馍只有坐在家乡的馆子里才能吃出正宗的味道，因为这个味道里有着浓浓的乡愁。

打 工 司 机

过了正月十五，从珠海乘机飞回西安。落地咸阳机场时，已是华灯初上了。叫了网约车，回西安。

司机是一个三十二三岁的小伙子，穿黑色西服，打着领带。一口普通话夹杂着浓浓的秦味。

他话很多。而我，因一个冬天没在西安，就迫不及待地向他询问西安的近况。"西安最近还有雾霾吗？""这两天冷吗？"我又说，西安今年的年味真浓，灯会漂亮，社火热闹，又问他可去看过灯展。

小伙子一一回答。又说，每天跑车，挺累的。最近，来西安旅游的人特别多，他总是很忙的，晚上收了车，就想在家歇着，便没有去看灯展。

我突然觉得，这话问得有点不合时宜了。

在后排座椅上的妻子突然插话，问小伙子："你娃多大了？在西安还是在老家父母带着？"

小伙子顿了一下，说："我还没有结婚。不过，马上就要结了。"此言一出，便打开了小伙子的话匣子。

他说："不瞒你们，我过去就是个二流子，在长安区老家，方圆十几里，我坏得有名气。过去也处过几个女朋友，但都因女方家里反对而没有结果。后来，两个哥哥、一个姐姐的孩子都长大成人了，有的读了大学后都参加了工作，有的正在读大学。逢年过节回家，娃们叔长舅短地叫，我就有点自惭形秽，就想，一定要改邪归正。"

后来，他告别父母，来西安打工，在建筑工地做过小工，干那种浇灌混凝土的活。这活累，但赚钱多。再后来，他又考了汽车驾照，租了一辆面包车在城里跑货运。跑货运时，和几个玻璃店的老板挂了钩，为他们拉玻璃。他说，拉玻璃这活，风险大，一般司机不愿拉。但这活挣钱，只要胆大心细就行。他说，好多货运司机活不多，但他还行。干了两年，也挣了点钱。现在，货运不好跑了，他便改行租了一个公司的小车，挂在网上，接送网上预约的客人。每月交了公司的租金管理费，剩下的收入自己留一些，其余的都交给母亲。

我说："你不但是浪子回头，还是一个孝子啊。"

他说，过去不懂事，总让父母操心。现在挣钱了，也该孝敬孝敬他们了。但是给父母的钱，他们从不自己花，而是给他攒着。于是，他再回去送钱，就给他们带点喜欢吃的糕点、水果。每次，母亲都说他乱花钱，但他总能发现父亲偷偷地微笑。

他的老家在长安区鸣犊，离西安市区较远，所以，他在西安北郊租房住。那一片，房租比较便宜，所以，打工租房的比较多。一天晚上，他收工回去，走到租房的巷子里，突然听到有女孩子的喊声："我的包，我的包。"接着就看到两个人影跑了过来，有个女孩子在后边追着。他明白，女孩子遇到抢劫了。他二话没说，就向那两个人冲了过去。那俩人见有人拦路，就张牙舞爪地扑了过来，却被他三拳两脚撂倒了一个，另一个见势不妙，扔了抢的包撒腿就跑，被打倒的这个也慌忙爬起来跑了。他从地上捡起包，拍拍包上的土，将它递给惊魂未定的女孩。

这女孩，也是在这巷里租房住的，老家在彬县，她在西安打工卖服装。

过了几天，女孩和她的两个伙伴找到他，说请他吃饭，感谢他。就这样，一来二去的，他们就熟悉了。再后来，他们恋爱了。现在，他们已经商定了婚期，就定在今年的五月一日。他说："我俩都是打工者，就定在劳动节那天结婚。"

我说："小伙子，你真浪漫。"

我侧头看他，他一脸的幸福。

他抑制不住地说："大哥，有了女人就是好，我晚上跑车回去晚了，她就给我打电话，嘱咐我注意安全，还问我晚上想吃什么，她给我做。每次接到她的电话，我都想，多拉点客，多挣点钱，好好待我的女朋友。"

他继续滔滔地说："女朋友和我约定，家乡话不适宜在西安说，以后要说普通话，将来有了孩子，也好给娃教。她还说我整天接送客人要讲究仪容仪表，给我买了西服、领带，让我每天穿着出车。"

正说着话，他的电话响了，果真是他女朋友的电话，说擀了面条，等他回去煮，问他还有多长时间回去。他说大概还得半个小时，让他女朋友先吃，别饿着，那边却固执地说要等他回去一起吃。

我说："你真幸福。"

他说："我现在也觉得我幸福。"

我们边走边聊，不觉进了城区。路上不时闪过的红灯笼，在夜幕里透出未尽的年味。

妻对小伙子说："能否拉我们走西大街和东大街，让我们看看街上的夜景。"

小伙子说："没问题。"

我说："你女朋友还等你吃面条，哪条路好走就走哪条路，你也能早点回去。我们明天去看夜景也行。"

小伙子说："没事，这个时间车少了，路好走的，反正也顺路，咱们就走一趟。"

车进西门，西大街沿街两排灯笼悬挂在空中，顺着街道向前延伸。一束束蓝光像流星雨般，一闪一闪地从空中坠下。一串串橘黄色的小珠灯，缠绕在行道树的枝枝杈杈，使人想起了"火树银花不夜天"的诗句。一片片蓝色的星星灯，高低错落在空中，星星点点的，像极了夏季里的星空。仰头看去，便有恍恍惚惚的感觉，脑子里又生出牛郎织女的故事。

妻拿出手机，忙忙地拍照，做小视频。小伙子便放慢了车速，又打开了车内音响，说给妻的小视频配点音乐。

车到钟楼盘道，小伙子对妻说："要不要绕盘道转一圈。"

妻忙说："不用，不用，已经很感谢你了。"

车到小区门口，小伙子帮我们将行李搬到院门里，又开了车内灯检查有无遗落的东西，然后才向我们告别。

我握了握他的手说："谢谢你接我们回来。提前祝你新婚愉快。早日生个大胖小子或者小棉袄。"

他说："谢大哥吉言。"

然后驾车离去，逐渐消失在远处的灯火里。

第二章　寄语他乡

　　梭布垭实在是一个梦幻的世界，千姿百态的石林、石花、石峰让你眼花缭乱。

恩施狮子关耍水

"狮子关"，听名字，像是一个兵家相斗的凶险关隘。

狮子关是湖北省恩施土家族苗族自治州宣恩县境内的一处景点。狮子关由干峡谷、水峡谷和大峡谷交汇而成，全长 9.6 公里。山势险峻，山形如虎牙交错，有两座石山，状似狮子，扼守通往长潭河的要道，狮子关因此得名。

景交车载我们驶入景区，沿山路行驶五六分钟，遇大湖，水幽绿，设浮桥，车行其上，桥两侧压起波纹，游客惊喜喧笑，忙忙地拍照、录视频。

须臾，车过了浮桥，盘旋到山腰处，停下来，这里有个观景点，俯瞰浮桥，有车走过，波纹呈三角形放射开去，比在车中观之更为壮观。

而后，车进了更深的峡谷，谷中安静极了，唯有车轮声回荡。山路曲折，峭壁悬崖，怪石林立，山草乱生，石缝里不时有泉水淙淙流下，漫了路面。电瓶车开足马力，涉水前冲，两边溅起水花，这样的景色，使我们从蔫蔫中兴奋起来，尖叫声、嬉笑声此起彼伏。谷里的寂静瞬间被打破了。转过一个山脚，忽然看到对面一辆车从水里冲来，飞起的水花像车的两个翅膀，车就像在水面上飞行。我们禁不住兴奋地呼喊，对面车上的人也和我们一样兴奋地叫，两车临近时，叫喊更加疯狂，错车时，旁边人的欢呼忽然变成了尖叫，原来，水花溅到了他们身上、脸上。起初，我以为是偶然遇到有水的路面，后来，接二连三地穿水而过，我才明白这是专门设计的，路面上的水是人为引入的。

车返程时，我们虽然将一路的欢笑留在了幽深的峡谷里，但还是兴致难收。有人说，孩子们爱玩水，成人也一样啊！看咱们一个个兴奋得像小孩一样。这时早已忘记了起先看关隘凶险的想法。

沧海桑田梭布垭

梭布垭石林在湖北恩施州太阳河乡。梭布在土家语中是三的意思，垭是两山之间的平地，梭布垭就是三个垭。游览一圈，没有感觉到三个垭，大概"只缘身在此垭中"吧。

梭布垭实在是一个梦幻的世界，千姿百态的石林、石花、石峰让你眼花缭乱。造型奇异的，又冠了形象的名字。一石像一顶帽子，被冠名廪君冠；一石宛如靴子，被冠名廪君靴。廪君是远古时期土家族各部落的同盟首领。

再行，一石极像张牙舞爪的狼，狼头悬一石，谓之苍狼卫冠。又行，入一竖洞，高约八九米，宽三米许。仰望洞口，唯见一团光亮。同游一女子，颇爱留影，因洞内光暗，央我用单反相机给她拍照，我说须坐地仰头，才合景意。女子照做，留下靓影，却湿了裤子，怨我逗她。出洞指壁上几个字给她看，原是坐井观天，她又乐了，说："果然应该坐着。"再行，遇一涝池，池边野草茵茵，矮石凌乱，游人或坐或依，或说或笑。涝池另一侧，一灰色石高五六米，下半节一段凹进去，如一张大嘴，内有一石，却是白色，导游说这叫神虎含玉。一客迟来，没听见导游解释，自我联想，说这像大嘴吃三明治。有人问，何以见之？她说："口内石不像三明治吗？三明治被咬开了，奶油流到了下巴上。"我们复看，三明治下面像下巴的地方，果然有块白，就像从嘴中流出的奶油。

遂赞赏她的想象力。她说："我哪有那样聪明，只因我家孙子爱吃三明治，常流奶油到下巴上，我就产生联想了。"再行，沿途石磬、石书、佛窟等不胜枚举。有一立石，人腰高处豁了一块，名海枯石烂。过往的夫妻，用手在豁口处对一个心形留影，引意为海枯石烂不变心。

梭布垭景点众多，目前只开放了青龙台、莲花寨、磨子沟、九龙汇等处，我们时而拾阶攀高，时而就台下行，一会儿鱼贯直行，一会儿曲折向前，才出幽洞，又进一线天，仿佛有走不完的石阶，穿不透的幽暗。正觉力乏气短，忽遇阔处，豁然开朗，灌木蔚然，野草抢翠，山花争艳，草中小路，大有曲径通幽之感。绕过一个山脚，却又是别开生面的景色。最后，登上景点高处一观景台，凭栏俯瞰，四野高高低低的苍翠中皆是斑斑驳驳的石林、石峰。忽然几片云飘来，那方的石林、石峰便跌入了云雾，又添了几分神秘。

同团的游客接踵而来，对着这天高地阔、秀林奇峰，惊叹大自然的鬼斧神工。厚眼镜片的景区导游老赵说："错，我们这一方的奇景和鬼神毫无关系，奇峰秀林的创造者是海水。"他说，4.6亿年前的奥陶纪，那时海水广侵陆地，海平面比现在高很多，我们现在站的地方就是海底。后来，地球遇了冰川期，大量海水被冻结，海平面逐渐下降，岩石里易溶于水的石灰岩被海水融化带走，坚硬的部分留下来，就成了石林石峰。几十万年的海浸，在石林石峰的身上刻下一道道的横纹，学名就叫溶纹，最顶一道溶纹上边的石顶叫戴冠。

听了老赵的一番讲解，我窃喜，甚至窃感，毕竟窥了全景，又初步了解了有关奥陶纪的知识，真不虚此行啊。

天坑地缝鹿院坪

天坑地缝，顾名思义，就是自然力量在地球表面造成的巨坑裂缝。天坑地缝都是喀斯特地貌的形态，鹿院坪就是一个既有天坑又有地缝的地方。

鹿院坪在湖北省恩施土家族苗族自治州恩施市的板桥镇，板桥镇在恩施的大山深处，鹿院坪又在远离板桥镇更深的深山里。所以多少年来，鹿院坪天坑地缝鲜为人知。据说它是近几年被一伙钻山探险的驴友发现的，由于它远离现代闹市，又不通公路，所以，发现它的人便送了它一个"世外桃源"的名字。又因为人们还不大了解它，所以，又有人说它"养在深闺人未识"。

那天，暮烟缥缈时，我们到了板桥镇。导游说明天去鹿院坪，因大巴车无法通行，要换乘镇上的微型面包车。第二天早上，六七辆小型面包车来载我们。车行驶在崎岖的山道上，两边的山峰、深沟、树木，像过电影一般唰唰地往后闪。四五十分钟后，我们到了板桥镇新田村附近，鹿院坪就在这里。

一、四十二道拐

鹿院坪是一个巨大的深坑，坑沿到坑底，垂直距离 300 余米。从坑沿下石阶百十步，步入栈道。栈道挂在峭壁上，正是一段背阴处，不见日光，凉气习习，冷风飕飕，吹得后脊发凉。凭栏下望，谷空底深，仰头远眺，天阔云飞，于是就生了胆怯。同行两人恐高，惧之更甚，煞白了脸，贴了岩壁，走得颤颤巍巍。又前行一会儿，转一个弯，到了岩壁的向阳处，阳光倾泻下来，温了脸，暖了身，坑底的景象也明朗了。向下望去，看见了树，看见了零散的房舍，看见了蜿蜒的河流，方才的胆怯也减去许多，一行人有了惊叹，有了说笑。

行 200 余米，到了栈道的尽头，这里才是真正的下坑之路。所谓路，就是 1500 多个台阶，呈十多个"之"字形，蜿蜒到坑底。当地人称为四十二道拐。

走上台阶，几个年轻体健的，噔噔噔地走远了，多数人三一群、两一伙地结伴而行。我贪恋一处景致，照了几张相，就落在了队伍后边。后边还有几位女士，昨天穿越恩施大峡谷，今天腿还疼，就拽了台阶旁的链条倒着走。

四十二道拐，果然名不虚传，拐来拐去，总不到底。石阶被两边的灌木夹持了，看不到远处，像在迷宫里。前后也不见了人影，唯高处低处传来人语声。我触景生情，吟出一句唐诗："空山不见人，但闻人语响。"

走一程，累了，路边石头上歇一下，听到后边有脚步声，原来是一名精瘦的汉子，背着背篓从石阶上下来，背篓里装满了东西，口上平放着一袋大米，我赶忙站起来，以示对他的尊重，也想借机和他聊几句。他走到我身边，先对我微笑，又问我："累吗？"我说："本来累的，看到你就不觉累了。"他说："我们祖辈在这里，习惯了。现在有人来我们这里旅游了，我就开了农家乐，昨天去了镇子，添置了油、盐、酱、醋、蔬菜、米、面等，赶着回来为客人备饭，如今这日子有奔头呢。"我俩并肩走着，说着话。又拐了几道弯，视野变开阔了，看到几个先行之人已经到了坑底，正对我们摆手，大声地呼喊。我也双手在嘴上做喇叭状，大声地回应他们。

二、鹿院坪

入坑就是一片菜田，田间一条用石磨盘铺成的路通向坑的中心。一台农用三轮车停在一片地头上，还有一辆手扶拖拉机也停在另一片地里。一条河从坑的中央流过，一座拱桥连通河的两边，河边几处房子，屋顶炊烟袅袅，这是鹿院坪的居民或为自家或为游客准备午饭呢。

鹿院坪东西长约五公里，南北最宽处一公里左右。我们过拱桥继续向西走，一个小木屋立在路的分岔口，木屋里的人告诉我们，分岔路是一条环形路，向左通向地坑的大裂缝，向右通往悬鹿峰，无论走哪边，最后都会转回木屋，我们选择走悬鹿峰方向。路旁一片葵花正盛开，又有一片随风起伏的芦苇，正白了穗子，黄白相间的色彩铺在苍翠的坑谷里。路的另一边，一个池塘水色泥黄，无一草一叶，觉着奇怪，再行百二十步，又遇一池塘，一塘的藕叶，有正苍翠的，有泛了黄的。方意识到，刚才那个池塘应该是才挖了莲藕的。再行，遇一房子，黑青砖黑青瓦，门前电线上落了几只鸟，正啾啾地叫，两个男子在屋檐下站着说话。房前一块菜地，长了一尺多高的白菜，菜叶已经包了心。一个妇女坐在地头上，拿了手机正看。我问她："那边房子是你家吗？"她答："是。"我又问："这里手机信号好吗？"她又答："很好的。"

我再问："你家门前有电线，通电了吗？"她再答："我嫁来时就通了。"看她四五十岁了，想来这里通电也是很久以前的事了。

别过她，再走一程，就到了坑的最西端。这里坑壁陡峭，壁下绿草茵茵，树木相错。一条溪流从右边的高处流下来，溪水边上一座同样黑青砖瓦的房子，显得很苍老了，房边有一个小石磨，装上了电马达。房子的主人姓裴，据说他的祖上是鹿院坪的开拓者，是鹿院坪最早的居民。

相传，清代之前，鹿院坪没有人居住，只有一群野鹿在这里生活。明末清初时，裴家祖上两兄弟，躲避战乱，从湖南来到这里，发现峡谷底部草青木秀，想必是沃土之地，便用白布结了绳子，坠到坑底。坑里果然溪流淙淙，土沃地肥，十分适于开垦稻田，于是裴氏兄弟决定举家迁来这里。谁料想返程时，白布绳子被野兽咬断了，裴氏兄弟困在坑里数天，干粮也吃尽了，只好寻野菜充饥。一日，发现一群鹿走过，兄弟俩鬼使神差地跟了鹿走，竟然走出了深坑。后来，兄弟俩和家人迁居坑里，修房开田。鹿经常来到他们庭院前，好奇地向院里探望，裴氏感恩鹿给他们引路，经常拿些食物喂它们，鹿就和裴家做邻居，一起和谐地生活。再后来，这个坑就有了个诗情画意的名字：鹿院坪。

三、悬鹿峰与三级瀑布

悬鹿峰与峰下的三级瀑布，是裴家门前的绝美景色。现在是枯水期，河流变作了溪水，叮叮咚咚地从门前淌过。从裴家向右走，拾级而上二三十步，路边灌木丛有一条小道，钻进去，十来米高的岩石上，落下一道水帘，这是悬鹿峰下的第二道瀑布。从这里再攀四五十级台阶，豁然一片开阔地，地上满是碎石。碎石缝里尽是玉米秆粗细的树，树叶繁茂但是大多已经泛黄。一条石子小路在林间曲回，树丛里传来水流的哗哗声，却看不到河流。行走百十米，拐一个弯，便遇到了河。河上有桥，过桥沿河岸又百十步，一座山高高凸起，顶端是一个"U"字形的峰，被取名"悬鹿峰"。峰的下半截有水涌出，水流不大，从半空里飘飘洒洒地落到地面，汇入河里。这飘飘洒洒的水，就是悬鹿峰的第一道瀑布，叫悬鹿瀑布。

我迷恋这里的山奇水幽，于是沿河又走了百二十步，远处传来几声乌鸦的叫声，寻声却不见踪影，河床还在向悬鹿峰的深处延伸。回身看时，已无一个同伴，忽然觉得其境过于凄清，慌慌拍了几张山色黄叶，匆匆地返回。

到裴家房前继续下行，穿过一片菜地，沿石阶直下，就是绝壁深涧。涧宽十米左右，一条栈道悬在峭壁腰上，站在栈道上，可清楚地看到对面峭壁上斑驳的绿苔。涧虽不宽，深却惊人，忽听涧底有人语，探头下望，便觉头晕目眩。定神再看，涧底有一绿潭，几个先到之人正在潭边拍照。一条河水汩汩地从潭里流出，在幽暗的涧底蜿蜒出一条光带。

下行的栈道，走了一个"之"字形，就到了涧底的潭水边，潭的另一边是笔直的峭壁，一条水柱沿峭壁落下，足有五六十米高，它是裴家门前的河水流到了绝壁，断了河床，倾泻下来，这就是悬鹿峰的第三道瀑布。潭底，其实是一个整块的大石，由于瀑布长年累月的冲击，大石中间凹下去，成了水潭。这可真应了滴水穿石的老话。

这阵子，水流不大，只有碗口粗细，瀑布坠得很温柔，柔柔弱弱的，宛如俏美娘垂落的一头乌发。离了潭底，登石阶又入了悬壁上的栈道。回首翘望，看到悬鹿峰正高高地俯瞰瀑布潭水，方明白此潭为何叫鹿饮潭了。

四、水的鬼斧神工

沿栈道下行，转过一个弯，便踏上了洞壁腰上的一条石道。石道下数十米，就是洞底的河床，河床里满是石头，大的如牛，小的如斗如盆如碗，河水则在石头缝里穿流。因为长年累月的侵蚀，大多石头被磨没了棱角。向上望，壁峭岩峻，一条狭长的蓝天，浮了几朵白云。再走，头上多出一段岩石，岩石下方有一段圆弧，像窑洞塌了半边的顶。我想此处过去应该是一个洞，沧海桑田，一半洞壁塌掉了，就变成了现在的模样。果不其然，再行，看到岩壁上有文字说明，此洞名"悬鹿裂缝"。我们现在所处的悬臂腰，就是过去的河床。那么，是什么力量使河床下降了数十米，又是什么力量造就了悬鹿裂缝呢？这个神奇的力量就是裂缝底部正汩汩流淌的水，鹿院坪是碳酸盐岩的地质结构，碳酸盐岩极易溶于水。这柔柔弱弱的水，不知经历了多少亿年，在鹿院坪的身上冲刷出一条河道。又不知历经多少亿年，水流一点一点带走了融进水里的碳酸盐岩，河床不断地降低，悬鹿河终于变成了现在的悬鹿裂缝。那么，鹿院坪的天坑又是如何形成的呢？它仍然是水的杰作。一般来说，天坑的前身都是地下河，地下河水不断融化洞中碳酸盐岩，顶盖融化得薄了，无力支撑了，盖就塌下去，变成了大坑，就是天坑。现在，地质界考察确定天坑的一个重要证据就是坑里有无河流。鹿院坪就有两条河流，一条流过天坑的中央，一条在裴家的门前。

据考察，鹿院坪的天坑地缝形成于 2.5 亿年前。今天，我们走下四十二道拐的 1500 多个台阶，又走了悬鹿裂缝中的 300 多个台阶，一睹大自然数亿年前的杰作，无不为这奇坑裂缝咂舌，无不为大自然的鬼斧神工倾倒。

返程时，又看到了那辆农用三轮车，又想到了在白菜地头玩手机的妇女，想起她家屋檐下的电线，想起裴家门前石磨上连接的电马达。这里虽然远离闹市，在大山的深处，但是，他们夜晚一样有电灯照明，和我们一样能玩最现代的智能手机，还有机械化的农用三轮车在坑里行驶，还能说这里是世外桃源吗？我看不能，您说呢？

盘古的千年瑶寨

到珠海和儿子一家过春节，离大年三十还剩四天了。这天晚饭，儿子、儿媳说，春节到哪里去玩玩。

现在天天都是好日子，不像我们小时候，盼过年，为的是吃肉馅的饺子、大块的肉、麻花、麻叶，穿新做的衣服。现在年轻人过年放假，心思可不在吃喝上，最想做的就是出去逛逛。

儿子、儿媳的提议，我和妻自然十分赞同。游山逛水不比闷在家里做吃做喝的悠闲很多吗？我们又怕放了假出去，景点人多，玩得不畅快，遂决定第二天就走，春节前返回。

儿子、儿媳做了玩两天的攻略，去广东最北部的连州，逛连州的千年瑶寨，游连州的地下河。返程途中，绕道去顺德吃顿晚饭。这攻略甚好，顺德可是粤菜的发源地之一。

第二日一早，驾车北行。连州和湖南、广西相接，此时，正是赴粤打工族返乡的高潮，因此高速路上北行的车络绎不绝。

下午一点，经过五个小时的行程，我们终于到了第一个目的地——千年瑶寨。

千年瑶寨又称南岗千年瑶寨，位于广东省清远市连南瑶族自治县县城西南 27 公里处，始建于宋代，至今已有千余年历史了。

渐近瑶寨的山路上，一座院落门前，一地的炮仗纸屑，我以为是这家人办喜事，再向里走，家家门前皆是如此，方知不是办喜事，应是和渐近年关有关，但究竟为何，不得而知。

瑶寨在一座山上，房舍依山而建，高高矮矮，层层落落。寨里有一条主道，是石块垒的台阶。从山下拾级而上，不断地向两边辐射出小道，小道边上，便是一户户人家的房舍。即便是一户人家院里，房子也有高有低，之间也是石台连接。小道在山上曲折蜿蜒，将一山的房舍串连起来。走入深一点的小道，就像入了迷宫。一户人家的院墙上，挂着一串串的腊肉、腊鸡。我们唤了主人出来，挑了一块腊肉，随主人到院里去过秤，尽是左转右折的台阶，一个院子里的房子，竟错了半个房子的高度。

寨里的房子不是想象中的吊脚楼木屋，而是灰砖灰瓦结构，大多墙面斑斑驳驳的，看来有些年头了。道边上，零散地摆着山里的土特产和药材。可惜，我们都不识货，也不敢贸然去买。也有卖吃货的，多是老太太卖蒸熟的红薯。有一个小店，卖豆花，我买了一碗，想品品山寨的风味。豆花盛在一次性塑料盒里，用小塑料勺舀着吃。盒子端在手里，软塌塌的，没找到那种山寨里用黑粗陶瓷碗吃东西的感觉。豆花加了太多的糖，浓浓的甜遮了希冀的豆香。我拿了一张百元大钞付钱，店家说可以用微信付的。看来，山外的现代化生活，也波及山寨了。

寨民们的服饰和我们的衣着一样，一同走在街上，你根本分不出谁是游客，谁是寨里的主人。偶然看到一个老汉，用大红的布缠了头，一圈一圈的足有一拳头厚，这时才感觉到自己正在瑶寨里漫步。

我们攀登了一会，遇一棚子，棚下摆着两张桌子、几条凳子，原来是一个食堂，但是没有食客。食堂老板四十来岁的样子，正在吃饭，见我进来，便和我打招呼，挺热情的。我便和他闲聊。

我问他："山上的梯田主要是种稻子吗？"

他回答："是。"

我又问："稻子一年熟几次啊？"

他说："熟两次，两次插稻的时间分别是春分和秋分。"

他又说："现在的田基本是寨里的老年人种，年轻人大都外出打工了。"

告别了他再登高，已到了寨的半山上，回头远眺，视野顿开，眼前，一溜台阶，半山房舍，依次相连到山下。远处的山，东西连绵，仿佛寨子的天然城郭。直端端对着寨子的几座山峰，甚是漂亮，隔了淡淡的雾气，仿如天上仙境，不知那里会不会有神仙。收回视线，一腔的心旷神怡久久不能散去。惊叹瑶族先人，建寨选址的神力，应是有神灵暗中相助吧。渐进山顶，道两边有两根方红柱子，顶上两个半弯的牛犄角，遥遥相对，抵入天空。瑶族人崇拜牛的神力，崇拜牛犄角的坚韧，一路走来，许多人家的门厅院里都摆放着牛犄角。再走，到了山顶，一座小庙，供奉的是开天辟地的盘古爷，我就想，千年前瑶族人祖先面对荒山峻岭，要用盘古开天辟地的气魄来建家院，就请了盘古爷坐镇，护佑他们，安居乐业，护佑他们的子孙世代延续坚韧不拔的精神。其实，那家家户户供奉的牛犄角不就是他们延续的不屈不挠的精神写照吗？

亿万年前的地下河

连州地下河在广东省清远市连州市东陂镇大洞村境内。

车入连州市，四周的景色便有了桂林山水的味道。山从平地里拔起，没有丘陵，没有山坡。不经意间，还以为徜徉在桂林山水之间呢。

喀斯特地貌有多种形态。有的裸露在陆地表面，如桂林的山水。有的藏匿于地下，称为石灰岩溶洞。连州地下河实际上就是一个天然的巨型石灰岩溶洞。

连州溶洞，深受人们喜爱，许多文人墨客也在这里留下了诗文墨迹，如唐代诗人刘禹锡被贬连州任刺史时，就写下了"前时明月中，见是银河泻"，又说"山秀而高，灵液渗漉，故石钟乳为天下甲"。唐代文学家韩愈在连州为官，也赞美说"吾州之山水名天下"。当代作家秦牧也写下了游记《神秘瑰丽的地下河》。

连州溶洞，气势磅礴。洞口宽阔，像一个大嘴巴，因此，当地人称它为大口岩。进入洞内，还未适应洞内的幽暗，仿佛置身于一片混沌之中，俯仰上下，不知顶高几许、底深几何。几处彩灯闪烁，又生出几分幽幽的神秘。洞全长 1860 米，一条石阶，贯穿洞里。行走阶上，时而下，时而攀，蜿蜒曲折，不知西东。唯随导游，南折北绕。

溶洞上下三层，最高处 47.8 米，最宽处 53.6 米。二、三层为陆地景区。一路走去，一洞的石钟乳，形态各异，令人目不暇接。有的凌空垂下，似天降奇石；有的从地面生出，如雨后春笋；有的俊美清秀，仿如仙家之府邸；有的丑陋狰狞，疑是妖魔之洞穴；有的层层落落，气势恢宏，名曰：连州梯田；有的似花怒放，像极了观音座下的朵朵莲花；还有那拟人的，亦是惟妙惟肖；更有佛光普照、南天门、关公神像、仙人洞、伊甸园等。林林总总，实叹腹内词穷，难尽表述。

正自嗟叹，忽遇桃花林，花开似锦，蕊心正芳。林侧有河，上有拱桥。几个先行之人正在桥上，彩灯之下，人影绰约。桥下便是暗河，河水在彩光里忽红忽蓝，变换着色彩。拱桥那边有一石，上书红字，曰"桃花界"。

穿桃林，越拱桥，石阶逐步升高，步入一条长长的空中石道，洞顶近在咫尺，这里许是洞中最高处了。忽闻下方人声沸沸，至前，石道已尽，暗河接连了石道，原来该乘船游地下河了。

穿了救生衣，鱼贯上船。船瘦长，每排三座，一船可坐二十余人。导游面向我们，亭亭地立于船头。她将一头乌发在脑后挽了一个卷，淡绿的半袖紧身短褂，束得腰身婀娜多姿的，在多彩的光里，似九天下凡的仙女。

地下河，九曲十八弯，全长 1500 米，穿越四座山底，河道最宽处 10 米，最窄处仅 1.6 米，水深 1～7 米。

水面波光粼粼，微泛涟漪。船动无声，景色后移，方知船行。途中，有龙门峡、莲花峡、香蕉峡等峡谷。两岸石钟乳、石柱、石花、石鸟、石罗汉亦是星罗棋布，数不胜数。

忽遇一石柱，自空中垂下，欲撞上导游，正自担心，船却一弯，石柱擦导游耳边错过，导游纹丝不动，神态自如，感觉压根就没有这根石柱，方惊叹船家行船的娴熟以及与导游的默契。

河壁上有一雄狮，高大威武，身长两米，看起来有些面熟。狮旁两字，曰"醒狮"。这灵物大概贪这洞中美景，私自前来不愿返去。

又遇一景，曰"龙宫"。龙王龙母、龙子龙孙，拱手相立，似邀我们去宫中做客。

船移景动，穿了拱桥，桥上桃花烂漫，空中彩灯闪烁，钟乳争彩，各显其色。船推微涟，飞光流银。仿佛入了天河，又觉比天河更美。不觉吟出一首七言绝句，单赞这一番奇景。诗曰："千姿瑰丽钟石乳，瑶莲龙珠愧不如。文殊若来寻坐骑，也恋此景忘天都。"

人随船行，景随船移。一河瑰丽，惹得人如痴如醉，不能自已，水却到了尽头，船无了去路。正如一首仙乐，方到妙处，却戛然而止了。

弃了船，登了岸，尾了人群向洞口走，总觉有些余兴未尽的怅然。忽见道边有一洞窟，半人多高，窟里有一黑色陶缸，缸口的盖子用泥巴封了，陶缸肥胖的肚子上一张菱形红纸上写着一个大大的"酒"字。再行，酒缸愈发多了，有的五六个挤作一堆，有的八九个排成一行。有一个宽且长的洞里，十几排酒缸顺着地势，由低而高地排列上去，就像层层的梯田。导游介绍了才知，原来这里藏的是连州特产黄姜和糯米酿的酒。

连州黄姜，又称山姜、黄芝，是一味名贵中药。黄姜、优质糯米和山泉水酿成的酒取名黄精糯米酒。据说，酒色红褐清亮，香气浓郁，具有润肺止咳、补肾益精之功效。

连州人每年冬天举行新酒进洞封藏仪式，春天还要举行五年酒的出洞开缸仪式。仪式隆重热闹，不仅敲锣打鼓，还有壮汉斗酒。游客赶上了仪式，也可以品尝一碗新开缸的酒，在摔碗歌的伴唱下，豪气地将酒一饮而尽，然后，将碗啪啪地摔个粉碎。

正遗憾我们没有这个幸运的时候，却遇了一个亭子，亭角挂着酒幌子，原来亭子里向游客出售黄精酒，有礼盒的瓶装酒，也有可以摔碗的摔碗酒。几个游客买了摔碗酒，却不是豪气地饮，而是咂着嘴品尝。酒喝完了，碗摔得也不霸气，可能是缺少开缸仪式的热烈气氛吧。

出了洞，外边是一个很大的平台，摆着当地人自制的桌凳，我们坐下歇歇，吃点自家带的豆包、枣馍。看那山景，有的继续嵯峨升高，有的蜿蜒下落，皆是浓浓的翠绿。几片白云，落在了下面的山涧里，飘荡一会儿，变成了雾，拢了那一方的山和绿。

歇罢返程，还要攀高，石阶边齐腰高的地方支着一破为二的手掌宽的长竹，像楼梯的扶手，竹中有水汩汩下淌，闪着光亮。这应是地下河的水涌至地面，又被引进了竹里，做了地面的景，再伴我们一程。

须臾，登了顶，已是景区门口了。

双皮奶和筛箕鱼

从连州返回，我们绕道去顺德吃晚餐。

在广东以外的地方，人们常说吃在广东。广东顺德就是"世界美食之都"，又是"中国厨师之乡"，那里的菜肴定是美味的。那么，去顺德寻一次晚餐实在是一件令人快乐、向往的事。

下午六点，我们到了顺德大良街道的华盖路。华盖路是一条步行街，街道两边是西洋式的骑楼建筑。建筑底层，一溜的柱子，沿街道连起长长的走廊，走廊的一边就是店铺。在这里逛街，阳光再毒辣，雨来得再急，自有长长的走廊为你遮挡，你自可一家一家店铺悠闲地逛过去，不必撑伞遮阳，不必慌慌地跑着去躲雨。

长廊上的主体建筑也都是西洋风格的，窗子大多瘦长，窗框旁边装饰了立柱，窗顶有的是半圆的弧形，有的是三角的造型。各家楼顶形态也不尽相同，楼房涂了淡淡的粉色，浅浅的蓝色，轻轻的绿色。走在街上，仿佛是徜徉在欧洲的某个小镇。偶然看到几棵椰子树，木桶粗的树干，高高地伸到空中，在顶上长出几片长条的叶子。街道边时不时地就会遇到一个带靠背的长椅，坐上去，不为歇脚休息，为的是休闲，为的是慢心情地欣赏这一街仿佛异域的风光。

华盖路的骑楼建筑，起始于明末清初，骑楼本是欧洲一些国家的柱式建筑风格，后传入新加坡等南亚国家。顺德华侨受其影响，衣锦还乡后仿样建造了骑楼建筑，形成了如今华盖路的风貌。

当然，现在的建筑已不是明清时的老房子。老房子早就破烂不堪了，年久失修。现在的房子大多是前几年拆除旧房重新建造的。

华盖街不仅街道漂亮，它还因一道菜肴和一道甜品上了央视《寻味顺德》的电视节目而出了名。

甜品就是"双皮奶"。步入街上的民信双皮奶老铺，铺里十几张半矮的桌子，竟座无虚席。我们等了一会，有了空位，坐了。点了双皮奶、姜撞奶。须臾，奶端上了桌。双皮奶装在一个比拳头大些的竹筒里，半凝的状态。舀一勺，软软的，极像了豆腐脑。含一口在嘴里，滋滋地化了。不觉间，已滑滑的入了食道，嘴里唯留下浓浓的奶香和甘甜。本想一勺一勺斯文地品，谁知一勺入嘴，便不能收，忘了斯文，几勺下去，再看竹筒，已是半空了。姜撞奶的奶香里混着生姜的辛辣，它是将生姜捶打出汁子，调和在奶里，所以取名姜撞奶。

双皮奶创始于清代末期。一说是创始人姓董，在顺德大良养乳牛为生。大良牛乳乳稠脂浓，他在多次的牛乳保鲜实验中，发现奶煮沸冷却后结的奶皮软滑甘香，最后做出了双皮奶。另一说法，是顺德何姓人煮牛奶做早点时，看到牛奶结的奶皮受到启发，做了双皮奶。

不管是哪一种说法，都足以说明双皮奶是起源于顺德的。双皮奶不仅顺德人喜爱，从顺德流传出去后也深受广东各地，以及澳门、香港人民欢迎，成为整个岭南地区一道独特的美味小吃。

双皮奶，顾名思义应是有两张奶皮的，可我品尝时却没有看到奶皮，也许是三两口吃得太急，将奶皮吃了还不知道。但无论有皮还是无皮，那一番令人痴迷的美味已是让我久久不能忘怀了。

出了甜品铺，行百二十步，就入了另一家餐馆，我们将在这里寻找另一种美味——筛箕三味鱼。

餐馆里厅堂宽敞，十几张桌子坐满了食客。每张餐桌上都摆着一个平底的大筛子，顺德人称之为筛箕。筛箕里摆着一块块鸡蛋大的鱼块。食客们正津津有味地吃着、聊着，满脸的愉悦。

我突然想起水泊梁山好汉大碗喝酒、大块吃肉的豪情。心想，一会儿也要大快朵颐一番。

服务员引我们上了二楼，大多桌子也都有了客人，桌子上都有筛箕，看来这道筛箕三味鱼是这里的必点菜了。

我们落了座，点了三味鱼，又要了一窝鱼面和几样菜。

筛箕上了桌，摆在桌子中央，大小像餐桌上的转盘。一块块的鱼分了三个阵营，三个阵营的鱼各是各的色泽。夹一块到嘴里，却不能痛快地咀嚼，怕鱼刺扎了嘴，只能谨慎小心地去吃去咬。这一番谨慎，反倒造就了吃鱼的斯文。鱼的鲜香就在这斯文里慢慢生发开来，兴奋了味蕾，欢愉了心情。

三味鱼，三种味道，有的鲜而嫩滑清淡，有的筋道耐嚼微辣，有的酥软咸中带甜。真可谓：本是一箕鱼，各自有其味。

鱼面也是顺德的特色。原以为是鱼片汤煮的面条，吃了，方知和想象大相径庭。

鱼面筷子粗细，通身粗糙，很筋道，透着浓浓的鱼香。想来它该是用鱼肉泥拌米粉挤压而成的，就像北方人熟悉的饸饹。

鱼面里偶尔会吃出极细软的鱼刺，它仿佛是来给我的猜测做证明——鱼面确实是以鱼泥为食材。

筛箕底一片白的东西，起初以为是蒸笼布，夹鱼时将它戳烂了，才知是米粉做的米皮。夹一片尝了，满口是鱼汁子的鲜香。米皮吃了，却都饱了。要的米饭，成了多余。

筛箕三味鱼，原名筛箕蒸鱼。也有近百年的历史了。

20世纪20年代，顺德盛行养蚕，桑林地头又挖塘养鱼。每开塘捕鱼时，皆宴请亲朋好友，行开塘仪式。一次，一户人家开塘，鱼太大，无法入笼。主人突然看到新买的养蚕的筛箕，灵机一动，用筛箕装了鱼，上锅蒸了。鱼熟时，鱼和竹子的清香扑鼻而来，清新自然的美味使赴宴的亲朋好友陶醉其中。大家口口相传，筛箕蒸鱼便流传开来。后经顺德厨师改良演变，造就了筛箕三味鱼这道风味独特的美味。

从餐馆里出来，街道上亮了灯，商铺门前的彩灯红黄绿轮番地闪烁，一串串的霓虹灯交相辉映，街道横空悬挂了一排排的灯笼，放出艳艳的红光，映红了一条街，映红了来来往往的人影，透出了浓浓的年味。

我们取了车，返回珠海，心里默默地说：再见，顺德；再见，顺德的美味。

淇　澳　岛

珠海有个淇澳岛。它坐落在珠海市的北边，是珠海周边众多岛屿中离珠海市区最近的一个。

从珠海唐家湾北行，走一公里多，就会看到一座跨海大桥，那就是淇澳大桥，它把珠海市区和淇澳岛连接在了一起。桥上有机动车道，也有自行车道和步行道。步行过桥，大约需要四五十分钟。

过桥骑自行车或者步行是最惬意的了。走在桥上，欣赏着桥外的风光。海面上来来往往的轮船，鸣着笛声，穿越桥下，须臾就到了桥的另一边。轮船渐渐远去，船尾留下一串波浪。

海水的颜色会变化。阴天，天空灰蒙蒙，海水也灰蒙蒙。晴天，天空湛蓝，海水也湛蓝。日暮时分，在夕阳的余晖里，海水和天空一样，也一片金黄。

过了桥，一条公路随岛边蜿蜒。路边的棕榈树，只有高处长着长长的叶片，在海风里摇曳，粗粗的树干，笔直地站立，像沿海的哨兵，守卫着海岛。

岛上有一个地方叫淇湾，那里开了一间餐厅，正对大海。餐厅的主要特色就是海鲜。餐厅门口，一排排的玻璃缸里养着鱼蚌蟹虾。餐厅外边，沿海边摆着一溜石桌。你要来这里度假，坐在石桌边吃着海鲜，听着海水拍击海岸的声音，定会忘记了闹市的喧嚣和世俗的烦恼。

2014 年我退休后来珠海，儿子带我和妻来淇澳岛。那天，正逢农历八月十五，我们和儿子一家就在这里聚餐，过中秋。那日风平浪静，一轮明月从海上升起，于是月亮变成了两个，一个在空中，一个在海里。此情此景之下，就想起了苏轼的词："明月几时有，把酒问青天，不知天上宫阙，今夕是何年。"突然，我的心灵仿佛得到了洗涤和净化。想想，来珠海前，还答应回西安后去一家公司上班。现在想来，觉着太不划算了，16 岁工作，60 岁退休，上了 44 年班，再去上班，那明月到底还有多少是我的呢？

海边一片沙滩，随海水涨落，时隐时现。

餐厅向南，地势逐步抬高。拾级而上，便登上一座小山，向海的一面，是一坡红色的海礁石，顺着山势伸向海里。背后的高处，蓊蓊郁郁挤满了灌木，将山石遮得严严的。

前几日，拿了相机来这里，本想照几张海上的照片，天公却不作美，突然就变阴，还起了雾，远望去，海和天都雾蒙蒙的，分不出哪是海哪是天。

我无奈地坐在礁石上，望着什么也看不见的海发呆。忽然，雾的深处传来了轮船的机器声，嗒嗒的，可是，我什么也看不见。过了一会儿，雾的边沿出现了船的影子，渐渐地向我驶近了，原来是一条货运船。它嗒嗒地从我面前驶过，又渐渐地入了雾里，渐行渐远了。

今天是元旦假日，我又一次来这里，天气很好，晴空万里，风平浪静。天和海都瓦蓝，在远处融为一体。沙滩上，满是来休闲度假的人。大人坐在沙滩上聊天，小孩子则在沙滩上疯跑。有的在沙滩上挖一个洞，棚一块硬纸板，再覆一层沙子，说是陷阱。

几个少女，高挽了裤腿，提了裙子，在海水边拍照。一个浪头过来，众人发出一片惊呼，然后，又是一串银铃般的笑声。

海岸边，还有一溜渔家人开的烧烤园。烧烤炉是用砖或石块垒的，炉膛里有炉齿，燃上木炭，炉口上放一个网状的铁篦子，就是烧烤的工具。食材有鱼，有鸡翅、鸡腿，还有蚌类的海鲜。

海鲜我只认识一种叫生蚝的。渔家用刀子撬开它的壳，将蚝肉剔下来，交给食客。一大堆的壳子，却没有剔下多少肉，这对喜欢大快朵颐的北方人来说，是很不习惯的。

食材在铁篦子上被红红的木炭火烤灼，时不时滴下油去，腾起亮亮的火苗子。食材上的各种调料，不断释放出诱人食欲的香气，弥散在空气里。食客们都很兴奋，喧哗碰杯说笑。无怪乎有人说，聚餐是件很快乐的事。像这种回归了自然、回归了祖先果腹的吃法，更觉新鲜有味、妙趣横生。

别了这方香气扑鼻的天地，我又来到那片红色的礁石上。

这里比烧烤园安静很多。宽阔的海面，一览无余。来往的船只，清晰可见。隔岸看珠海市区，沿岸新建的高楼，矗立在蓝天下，白云就在楼边飘荡。脚下的礁石上有许多裂缝，大些的有一两米宽，窄些的十几厘米或几十厘米宽。裂缝的边沿，竖立着锯齿形状的岩石碎片。这些，都是海水和海风日积月累的杰作，使人不禁感叹大自然的鬼斧神工。

一对恋人依偎着坐在礁石上，说着情话。西边，一轮红日西坠，余晖将天空和海水染成了金色。正在行驶的轮船也映出金色的光。礁石上的那对恋人也染了一身的金黄。夕阳将他们的影子拖得长长的，印在礁石上。

后环公园的湖

珠海唐家有个后环社区，社区里有个后环公园。公园不大，没有围墙，四面八方任何方位都可进去。

珠海的天一年四季蓝得久，公园里的两个湖也总是蔚蓝，公园旁边一个小区就叫蔚蓝堡。

我茶余饭后爱去公园遛遛，从住的地方走七八分钟就到了公园的南边。从这里看过去，两个湖从脚下伸开，清风荡来，便起了涟漪，湖边几幢高楼的倒影，落在涟漪里摇摆，在柔弱的水里，它们也变得柔弱了，像盛春的柳。风平浪静时，影子就不动，像岸上的孪生兄弟。

两个湖一大一小，像两只眼睛，有人说在高处看，一圆一椭圆，像给天公抛的媚眼。

小湖的西边是一片草坪坡地。这里的草地是可以随便进入的，五六岁的男孩调皮，爱在草地上玩耍打闹。衣着俏丽的情侣则相偎在草地上说悄悄话。带宝宝的妈妈也在草地上，宝宝玩耍，宝妈聊天。珠海的冬天植被不落叶，花也任性，想开就开，不挑季节。你瞧，湖边上一片矮株美人蕉，现在就绽开了花瓣，红得像火。水的边缘，一片幽暗的绿，走近了原来是手掌高的草，叶圆，小如硬币，像缩小了的莲叶。叶子中心米粒大一个黄点，像雨后荷叶上的水珠，又像花的蕊。它们的名字叫香菇草。它的叶状像莲，习性也似莲，越近水越旺盛。水边还有更矮的草，叶子绿豆大，别看它们矮小，连了片，就有了气势，叶丛里密集的碎白花，繁茂得胜过了叶子，像花店里出售的满天星。

近岸的浅水有鱼，小过拇指，颜色近似湖底，不易发现。走近水边，不小心闹出点动静，比如咳嗽一下或打一个喷嚏，水面忽然就骚动了，原来鱼受惊吓了，窜开去，扰动了水。

湖上常来几只鹭鸶，或悠闲地飞，或在浅水里走，找小鱼小虫。还有一种水鸟，比麻雀大点，尾巴和身子一样长，周身灰蓝。它飞行时像出弓的箭，翅膀扇一下，就飞出很远。

湖里住着几只黑天鹅和鸭子。黑天鹅脖子细长，游水时，直立起来，头仰着，两只掌在水下拨动，身子无声地前行，像穿着晚礼服彬彬有礼的绅士。黑天鹅游动时，总排成"一"字形，起头的是天鹅爸爸，后边是孩子和妈妈，它们形影不离，是相亲相爱的一家子。

黑天鹅游水觅食，下午它们就等在湖东水边的草坡上。上面不远处有一个幼儿园，放学后，家长会带孩子来湖边玩一阵，孩子们就掏出刚才吃饭时藏的面包、馍块喂鹅。有的家长还专门备点吃的，让宝宝逗鹅玩。

中国的儿童，很小时都会背几首唐诗，那首脍炙人口的《咏鹅》更是小孩子启蒙的吟唱。一天早上，我在湖边，正逢幼儿园的教师领一拨孩子咏鹅："鹅鹅鹅，曲项向天歌。白毛浮绿水，红掌拨清波。"孩子们参差不齐的幼稚童音，随风荡入湖里，鹅也伸了脖子嘎嘎叫几声，回应孩子们的吟诵。湖里的鸭子，初见它们时，只有两只。后来去了一趟山东，隔年再来，又多了几只雏鸭。原来，头年的鸭子已经做了妈妈。我触景生情，便吟了一首诗："昨别蓬莱丹山崖，南国暖风又唐家。后环湖中新添客，去年雏鸭今作妈。"
鸭妈妈带着雏鸭觅食，雏鸭淘气，追逐打闹，跑远了，鸭妈妈唤
几声，雏鸭就飞快地回来。有时，发现它们少一两只，正担心呢，
它们却从一丛芦苇里出来了。

湖水一个角上，去年还浮着一片睡莲，挤挤挨挨的叶子随着
涟漪摇动，一朵朵的花，被一根根的梗托出水面袅娜地开着。今
年却不见了它们的踪影，心里就生了惋惜之情。

沿大湖修了一圈红色的塑胶跑道，早晚都有人在这里跑步。

白天，湖边多是姥姥奶奶的身影，她们大多是帮儿女带孩子
的，推着幼儿车，散步聊天，打发时间。

沿湖植了风铃树，这些来自热带巴西的精灵，二月底三月初
花抢了叶子的风致，像金色的铃铛，娇柔地垂着，在风里摇动。
金黄的花朵映在水面，水也金黄了，动起来，像夏天滚动的麦浪。

湖上更吸引人的是一个阅读室，名字叫"粤读"。阅读室靠湖
一面是落地的窗子，窗边是读书的桌子，光线极好。从书架上拿
本书，伏桌上看一阵。累了，望望水中的云、鸭子和鹅，便会轻
松许多。

阅读室侧面有一个很大的平台，经常有老人打太极，打完了
便会休息、聊天。那一日，我也来了兴趣，随他们打了一套24式
拳，又独自表演了一套42式剑，惹得几个老头连连称赞。

一天晚上，我拿了笛子来平台。沿岸和楼上住户的灯都亮了，
一片片的光和楼的影，与湖上一个机器喷出的雾气交织在一起，仿
佛生了海市蜃楼。我拿起笛子，吹一曲江南丝竹调《欢乐颂》，又吹
一首陕西曲子《渭水秋歌》，浓浓的秦味，竟让我生了思乡之情。

后环公园的前身，是一个天然的涝池，涝池中长着繁茂的芦

苇，涝池四周不仅杂草丛生，还有宽大叶子的芭蕉树，将涝池遮挡得严严实实，唯到晚上，芭蕉树丛里传来青蛙的咯哇声，人们才记起那里还有一个硕大的水塘。后来这一带修了居民楼，涝池被改造成了公园里的湖。

今年我又来珠海过春节，一日又去了后环公园里的"粤读"，拿一本老舍的散文集看，他的《济南的冬天》构思奇妙，语言简洁优美，冬天的泉城被先生灵动的文字涂抹成了清雅娟秀的水墨画。看罢欢喜得不得了，站在落地窗前沉思，突然有了冲动，决定学先生，也写一篇灵动的散文，名字就叫《后环公园的湖》。写完了，看一遍，感觉离先生文字的灵动差了十万八千里。

开　海　啦

　　来龙口近两月了，养成了天天早上看海的习惯，今天看海却发现海面和往日有些不同，宽阔的海面少了往日的宁静，渔船比平日增加很多，在蓝蓝的水上忙碌地穿梭，后面甩下一长串的白浪和哒哒哒的机器声。

　　忽然想起昨天龙口开海了。

　　所谓开海是相对休渔期说的。大海虽大，渔业资源虽多，但也经不住人类的过度捕捞。所以国家规定，每年的4月到9月为渤海湾的休渔期，休渔期内严禁渔船入海，让鱼虾蚌蟹充分地休养生息。到9月1日开海时，也是鱼蟹蚌虾正肥时。

　　开海对渔民来说，可是一件喜庆的事。因为，从这天开始，他们就踏上了出海捕捞的征程，正像北方的农人开镰收割熟透的麦子一样。既是喜庆的事情，当然是要欢庆一番。

　　我们居住地的对面有一个岛，岛的形状像一片桑叶，因此得名"桑岛"。坐船过去，大概20分钟。若天气晴好，可以清楚地看到岛上的绿树和红瓦房舍。前几天的一个傍晚，海水收尽了天上的晚霞，暮色开始浓重起来，桑岛逐渐被夜幕包裹了。突然岛的上空传来一声炮响，夜空就划出一道光亮，继而成群的礼花彩炮飞起来，争先恐后地在空中爆响，坠下千百道彩光流银。炮声不绝于耳，彩光流银铺天盖地。海水也色彩斑斓了，桑岛的轮廓尽在忽明忽暗里闪烁。有人说，它像海市蜃楼，我感觉它更像一个仙岛，渔家的儿女就是岛上的仙人。他们点燃的爆竹，燃放的礼花就是开海庆典的一部分，也是对出海平安的祈福，更是希望为今年的收获讨一个大大的彩头。

炮声逐渐稀疏了，彩光流银也散尽了，夜幕里的岛上又隐约传来锣鼓的喧闹，那是渔家儿女在继续着他们的庆典。我在岛的彼岸默默地站着，看彩光流银，听锣鼓声声，也沉浸在开海的快乐气氛中。

9月1日，码头上早排满了渔船，渔船开启了马达，嗒嗒地加了劲，像是起跑线上等待发令枪响的赛跑选手。好多渔船新刷了油漆，在阳光下闪着光亮。所有的船上都有一面五星红旗，在海风中猎猎作响。渔业管理人员用大喇叭高声宣布："开海啦！"渔船争先恐后地挤出码头，在海面上散开来，传来一片嗒嗒的机器声。

第二日清晨，一艘艘渔船返回码头，沉寂了一阵的码头也热闹了起来。辛苦了一夜的打鱼男子，将一兜兜的蚌蟹、一盆盆的鱼虾递给早已等在岸上的自家女人，然后，长长地呼出一口气，仿佛呼出了一晚上捕捞的辛苦。妇女们则将虾盆、蟹网沿码头排开去，连成长长的一串。水盆里的虾活蹦乱跳的，有的一拃长，拇指粗。有的蟹被大绑了，还是不安生地挣扎。小一些的蟹，没有绑，在兜网里挤作一团。有的竟从兜口爬了出来，又很快被捉了回去。圆扁的海鲳，静静地躺着，银白的颜色，反射着太阳的光。一位渔民大哥告诉我，鱼一离开海水就死了，但是，这时的鱼拿回家做了也该是最鲜的了。此外还有蚌啊、蛤啊，林林总总的，对我这个远离大海的人来说，简直是眼花缭乱了。

开海对渔民来说是欢喜的，龙口的居民也同样是快乐的，因为，他们又可以享受大海馈赠的肥美的海鲜了。

买海鲜的人很多，拥拥挤挤的，这家的看看，那家的比比。大客户们爽快，看好了货，谈好了价，拿了货，就匆匆地走了。他们都是做生意的忙人，趁着鱼虾新鲜赶快去做他们的生意。一伙老太太却是细发，仔细地挑拣，努力地还价，终于挑好了自己的所爱，几个人一路走着，叽叽喳喳地谈论着回家后鱼虾的做法。

我和一位渔民小伙子攀谈，他说，他们每天下午五六点钟出海，近的要跑五六十海里，远的要跑百十海里，清晨，返回码头，由家里的妇女将捕捉的鱼蟹卖出去。原来，这渔家的男女干活也是有分工的啊！我又问，你们这一网捞上来，有鱼有蟹有虾，再将它们分拣了，也挺麻烦的吧。小伙子笑了，又对我说："鱼虾蟹都有不同的生活水域，就像陆地上的植物，生长在不同的地方。我们到哪片水域打什么鱼虾，就像陆地上的人到哪块地收什么庄稼是一样的。"

听了他这话，我仿如哥伦布发现了新大陆一样惊讶。原来，海底世界和我们的陆地一样，有着不同的生态环境啊。

和小伙正聊着，忽然听到几声熟悉的乡音。循声过去，五六个男女正在一个摊上买梭子蟹。和他们搭讪，得知他们是从西安来的。他们说："去年和旅游团来过龙口，赏了海景，尝了海鲜。但是，来去匆匆，海鲜没吃够。今年我们三家人自己开车过来，租了民宿，自己开灶，美美地过一把海鲜瘾。"

听他们一番言语，我倒羡慕他们了。我在海边住一个多月了，对海鲜却总是提不起兴趣。

这天晚上，被当地的朋友请去吃开海后的第一顿海鲜。

夕阳西下时，朋友将餐桌支在了他店铺外面的人行道上。人行道很宽敞，行人也少，所以很幽静。

西边的一片海水波光粼粼，泛了红色，一波一波地涌上了岸，然后，又返回去。天空里一片白云也染着红，悠悠地在空中飘着。

餐桌上摆着丰盛的菜肴，当然，最出彩的就是那一堆梭子蟹和爬虾了。朋友抓过一只蟹递给我，蟹身比手掌还大，蟹钳粗壮厚实。他教我如何揭开蟹壳，指点吃哪些部位。过去，我也吃过几次蟹，还用过餐厅里提供的蟹刀、蟹钳等工具，但到头来还是一个吃蟹的门外汉。这餐蟹和虾，做法极简单的，就是蒸了吃，平心而论，这是我吃过的鲜味最足又最回味无穷的一次海鲜。

朋友告诉我，蒸了吃的虾蟹，最能保留它们的原味，这个原味就是鲜。但蒸是要讲究火候时间的，火候时间都会影响虾蟹的鲜嫩和口感。

一番朵颐，本已蟹虾饱，酒也足了，热情的女主人又端上一锅海鲜面条，一定要盛一碗尝尝。这一尝，那股鲜香却是无法抗拒了，吃了一碗，竟又添了一碗，面里的蟹、蛤蜊、虾掺和着面条和汤，竟别有一番滋味。

酒足饭饱，别了热心的朋友，沿着海边的路回住处，虽是夜里，天空却十分地通透，满天的繁星一闪一闪的，海水拍击着海岸，发出哗哗的声音。海水的远处传来了渔船的机器声，哒哒哒的，顺着声音寻船，却什么也看不见。

此时，我又想起了两句古诗："君看一叶舟，出没风波里。"

海上垂钓

内地人喜欢大海，到了海边就欢喜得不得了，脱了鞋子，高挽了裤脚，奔了沙滩，踏入海水。温柔的水流、细腻的沙子，挠得腿脚麻痒痒的。双手伸进水里，搓一搓，掬一捧送嘴里呡一下，见证了海水确实是咸的。心里就生出一股难以言表的愉悦。

然而，在海边待了一段时间，就会生出更大的贪婪，总想能乘一条小船，自由自在地在海里漂流一番。我来山东龙口两个月了，天天早上看海，看来来往往的渔船，那种在海上漂流一番的欲望也愈来愈强烈了。

当地的朋友似乎看出了我的心思，一日晚上对我说，第二天要坐朋友的船去海上钓鱼，邀我一起去。这可遂了我的心愿，忙不迭地应了。

第二日天蒙蒙亮时，我们就出发了。我们的船，船舱宽大，却没有座位，大家都挨船帮站着。我心里觉着奇怪，却也不好意思问。

船出了码头，幽暗的水面，波浪起伏，像被风吹皱的绸缎。船尾则喷出长长的白浪，像翻江倒海的巨龙。

一眨眼的工夫，远处的海平面就泛出红色，染了半边天的红霞，继而海水也变成了红色，向东望去，远处有一排山梁的影子，朋友说，那里是长岛，别看影子只有那么一点，其实岛很大的，还有红绿灯呢。长岛是一个岛县建制，但它的陆地面积和人口都是县级中最小和最少的。

回头南瞧，我们的居住地，一片高楼的影子，就像从红色的海水里升起的，漫天的彩霞罩了它，仿佛也是一个海上的仙境。以前，总在那里望海，现在在海上望它，原来它也是那么美丽。

此时船停了，像一片树叶，在水上漂浮着，四周不断有渔船来往。嗒嗒的机器声由远处传来，到了我们的船边，一会儿，又远去了。离我们不远处，有一艘船停泊着，船帮一圈站着人，拿着钓竿，正在垂钓。

我举起相机，对着难得一见的海上日出和来往穿梭的渔船拍照。

我们船上的朋友，也忙忙地抛钩下水，他们有的将钩垂直地入水，有的却将鱼钩抛出去很远。我不解，便问他们。原来垂直入水是钓八爪鱼，抛到远处的是钓鲅鱼。更为奇怪的是他们的钓钩上都没有钓饵。问了方知鲅鱼和八爪鱼都喜欢捕捉闪光发亮的东西，它们误以为水里闪亮的鱼钩是猎物，就去吞食，所以就上当被捉了。

海上钓鱼和我们内地在池塘里钓鱼是大不同的。海上波浪大，所以鱼线上是不装鱼浮子的。鱼有无上钩，主要凭手感。比如钓鲅鱼，将鱼钩甩出去很远，然后转动摇把将渔线向回收，收着、收着，感觉线有点吃重了，那就是鱼上钩了，再加速地收线，一会儿，一条鲅鱼就被钓出了水。而钓八爪鱼，则是三五秒将鱼竿抖一下，感觉有下沉，且竿梢下弯便是有鱼了。

当然，一番话说得简单，但要练就这个感觉，却不是三五日的事。

朋友将钓竿递给我，让我钓八爪鱼。拿了鱼竿，看那鱼钩果然亮晃晃的。它的形状也不同于普通的鱼钩，它更像一头大蒜，中间一个柱子，周围向上弯的鱼钩似蒜瓣。形状小一些，如一粒花生米大。

鱼钩入了水，我端着鱼竿，聚精会神地捕捉那种感觉，却什么感觉也没有。朋友说："这么长时间咋能没鱼上钩呢，你提一下鱼竿。"我提了一下，竿梢弯弯地垂下。朋友说："有鱼，快收线。"我收尽了线，果然钓上一条八爪鱼。刚提上船舱，它却脱钩了，掉在舱板上，我用手捉它，却反被它的长爪子缠了手，吓得我连连地甩。朋友笑了，说，没事的。八爪鱼的爪子上尽是吸盘，所以，你的手不是被缠着，而是被吸盘吸着的。其他几个朋友都是老手，这个一条，那个一条，舱板上尽是大家忙碌收获的身影。我这才明白，船舱不装椅子是为了钓鱼方便。

八爪鱼一条条地钓得很顺手，但鲅鱼却迟迟没有收获。钓鲅鱼的朋友却不气馁，一次次地抛竿，一次次地回收，终于有了惊喜，一条鲅鱼上钩了，扑棱棱地被钩出了水面。有了收获便开了喜运，接着又钓上了第二条，这条比第一条还大一些。

此时，朋友说："够了，可以收竿了。"我心里觉着奇怪，为什么够了呢？却还是不好意思问。

回家，因早上起得早，又睡了回笼觉。忽听电话响，迷迷瞪瞪地接听，原来是朋友的电话，催着去吃鲅鱼炖八爪鱼。一骨碌起来，忙忙地赶去了。

桌上一大盆炖菜，炖熟的八爪鱼还是整个的，鲅鱼却是被剁了段。一股股的热气里，正飘散出鱼肉的鲜香。忽然，觉着饥肠辘辘了，端了米饭碗，夹过一条八爪鱼，长长的一堆爪子，却不知从哪里下口。朋友说，先吃爪子后边的圆肚子。一口咬下了肚子，肉是糯糯的感觉，爪子却很有韧性，嚼起来弹弹的。

吃着，忽然想起钓鱼时朋友说的"够了"，就问他是什么意思。朋友说，那是两条鲅鱼炖这么多八爪鱼的比例够了。他接着说，鲅鱼是掠食鱼，比较油腻，用它炖八爪鱼是很好的搭配。他还说，龙口人还喜欢用鲅鱼和大肉拌饺子馅，也很鲜香。

咀嚼着美味，突然想起早上的劳作。便想，这番味觉的享受，便是对早上辛苦的回报，真是一分耕耘一分收获啊。

退潮后的沙滩

月有盈亏，潮有涨落。

写一篇文章，遇到了瓶颈，左思右想，不得突破。心想，不如暂且撂下，去室外走走，换一番心境。

信步到了海边。一长溜的石块，围了海岸。

往日，海水一浪一浪温柔地跑来，亲吻拥抱石头，发出欢快的哗哗声。当然，它也有不高兴的时候，发大脾气，号啕咆哮，排浪冲天，不可一世地冲向石块，想要冲破大石的束缚，却总是将自己撞成泡沫。

而今天，这一方天地，既没有温柔的浪花，也没有白浪滔天。有人说，今天退潮了，是大潮。因此海水退得很远。远远望去，那一片的海，变作了怕见生人的少女，害羞地躲了，悄悄地融入了天的蓝里。

海水走了，给我们留下一片沙滩，低洼的地方，存了未退下的海水，一条沙梁子穿过水中。一个女子，穿着红的风衣，和情侣慢慢地在沙梁上走。那沙梁便像绿野中的田埂。

步入沙滩，忽然就生了一种莫名的兴奋，这里就是海底，今天可算见了它的模样。虽是冰山一角，也算管中窥豹了。

沙滩上的沙很瓷实，踩上去像踩在硬实的黄土路上。它的瓷实源于海水的重压。

沙滩上五光十色的贝壳斑斑驳驳地镶嵌在沙面上。我忍不住想捉一个，从沙里抠出来，却只是一半，另一半不知在何处。连抠了几个，皆是如此。

再走遇见一块石头，大如耕牛，一半没入沙里，另一半暴露在日光下，上面尽是贝的残壳，紧紧地粘在石头上，已看不到石头的本来面目。有些贝从出生，就长在石头上，终生不再移动。生命终结了，另一半壳就被海水冲下来，沉入了海底。

沙滩并非一个死寂的世界，海水退走时，被搁浅留下的虾蟹会忙忙地钻入沙里去。海鸥每次都会准时赶来，追着海水，捕捉慌乱的虾蟹，大快朵颐一番。而人类则更聪明，你瞧，那一群人，提了桶，攥着铁铲，在沙滩上东寻西觅，发现有小孔，就用铲子挖下去，十有八九有虾或者蟹，便将它们捉了，放入桶里。

一片浅水水域，水没不过脚面，几个男子穿着长筒的胶靴，腰里系一个塑料桶，拿一个铁网笊篱，乒乓球拍大小。右手提一个宛如打气筒的铁管，一米左右高，拳头粗细，一头插在水下的沙里，顶上一个拉手，抽起来，管子里就吸了沙子，拔出来，推出沙子，观察一下，再用笊篱在水里舀，舀的东西便是他们的捕获品，装在腰上的桶里。

起初，我不明白他们捉的是什么，一个捉虾人近了水边，就问他，回答是捉蝲蛄虾。不知蝲蛄虾长什么样，刚好他捉住一条在笊篱里，便递给我看。

蝲蛄虾比小拇指还小一些，一对钳子，从头两边夸张地伸出很远。身子像极了陆地上的一种叫蝲蝲蛄的虫子，方明白它为什么叫蝲蛄虾了。

捉虾的人累了，上了沙滩休息，我和他攀谈，问他："虾捉回去怎么吃啊？"

他说："捉少了，就不吃了，做鱼饵钓鱼。如果运气好，捉得多，就用鸡蛋和韭菜炒，那味道老鲜香了。再喝两口小酒，美得赛过神仙了。"

别过捉虾人，一轮红日西沉了，红光扫了过来，西边一个炮台，炮筒伸向海上，披了红光。沙滩上的水，也罩了红，一群群的捉蟹人，在红光里拖着长影仍然在弯腰低头寻找。

忽然，就想起了我们春天挖野菜，挎着篮子，拿着铲子，也是弯腰低头东看西瞧。这不就是一幅相同的画面吗？只不过我们是在地里，他们是在海滩上。

无怪乎人们说："靠山吃山，靠水吃水 ，一方水土养一方人。"

烟雨龙脊梯田

一、大山深处

龙脊梯田在广西桂林的龙胜山里，去梯田的公路就在大山里蜿蜒。

去年四月初，我从珠海返陕，头一日先到了广西的黄姚古镇，逗留半日，游兴未尽，第二日，又流连一上午，方别过了，赶去龙脊梯田。高速路上，没有遇到其他车辆，只有我们一辆车和呼呼的风声，就觉得有些清冷。行一阵，出了高速路，路边一个男子对着我们喊，一口浓重的广西口音，我们听不懂他喊什么，就停车去问，原来是叫卖像橙子一样的水果，再问，方知叫沃柑。我是第一次见沃柑，更没吃过，就问他甜吗，他说吃了会甜掉牙的。妻说买几个尝尝吧。妻挑沃柑，我则问他龙脊梯田。小贩看着我，一脸疑惑。或许是我花白的头发，鼻梁上的眼镜，使他怀疑我的车技。他说开车去龙脊梯田，还得走两三个小时，尽是山路，折折弯弯的，极难走。没走过山道，最好莫去。我说既然来了就试一下吧。他哪里知道，我作为一个西安人，秦岭山也穿越过好几遭呢。

告别了他，路果然折折弯弯了，一会儿左转，一会儿右拐，时而攀高，时而下行。虽是满目的山清水秀，却也不敢分心欣赏。一会儿又落了雨。往日的雨景，总会让我产生一番诗情画意的快感，这会儿，却没那份闲情逸致。又行一阵，觉得有些疲乏，恰好路边有一开阔地，正可停车休息。开阔地上，有红瓦青砖旧房一间，旁边一棵脸盆粗的榕树，树身疙疙瘩瘩的，蕴含着它饱经岁月的沧桑。枝干稀疏、叶不繁茂，颓废得老态龙钟了。

下车时，看到妻睡着了，我就没喊她，独自走到房檐下，抬眼四望，一圈的高山低峰，郁郁葱葱都在烟雨里。刚走过的那条公路，像一条长蛇，从远处蜿蜒下来，又蜿蜒到远处去，消失在大山的空旷和静谧里。忽然脑子里生出一个疑问，这空旷寂寥的地方咋会有房子呢？出于好奇，就透过房门向里张望，房里一个土炕，炕上一张席子，席子四沿破得参差不齐，上边蒙了一层灰尘。屋角有土灶，一口铁锅，也满是灰尘。一个木质锅盖，已缺了半边，斜靠在灶边烟熏的黑墙上。看来，房子废弃很久了。一阵风来，老树上飘落几片黄叶，头顶几只乌鸦飞过，哇哇的叫声回荡在山谷里，感觉有些凄凉。脑子里忽然蹦出《聊斋》中狐仙的故事。狐仙都会变化，常常住在荒野被人废弃的老宅里。忽地想，这地方不会也闹狐仙吧。抬眼四瞧，山顶烟雨缥缈，山谷雾气蒙蒙，想那谷底深处或许就有狐仙，正向这里窥视，也许晚上就住这房里，我不由自主又瞟了一眼那房子，感觉门和窗又像两个黑洞了，便生了几分胆怯。想起唐人柳宗元游小丘西小石潭，因"其境过清"，便不久留，想我今日所遇，比他的小石潭有过之而无不及，他还有几人陪伴，而我却孤独一人，不如也早早离去吧。

回到车上，妻还在她的梦境里未醒。烟雨中又开车行了个把小时，看到路边一溜房舍，走近了，原是梯田游客接待中心。我以为到了景点，便深深地松了一口气，去接待处问询，方知有两处梯田，一个是金坑·大寨红瑶梯田，还要走一个多小时；一个是平安壮族梯田，近一些，约半个小时路程。此时，天色近暮了，我们怕走夜路，就近去平安壮族梯田吧。接下来的路仿佛更窄一些，而且一路攀高，想那龙脊顾名思义就是在龙的脊梁上，就是在高处，所以，一路攀高就不足为奇了。

二、夜宿平安壮寨

天擦黑时，我和妻到了平安寨寨口，却被一个穿制服的女子拦住了，说车不能进寨。我不情愿，说有挺重的行李要拿进去。她让我放心，说行李有人帮我拿的。无奈，我只好按她指挥，将车泊了。开门下车，一男子跟了来，他50岁左右，中等个子，长脸偏瘦，到我跟前，温厚地笑笑，说："我们寨里今天轮到我家接待客人，欢迎去我家吧。"我说："我初来乍到，咋能信你呢？"他说："千真万确，不信你问她。"他抬手指一指穿制服的女子。我对穿制服的人好像有天然的信赖，不由自主去向她确认。制服女说："确实如此，过去，寨里接待不规范，各家随意拦截争夺客人，游客意见大，寨民因争客人也常起纠纷。后来，我们旅游公司接管了这里，和寨民一起统一了住宿、就餐标准和价格，现在我们的旅游接待已经很规范了，你放心随他去吧。"我说："这样果然好，你说了我就心定了。"车上取了行李，瘦脸男子让稍等一下，他打电话让儿子开车来接我们。我问还很远吗，他说走20来分钟吧。我说开了几个小时车，就走走吧，权当活动腿了。

他提了妻的行李箱，又要背我的双肩包，我不背，他却执意要帮我背，说进寨一路上坡，挺费劲的，硬是夺去背了。问他贵姓，他说免贵姓廖，我就称呼他老廖了。我们边走边聊，妻在后边跟着。路是在石山上开出来的，路面疙疙瘩瘩、高高低低的。走一会儿，就气喘吁吁了，回头看，妻已被落下二三十米，我们就停下来等她。又走，拐一个弯，路宽阔了一些，路边停了两排车，我说，这里咋有这么多车呢，老廖说这里是他们寨里的停车场。寨里人家的车都停在这里，我问咋不停到自家院里去。他说，车开不进寨里的，这个停车场也是炸了石头开出来的。再细瞧，停车场也不平整，顺着山势倾斜，路面上尽是拳头大碗口大的石头，没有停车线，车停得也很挤，却有序。看来车位也是有限的。再走一会儿，到了真正的寨口，一条河从寨里穿下来，寨里的房子就在河堤两边，顺山势由低向高延伸，我们顺着河边的石阶一步步地攀上去。石阶旁的房子，多是木质水泥的混合结构，几根水泥柱子高高地撑起来，顶起一个平台，和旁边的山合为一体，造出房子。抬眼看去，一排排的平台房子，就是吊脚楼的模样。走一会儿还不到，就问他。他说，他家在寨里高一些的地方，不过也快到了。虽然有点累了，但是看到他背着我的双肩包，扛着妻的行李箱，也就不再言语了。再走一会儿，石阶上有了分岔，老廖说到了，领我们走右边台阶。十几级石阶，连接了平台，平台左面有一牌子，写着"临溪酒店"，平台右侧有个门。这里就是他家了。

进了门，我立马被房子之大震惊了，房子大约有 300 平方米，中间摆了几个餐桌，围一圈椅子，房子一个角上有门，里边是厨房，又一个角上有楼梯，可上下。房子挨石阶一边的墙上一溜大窗子，坐在窗边的桌上吃饭，正可以看窗外的河，看河边的景，还可以欣赏河边的吊脚楼。正兀自感叹，楼上下来一个年轻男子，老廖介绍是他的儿子。儿子比他父亲高一些，长得白净匀称，看上去很干练。他看见我们，就问他爸，咋不打电话让他去接。我忙说："你爸要打来着，是我们想走走路。"他说他们这路不太好走。我说："还行，行李都是你爸替我们拿的，我们空人走呢。"他又说："我先送你们去房间吧，洗把脸歇一歇。"他提了我们的行李箱，又要拿双肩包，我拦住了，坚持自己拿。跟他上了房角那个楼梯，他说，这里是二层，三层四层是客房，安排我们住四层，明天早起看梯田出门方便。我不解其意，问他，他说，明天早上就明白了。我心想，这还有什么玄机呢？说着话就到了房里，便没再问。放下行李，他让我们休息，自己去给我们准备晚饭，说有米饭、米线，也可以烙饼，问我们想吃什么。我说来到了这里，当然要吃龙脊梁上长的大米了。他说好，他去做。他走了，我看看房子，是酒店标准间的格局，墙雪白，被褥雪白，灯饰崭新，门窗空调一律崭新，看来这房子是新盖的。打开窗子，透透气，窗外一米处却是山崖，长着绿草，草叶上沾着晶莹的水珠，没有草的地方，则是斑驳的青苔。洗脸、烧水、泡茶，躺床上歇一会儿。妻鼓捣电视机，找她正在追的电视剧。一会儿，老廖来，礼貌地敲敲门说："老板吃饭了。""老板"一词在我的心目中，是对事业有成，又挣了大钱的人的称呼。我一辈子在单位规矩地上班，被人称小李、老李、李师，既无事业又无大钱，现在已年过花甲，却被人称了老板，明知不是真的，可心里还是生出了些许虚荣。

大厅一桌子上，已摆了饭菜，一盘腊肉蒜苗、一盘清炒芦笋。一个火锅里的水已经滚开了，几片腊肉和土豆片在水里翻滚着，一盆鲜嫩的青菜和豆腐应是火锅的配菜。坐下来，小廖说："腊肉是自家腌的，蒜苗是自家地里种的，芦笋是从梯田边采的，豆腐是寨里人磨的。这些都是龙脊山上的天然食材，游客吃了都说好，你们也尝尝。"我说："好，好，辛苦你了。"其实，那盘腊肉和蒜苗混合的香味，早已勾得我馋涎欲滴了。拿起筷子，我邀请他们父子俩一起吃，小廖说他已经吃过了，我就拉了他父亲坐下，说："你和我们一起回来，肯定没吃，我们一起吃，顺便聊聊天。"老廖说："好，好，一起一起。"老廖又问我喝酒吗，我指指他家的酒柜台说："你那里的瓶装酒是不喝的，如果有自家酿的苞谷酒可以喝一点。"老廖说："有，有。"接着便让他儿子给我们拿去。一会儿，小廖端来满满一玻璃杯酒。我说喝不了这么多，让他拿一杯子，给他父亲匀过一些。喝一口酒，夹一块蒜苗中的腊肉，咀嚼了，那一种油而不腻的鲜香，突然变成了不能自己的快感，我不由自主地说："好吃。"老廖听了，替我夹了几块，铺在我的米饭上，说："喜欢就多吃几块。"又说："你也喜欢喝苞谷酒吗？"我说："不是喜欢，是稀罕。过去上班时，单位有打工的陕南农民工，吃饭时就喝几口自己带的苞谷酒，我偶尔也蹭他们两口，虽是自酿的酒，却喝着顺口。到你家了，咋就想起了这档子事，让你见笑了。"他说："哪里哪里，能到我家，是咱们有缘分。你开心，我就高兴。"一会儿，门外进来一个年轻女子，怀里抱着一个娃娃，小廖介绍女子是他媳妇，怀里的娃娃是他的第二个孩子，我问老大多大了，他说六岁了，在县城上学。我问："寨里没有学校吗？"他说，有的，可是没有县城学校教学质量好，所以，在县城租了房子，由奶奶陪着。又说，他过去不爱读书，所以早早出外打工，由于文化水平低，只能干一些收入低的苦力活，现在，自己有了孩子，不能让他们再走自己的老路，一定要让他们学好文化，走出大山去。我说："看你们家的房子是新盖的，你打工也挣下钱了吧？"他说挣了一些，但远远不够，又向亲戚借了一些，从银行贷了一点，就把房子盖起来了。现在不出去打工了，就在家里搞营生，挣钱养家供娃娃上学。

饭吃好了，小廖收拾桌子，妻说给他帮忙，他不让，说这点事算不得活，让我们快去休息吧。妻上楼又去追电视剧了。我无丝毫倦意，就去门外平台上览风景。天不知什么时候晴了，一弯钩月悬在天上，远处高高低低一片朦胧，那里就是我们明天要去逛的梯田。视线下移，寨里的那条河，哗哗地向下流去，泛着斑驳的月色。河两边的吊脚楼，都悬着灯笼，又在河的月色里洒下红光。我触景生情，不觉吟出一首五言诗来："夜宿壮家寨，览景吊脚楼。瘦钩悬高处，清河月下流。"吟罢，自我陶醉一会儿，准备回去休息，又遇到了等我的小廖，问我明天早餐想吃什么，我说不必做了，我们还有剩余的面包和咖啡，对付一下，就去梯田了。小廖说："也好，明天早上你们再上一层楼，就是五楼的平台，平台上有后门，出去就是去梯田的路。本来明天早餐后引你们走的，现在告诉你们，明天你们自己走，去时将门虚掩了就行。"

三、梯田听歌

第二日清晨，我们吃了早点上五楼，果然有一个平台。推门出去，就是一条山道，顺着山道走，右侧就是寨里人家的房舍，高高低低地错落着，时不时地传来几声鸡的鸣叫。近处一人家房顶冒着炊烟，缥缥缈缈地散开消失了。院里有两只大白鹅，摇摇摆摆地走着，像迈着四方步子的绅士，一会儿又扇扇翅膀，嘎嘎地叫几声，表达一下它们的快乐。

走一阵，山道攀了高处，便离了寨子，入了梯田。梯田一块块的，形状都不相同，有的是长方形，有的是半圆形，有的是月牙形，都是依地形打理的。田块里蓄了水，泛着光亮，走着走着，不经意间就会听到潺潺的水声，循声去找，就会在田埂的草丛里发现一个小洞，清亮的水正从洞里汩汩地涌出来，徐徐地流到下一级的田里。走了一阵，我就有点气喘吁吁了，正好路边一块平地有几块平整的石头，刚好坐下休息。石边一棵山桃树，正开着花，鲜艳得如同一团火，给这空旷且色调单一的梯田带来早春的气息。我们歇了一会，继续前行，山势愈发陡了，斜坡路时不时地就变成一段石板台阶，走得更是费劲，走几步停一下，喘几口大气。

经过一番努力，终于攀上了梯田的观景台，刚才走过的梯田在观景台上尽收眼底，下面的山果真像一条硕大的龙，匍匐着。远处的梯田已经看不出一条条的田埂，只是一大片汪汪的水田，近些的梯田一块块紧密相连着，从高处整齐地向山地两面铺下去，就像一片片的龙鳞，闪着银光。山的最高处就是长长的山梁，它就是龙脊。我们刚才上山的路就在龙脊上。梯田分布在海拔300米至1100米之间，横向延伸两三公里，据说龙胜山上曾发现过6000多年前栽培粳稻的遗痕。秦汉时，梯田耕作在龙胜已基本形成，唐宋时得到大规模发展，明清时期达到现有规模。2018年4月，龙脊梯田在第五次全球重要农业文化遗产国际论坛上，被确认为全球重要农业文化遗产。梯田有一万多个田块，每一个田块都有独特的风景，有的围着山包一层层地旋上去，像一个个螺蛳，所以又被称作螺蛳梯田。梯田中最有名的景致就是"九龙五虎"

和"七星伴月"。"九龙"是指从山的主脊梁上分出的九条小脊梁，小脊梁又分出许多支梁，这些脊梁都是一条条的山道，将一块块的梯田串联起来。"五虎"是指像虎的五个山头，或奔或卧，或俯冲下山或仰天长啸，分布在梯田里。"七星伴月"则是指七个圆形的山包，拱围着一个像弯月的梯田。

抬眼远望，梯田那一边的山上起了雾，正向这边涌动，须臾，过来罩住了梯田。梯田隐在了半云半雾里，时而光明、时而阴晦。一会儿听到雾里有人语声，却看不到人影。一阵风来，雾散了，就看到了七八个人，穿得艳艳的，正在龙脊上拍照。拍一阵，又对着山谷唱歌，唱着唱着又打起了雨伞。原来，飘荡的雾已经变作了蒙蒙细雨。歌声停了，她们相跟着下山，排成一个小小的队伍，红的蓝的黄的雨伞在雨雾里飘动着，渐行渐远了。

我们也撑起了伞，向山下返回，迎面走来一个男子，戴斗笠，背背篓，步履沉重。不知他为何下雨天还要上山，我猜测是给观景台上的商店送货的吧。下山还是轻快一些，不一会儿就到了那个有桃树的平台，那树桃花在细雨里更妖艳、更有风致了。从这里往下望，正对着我们住的寨子，可以看到寨子的全貌，寨里的那条河，从寨子的高处落下来，像一条长长的白色飘带。寨子的房舍错落在飘带的两边，静静地矗立在缥缈的烟雨中。忽然烟雨中传来了歌声，细听声音是从寨子里传来的，歌曲的名字是《梦里水乡》。这首歌我是很喜欢的，不仅喜欢那曲调，更喜欢那歌词：

春天的黄昏，

请你陪我到梦中的水乡，

让挥动的手在薄雾中飘荡。

不要惊醒杨柳岸那些缠绵的往事，

化作一缕青烟已消失在远方。

暖暖的午后，

闪过一片片粉红的衣裳，

谁也载不走那扇古老的窗，

玲珑少年在岸上，

守候一生的时光，

为何没能做个你盼望的新娘。

……

看那青山荡漾在水上，

看那晚霞吻着夕阳。

我用一生的爱去寻找那一个家，

今夜你在何方？

……

梦里遥远的幸福它就在我的身旁。

听一阵歌，陶冶一番心情，再望一望烟雨中的壮寨，觉得它像人间仙境，又像传说中的世外桃源。

回到寨里，我们仍从后门进去，小廖正在客厅里准备午餐。妻问："昨晚的火锅好吃，今天还有吗？"小廖说火锅没做，如果想吃，他现在就做。我说不用麻烦了。小廖说："不麻烦，很快的。"他拿来火锅，添了水，切几片腊肉，在水里煮着，就匆匆出门去了。一会儿回来，手里拿着一把青菜和一块豆腐，对我们说，家里没有青菜和豆腐了，他去邻居家要了一些。妻说："可真是给你添麻烦了。"吃饭中我问他："你们寨里谁家的音响声音很大，我在梯田上都听到它放出的歌声。"小廖说："那是寨委会的大功率广播。寨里人住得高高低低的，寨里有什么事，就用广播通知，方便一些。"我说原来如此，怪不得在梯田上听歌都很清楚呢。

饭吃完了，妻问小廖："你家的腊肉能卖我一点吗？我回去也做火锅。"小廖说："腊肉可以卖，但是建议你先不要买，你在这里喜欢吃，回去以后不一定还喜欢，那就浪费了。如果回去了果真还想吃，就发微信来，我给你快递过去。"妻连连说好。吃完饭，收拾了行李，小廖说他送我们到停车场，再去县城接儿子和母亲回来过周末。路上碰到小廖父亲，他正在帮人建房子，看到我们，就和我们道别。我说："中午都过了，你咋没回去吃饭呢？"他说："盖房家的主人管吃饭。"路上小廖告诉我，现在寨里还遗留着古老的帮工风俗，谁家有红白喜事，寨里人都去帮忙，不计报酬，主人家管吃饭就行。停车场门口，和小廖告别，妻谢谢他对我们的接待。小廖腼腆地笑一笑说："应该的，欢迎你们有机会再来。"取了车上路，我又听到了《梦里水乡》中"玲珑少年在岸上，守候一生的时光"就想起了小廖，他自小生长在大山里，出门打工，在外面的世界闯荡了一阵，又回去守在了梯田边的那条河上，又将走出大山的希望寄托在自己儿子的身上。歌声继续飘过来，"遥远的幸福它就在我的身旁……"我默默地为小廖祝福，为小廖的儿子祝福，相信幸福一定会来到他们身边。

回西安一段时间后，一天忽然想起了小廖家的火锅，就问妻："咋再没想吃小廖家的火锅呢？""咋就怪了，就是没想过呢，幸亏没有买腊肉，买回来也浪费了。"妻说完，又感叹道，"小廖真是个既实诚又善解人意的娃娃啊。"

黔南布依驿栈

去年三月，我和妻去贵州，逛了一趟大小七孔，夜宿景区两公里外的村舍，房东家的客店叫布依驿栈。

大小七孔在贵州省南部的荔波县。人们形容贵州的天气地貌是"天无三日晴，地无三尺平。"可荔波却是另一番模样。平展展的旷野，一望无际的葱绿，许是高原的缘故吧，天好像很低，云压得很近，人便有飘飘欲仙的感觉。旷野里时不时地会冒出几个山头，之所以称它们是山头，实在是因为它们都是孤零零地突兀而起，就像一个个硕大的馒头，在原野里矗立。又觉得，它们更像光杆将军，披一身翠绿的军装，昂首挺胸，俯瞰着自己脚下，护卫着自己的一方领土。

下午5点多，我们到了景区门口。此时许是景区下班时间吧，门前偌大的广场冷冷清清，游人寥寥无几。放眼四周，也是一片空寂，不见人烟，心里生了不安，思量晚上住哪里呢？正踌躇，忽然拥来四五个男女，有的手里还拿着一个牌子，写着"住宿"两字。我生平最怕这种阵势，曾经有两次，被他们的热情感动，随了他们去，那住宿的条件却总不如他们说得那般好，欲重新选择，又怕惹了人家不高兴，就忍耐了住吧，但是心里总有被人忽悠了的感觉。面对眼前这拨人，我便生了抵触，任他们怎么说，就是不随他们去。忽然看到向左有一条新修的公路，路面黑油油的。心想，既然是新修的公路，那边肯定有市镇或者人家的，就发动了车，向路的那头开去。果不其然，行一会儿，就看到远处一片房舍，在阳光下反着白光。再近点，就看清楚是一个村舍，房子一排排的，都是独立的三层小楼房，墙壁都是白色的，反光的正是白色的墙壁。很多人家都有住宿的招牌。我突发奇想，对妻说："咱们今天去撞一家住宿吧。"妻问："什么意思？"我说："看到他们村的第一个人，就去他们家住。"妻说："行，这倒省了我们找房子的麻烦。"

说着话，我们就进了村子，忽然看到一个年轻女子拿着扫把，正在扫院门外。妻说："看到了吗？她就是我们遇到的第一个人。"我便将车开到年轻女子跟前。她看到我们先柔柔地笑一下，又柔柔地问："要住宿吗？"妻说是。又问，能否看看房子。女子说："行啊，你们住我家，尽管放心。我爸是县上的人大代表呢，我哥是县上派到村里的驻村书记。"听她这话，我倒对她家产生了好奇。妻和她去看房了。我在她家周边转转，看看村景。村舍应该是统一规划的，格局基本一样，一排一排的，街道很干净。女子家的院门上嵌着"布依驿栈"几个字。房子后边有一块菜地，有四五个菜畦子，种着葱、蒜苗、韭菜、青笋等等。菜地旁边有一条小河，河上有一个拱形桥。看这桥，也没有实际的交通功能，应该是一个景观桥吧。正看着，妻来叫，说房子看好了，还不错。转回前边，门口又站了一个年纪大一些的妇女，是年轻女子的妈妈。她和蔼地和我打招呼，让我将车停在她家房子旁边的一块空地上。我问："晚上安全吗？"她说："放心，我们村子治安很好的，平常我们出去串个门上个街，都不用锁门。"

一进门就是客厅，里面摆放着几张餐桌，旁边的墙上挂着一条红色的绶带，旁边挂着几个相框子，框里的照片都是会议合影。女主人告诉我，那是他家老头子开会的绶带和合影。又在照片上指他老头子给我看，说老头子今天去县里开会了，明天回来。房子中间一个柱子上贴着奖状，还挂着一顶草帽和两个黑色的公文包，包上也印着会议留念的字样。那包看样子压根就没有用过，挂在柱子上，显示着主人的荣耀。

我们的房间在二楼，墙雪白，被褥干净，窗外有阳台，两根竹竿悬在阳台上。阳台比楼下视野宽广很多，可以看见远处几座翠绿绿的山，围在村外，不觉让人想起孟浩然"青山郭外斜"的诗句。夕阳欲落了，金黄却更浓了，笼罩着远处的山，笼罩着眼前的村子。此时，正该是文人墨客吟唱炊烟袅袅的时候，但整个村子上空没有一丝烟，人们都使用了液化气。因为这里靠近景区，要减少空气污染。当然，这是第二天人大代表告诉我的。一会儿，太阳落下去了，天尚未黑，淡淡的烟雾渐渐升起，远处的山朦胧起来。几家院门前亮了灯，灯泡是装在红色灯笼里的，在门厅下映出一片红光。妻洗了几件衣裳，搭在阳台的竹竿上，未拧净的水嗒嗒地落下。这景物，使人感到几许南国乡村气息。

一会儿，年轻女子来叫我们吃饭。餐桌上有一盆米线，两盘小菜，几块烙饼。那分量我和妻显然是吃不了的，就叫她们母女俩和我们一起吃，她们推辞，我说，一起吃，聊聊天呗。女主人坐了下来，年轻女子说，她有孩子要照顾，就不陪我们了。和女主人一边吃着饭一边拉家常，她说她有一个儿子、三个女儿，他们都上过大学。二女儿现在在县医院工作，小女儿在景区工作。家里这个是大女儿，远嫁了温州，在那边做幼儿教师，这两天请了假回来帮她料理客店。我说："听说你家儿子是驻村书记，我很想见见他。"她说儿子不在这里住，晚上有时来家里看看，今天不知道能否来。吃完饭，我和妻上楼歇息，不一会儿就听到楼下有男子说话的声音，想是她儿子，就下楼去看。果然，一个男子在客厅坐着，三十来岁，浓眉大眼，正和女主人说话。女主人看见我，就介绍这是她儿子。儿子站起来和我握手，说："欢迎来我们家乡旅游。"我说："不愧是书记，开口说话，就是领导的口气。"他哈哈笑了，说："经常接待旅游的客人，说习惯了。"我说："经常看驻村书记的电视剧，他们都是有故事的人，想必你也有故事，就想见你，和你聊聊，听听你的故事。"他说："好啊，我给你讲讲我们村整体搬迁的事吧。"

他说，2016年，他大学毕业，到县政府工作。那时要改造大小七孔景区的旅游环境，他们原先的村子是在景区里的，按照政府的规划，需要将村子里所有人从原先的村子迁出来。村民想不通，抵触情绪大，政府派了工作组来村里做工作。但是村民不买账，还撵走了工作组两任领导，搬迁工作一时陷入僵局。后来，县领导得知他是本村人，父亲又是县人大代表，就派他进了工作组，来做村民工作。

他初来工作组，只是一名普通工作人员。他看到组长因打不开工作局面愁眉苦脸，他也着急，但是他更知道，要打开坚冰，必须从他家入手。我问："为什么要从你家入手呢？"他说，他家的房子在村里算是比较好的，先拆他家的房子，再做别人的工作底气就足了。我问："你爸愿意吗？"他说："起初也不愿意。我爸说房子是他用血汗换来的。他这样说，我很理解。我们家过去很穷，我考上大学，父亲东凑西借才给我交了学费，后来我大妹也考上了大学，父亲为了供我们兄妹上学，就去县里租房子做化肥生意，他和母亲吃住都在货栈里，进货卖货，给人送货都是他们自己做，工作强度很大，为了减少开支，他们也不敢雇人，有两次，父亲扛化肥都累晕倒了。我们家出了四个大学生，父亲又攒钱翻新了家里的老房子，也因此出了名，县里树立父亲做发家致富、培养子女的典型，号召大家向他学习。后来他又被选作了人大代表。"我插话说："那房子确实是你父母用血汗换来的啊，你拿他开刀，很难吧？"他说："也不难，虽然舍不得，但我父亲通情达理。他对我说，第一，搬迁是国家的规划，我们应该服从国家；第二，他是人大代表，要给乡亲们带头；第三，我是工作组成员，他要支持我的工作。很快，我爸就和工作组签了搬迁协议。"我问："那你们下来的工作好做了吧？"他说："哪有那么容易，我爸签了协议，好多人不理解，招来很多冷嘲热讽。我爸给我出主意，先做我们本家亲戚的工作，我代表工作组和他们谈，我爸则和他们拉亲情。光谈亲情是不够的，因为让大家离开他们世代赖以生存的土地，他们最担心的是今后的日子咋过呢。我们想，我们靠着著名的景区，就应该因地制宜，在旅游上拓展思路。我们处在景区的后门，这里虽然没有前门热闹，但我们这边自然环境好，交通又方便，便于大巴车出行，于是我们就去重庆、贵阳、广西等地方，联系旅行社，让他们来我们这里考察，以后带客人来旅游，就住我们这里，我们保证新鲜干净的农家饭菜。另外，我们还和景区联系，输送村民去景区打工。村民的后顾之忧慢慢解除了，搬迁工作才一步步地开展起来。"我又问："你们搬迁后，村民的实际收入和原先相比变化大吗？"他说："收入比原先种地好多了。你来这里，看我们这里环境多好，旅行社带来的旅客住在这里都很满意，有的回去了，节假日又带了亲朋好友来，有的待几天没过瘾，就再住几天。一到旅游旺季我们这里住宿都得提前预订的。"我问："那你怎么又做了驻村书记了？"他说村民搬迁过来搞旅游接待，要有一个统一的组织领导，要规范化，不能各自为政，原先联系的旅行社大多也是他联系接洽的，所以县领导就让他留下来，让他将村里工作扶上马送一程，不久县里又任命他做了驻村第一书记。这一干，就是四五年。我问他想不想再回县上去，他说："主要看工作安排，但我也觉得离不开我土生土长的这块土地和乡亲们了，我有责任有信心带着乡亲们往前奔。"果然是个有故事的人，他的担当、他父亲的心胸都使我感动，我祝他带领村人发家致富，日子越来越好。又聊一会儿，我便告辞休息了。

第二日，年轻女子请了一个本家叔叔送我们去景区。临出门，女主人又拿了两把雨伞，嘱咐我们带上。我平生比较懒散，出门有小雨，宁愿淋着，也不打伞，嫌累赘。不过，这会儿不能驳了女主人的心意，将伞接了，装进双肩包里出发了。黑油油的柏油路两边，是一片翠绿。城市里住久了，天天在高楼大厦里穿梭，这会儿面对大自然的本来模样，稀罕得不得了。天阴得愈发重了，我倒希望现在就下一阵雨，我将撑上伞，在这旷野上走走，感受一番大自然的原始气息。

景区里，游人还真不少，大家被大小七孔的柔美恬静感染，说话也都柔声细语了。比比皆是的绿水清潭，泛着日光，像镶嵌在碧草中的珍珠。水面碧波荡漾，画舫来往，我观看多时也不忍离去。更有那拉雅瀑布从天而降，在绿树丛中倾泻而下，令人震撼得不由自主喊一声："飞流直下三千尺。"后遇一片湖水，浮桥曲折。湖中水草摇曳，几只长腿鹭鸶在水里捉小鱼小虾。我忽然想，这里过去该是布依人家的稻田吧。不由得对他们肃然起敬，正是他们的迁出，为我们奉献了一片仙境般的胜景。

下午，游玩结束。年轻女子的父亲开车来接我们。他中等个子，略瘦，皮肤微白，穿一身黑灰色制服，我怎样也无法将他和一个农民联系在一起，更无法将他和那个做生意扛化肥的人联系在一起。坐车上，我问他："开会结束了？"他说结束了，所以有时间来接我们了。回到家里，女主人已将饭菜摆了上来，有蒜苗炒腊肉、清炒油麦菜、腊肉炒莴笋。肉红里透着油亮，绿菜脆生生的。我问这是不是都是他们菜园里的菜。男主人说是，又说腊肉也是自家做的。他又递给我一玻璃杯酒，酒呈浅红色，并介绍说这是他酿制的纯米酒，泡了药材变红了。喝一口，甘醇柔绵，十分的爽口。我夸他的酒好，他说："我们布依人家，家家都会酿酒，平常少酿，家里要有嫁姑娘娶媳妇的就多酿一些，待客用。"喝着酒和他闲聊，我说："你和老伴养出四个大学生，很了不起，但是我更佩服你带头搬迁的宽阔胸怀。"他说，讲心里话，要搬离祖辈们世代居住的地方，还真舍不得，但是，要支持儿子的工作嘛。那几年，好多人埋怨他，还有人背地里骂他，说他背叛乡亲们，连自家的亲戚也不理解。我问："现在呢？"他说："搬到新居后，旅游车队天天拉人来这里住宿、用餐。村民有了稳定的收入，心里踏实了，都说搬迁好，还说我有眼光，看得远。"女主人插嘴说："我家老头子本来威望就高，经过搬迁这事，村民们更敬重他了。"喝一会儿酒，我说："有机会也希望你到我们西安去玩玩。"他说他去过延安，是县上组织人大代表去参观学习。我问："你感觉延安好还是你们这里好？"他说："延安是革命圣地，我们不能比。但是论自然环境，我们比延安好多啦。"听他这话，看他的表情，感觉他很自豪。吃完饭，女主人收拾了餐桌，在一盆黄色的水里泡糯米，对我和妻说："明天早上请你们吃黄糯米饭，为你们送行。"妻问这黄水是用什么染的。女主人拿出一把干草，说是糯米草，水就是用它染的。她说每年清明节前，他们布依族的人家都要采摘一些，晒干保存，清明节时，家家都要蒸黄糯米饭，祭奠先人，平常家里来了贵客，也蒸来待客。

第二天早上，我们从客房里下来，桌上已经摆好了早餐，一盆糯米饭，金灿灿的，几盘小菜，有肉末的，有纯素的，都切成小丁。男主人已在桌边坐着等候，看到我们就说开饭。我早已垂涎欲滴了，拿起碗，就挖出一勺糯米饭，拌了菜吃。男主人笑了，说："糯米饭要这样吃。"他也挖一勺，倒在手心里，两手压一压，压成饼状，再舀一勺菜，夹到饼上，相当于我们吃煎饼卷菜。我仿他的样子也卷了吃，米糯糯的，伴着肉末的油香、笋的清脆和韭菜的鲜嫩，煞是好吃。一时饭毕，要和他们告别了，却有些舍不得，就以他们院门做背景和他们拍了合影。

过了几天，我和妻游览到黄果树瀑布景区，一对夫妻请我给他们拍照，他们是从杭州来的，得知我们是从大小七孔来的，就说他们也要去，就问我住宿的情况，我介绍了布依驿栈。几天后，他们发来微信，说已经离开了布依驿栈，还说，以后有机会还想再去一次。我奇怪，他们的想法咋就和我一样呢？

夜宿平遥

今年九月，摄影班去坝上采风，返程时夜宿平遥。距我上次来平遥，已隔十余年了。车下高速路时天已黑透了。从车窗向外望去，就感觉和上次来大不一样了。

过去的一片片庄稼地如今竟然奇迹般矗立起一栋栋楼房，一溜溜的霓虹灯，便是一条条的街道，车在霓虹灯闪烁的街道里穿梭，人便恍恍惚惚的，像入了仙境。到酒店放了行李，我们打算结伴去老城。打听了一下，也就二十余分钟路程。刚吃了晚饭，在家里正是散步的时候，于是就决定徒步前往。

街道上行人很少，车也少。我们无拘无束地走着，初秋的阵阵微风柔柔和和地吹来，吹去了坝上归来的疲倦，便生出阵阵快意。

穿过护城河上的长廊，再走过长桥。一群平遥人，在宽大的桥上，排着长长的队，表情严肃，步履沉重，一个跟着一个，一步一顿地缓慢地走着。走到桥的那头，然后折转回走。这是一种何样的锻炼情趣，不得而知。

护城河很宽，河水泛着幽暗的光。河边灯光很少，零散地在河水中洒下稀疏的光影，更显老城古朴和静谧。

此时古城早已结束了白日的喧哗和热闹，城门上厚重的门扇已关闭，只留下一道窄窄的门缝，供夜游古城的人出入。

我们鱼贯地钻过门缝，就进入了古城的瓮城。瓮城的地面是用石头铺的，上面有两条拳头粗的沟槽，旁边竖着一个牌子，上面写着"车辙"两个字。

以前去陕西韩城的司马迁祠墓，墓前的山梁上有一条石条铺的路，也有两条这样的沟槽。导游小姐告诉我们，石铺路是春秋战国时秦国通往晋国的交通要道。沟槽就是古人马车牛、车的车轮碾出的车辙。看着眼前这两条石槽，我心想，平遥的历史大概也很久远了吧。平遥在公元前800多年就开始建设了，算来距今已近3000年了，所以称平遥为古城真是一点也不过分。现在，它是我国保存最完好的四大古城之一，并且以整座古城申报世界文化遗产获得成功。

出了瓮城，一条街道上并无商户人家。夜幕很浓，黑漆漆的。虽有几盏路灯，却很昏暗，仿佛只是摆设。同行的一位摄友，因工作原因，近年常来平遥，所以对平遥很熟悉，便做了我们的向导。跟着他，步行一会，就出了这条小街，走入了一条较宽的街道。街道上都是年代久远的房子，游人很少，大部分商户已经打烊。偶然，一辆电瓶观光车从身边驶过，也只坐着三五个人，多数座位都空着。一个丁字路口边的墙上刻着浮雕，上首跪坐着一个鹤发童颜的夫子，他的前边跪坐着几排孩童，夫子正在给孩童授课。浮雕旁边一个大门紧闭着，门楼是雕梁斗拱的。我猜测这个院子应是平遥的文庙吧。

平遥自古钟灵毓秀，文风浓厚，出过许多文人墨客，如西晋文学家孙楚、东晋玄言诗人孙绰。

这条街上，还坐落着平遥的老县衙，据说，县衙仍保存完好。白天参观是要购票的。此时县衙早已闭馆，我们就没有前去。从丁字口拐入另一条街道，这里灯火辉煌，街道两边的房舍很精致。

门厅的形状不尽相同，但都时髦华贵，各有特色。门厅上的大灯笼，在门厅旁边映出一片红光，霓虹灯闪闪烁烁地变换着各种色彩，每家门厅旁边都是很大的玻璃橱窗。隔着橱窗，可以看到房里扭动着腰肢唱歌跳舞的青年男女。原来，这里就是平遥的风情街。街道并不长，不一会儿，我们就走到了头。原路返回，看到一街的霓虹灯，流光溢彩，乐声阵阵，就感觉和外边那条街道宛如两个世界。

从风情街出来，摄友领着我们去了平遥的西大街，这里和刚才转的那两条街又迥然不同。街道虽不灯火通明，但家家商铺还亮着灯、开着门。有几个商铺是卖醋的。山西人爱吃醋，山西醋也很有名气，所以，外地游客到山西多多少少都会带点山西醋回去，或自家吃，或赠亲朋好友。这几个铺子，将卖醋的生意做得很大，进门一溜醋缸，台阶式地挨墙排列，一个比一个高，排列在墙角的大缸竟有一人高，缸口的直径有一两米，需两个人合抱。缸表面的黑釉在灯下闪着亮光，缸隆起的肚子上贴着四方红纸，纸上用浓重的墨写着一个"醋"字。即便不买醋，你都想进店里逛逛。

离开这几个卖醋的铺子，继续前行。看到几个游人在一处古宅的门楼下留影，门楼上方一个横匾刻着"日升昌记"四个字。原来，这里就是清代时全国最大的票号日升昌的所在地。

日升昌票号始创于清道光四年（1824 年）。票号就相当于现在的银行。清代时，贸易的媒介是银子，但是大宗贸易和长途贸易携带大量银子是很不方便的，因此日升昌票号便应运而生了。日升昌还在全国设了几十家分号。只要在票号里存了银子，怀揣着票号给的汇票，就可以在任何一个票号里去汇兑。日升昌一度控制了大清的经济命脉，真正地实现了汇通天下 。

漆器也是平遥的一大特产。平遥漆器主要以推光漆工艺出名，也是中国民间工艺品中四大名漆器之一。

漆的原料来源于自然生长的漆树。制作漆器时，先将漆涂抹在家具上，漆干后，用手掌推至光亮，然后再刷漆，再推光。如此反复十几遍，甚至几十遍，再描绘出山水花鸟、亭台楼阁或人物故事。做成的漆器古朴雅致，构造精细，手感细腻润滑。据说，平遥姑娘出嫁，娘家都要给姑娘陪嫁几件漂亮的漆器。这条街上，卖漆器的商铺也很多，大多还开着门。所售之物多是些首饰盒之类的小漆器。

同行的女士，欲给亲戚家将出嫁的女儿买个礼品，我们就一起进了一个店。柜台上、货架上摆放着大大小小的漆盒，光彩照人，琳琅满目。

我随手捧起一个盒子。盒子在日光灯下闪着亮光，盒盖上一白一红两朵牡丹，形态逼真，惟妙惟肖，花瓣上勾着金黄色的边，雍容华贵，令人爱不释手。

夜游结束，已是夜里 11 点多了，出城时，仍是鱼贯地钻出门缝。同行的一位女士突然说走不动了，另三位女士马上响应。随后她们商量着打个车回。我真不明白，刚才逛街时她们还一个个精神十足的，刚离了商店就走不动了，同行的男士都说不累，因此我们仍步行回酒店，留下四位女士，等网约车。

夜闯通麦天险

去过西藏的老司机都知道西藏的通麦天险，有些老司机谈起它脸就变色，心跳加剧。为什么呢？用他们的话说，走一次天险就是闯一次鬼门关。

一、偶遇然乌湖

通麦天险在林芝的通麦镇到排龙乡之间，是川藏线最险的一段路。那日早上，我们从八宿出发，计划晚上宿林芝的八一镇。天险就在我们当天的行程里。八宿到八一镇 500 公里，正常行驶得 9 个小时，所以我们商定沿路不再去逛别的景点，抓紧时间赶路。

八宿县城很小，318 国道从县城穿过。出了县城，公路两边植被稀疏，山体荒凉。一路爬坡，不一会儿又开始下雨，天空雾蒙蒙的，能见度也降低了。攀上海拔 4000 多米的安久拉山垭口时，遇到一个岔口，路边一个木牌子上写着"然乌湖"三字。我们都兴奋起来，因为然乌湖素有"西天瑶池"的美称，不期在这里遇到，这时，我们早忘记了不逛景点的约定，司机嘉嘉一转方向盘，我们就进入了另一条路。路的一边是河流，一边是山。行驶了七八公里，河床变成了宽阔的湖。我们将车停在路边，奔向湖边，观景拍照。天空是灰蒙蒙的，所以然乌湖水也是灰蒙蒙的，没有看到希冀的湛蓝，多少觉得有些遗憾。隐隐约约看到远处的雪山，却不知道它们的名字，只晓得然乌湖的水就是山上的冰雪融化之后形成的。今天没有看到西天瑶池的美，但这一方山水的空旷、这一方烟雨的迷蒙、这一方世外桃源般的静谧，也勾得我们不忍离去。留连一阵，雨逐渐大了，又伴了风来，虽然穿着带抓绒的冲锋衣，还是觉得冷，只好上车。回到岔口，沿另一条路向前走就遇一桥，名然乌桥，过了桥就是然乌镇。我们没在此停留，因为我们另一辆车早走远了，我们要去追赶他们。过了然乌镇，公路还是沿河岸走。然乌湖由三个小湖组成，它们分别是阳措湖、傍措湖和冷安佳布湖，三湖之间由河道连接，使湖水一脉相通，全长约 29 公里。我们刚才游玩的是然乌镇附近的傍措湖。然乌湖周边高山众多，有名的如岗日嘎布雪山、阿扎贡拉冰川，它们都是然乌湖的主要水源，也是帕隆藏布江的源头。200 多年前，这一地区发生山体崩塌，石块堵塞河道形成了今天的然乌湖。淤积的雪水在三处宽阔的谷底形成小湖，其间由狭窄的河道串通，形似串珠，因此，然乌湖又被人们称作"串珠湖"。上游的阳措湖紧挨冰川，断裂的冰块直接坠入湖里，湖水日积月累，又漫出了新的湖坝，重归了帕隆藏布江。

离开然乌镇，大概行驶了四五十分钟，路边遇到一个饭馆，老板是一个大男人，笨手笨脚的，他只卖一种食物，就是冻饺子。这阵子我们也觉得有些饿了，其实更稀罕的是能在高原上吃顿饺子的感觉，于是一人要了一份，坐在桌边等。老板从冰柜里取了饺子，煮进炉子上的高压锅里。我觉得稀奇，问老板原因。老板说，这里海拔高，不用高压锅，饺子煮不熟。不一会儿，高压锅滋滋地喷了气，我们说："该熟了吧？"老板说："不行，还得煮一下。"又过了一会儿，老板为我们盛出饺子，七八成都开了花。我们问老板："这是饺子吗？"老板说是啊。我们再没吭气，将就着吃吧，毕竟在海拔 4000 米的高山上，吃一次高压锅煮的饺子，也别有一番滋味呢。

吃了饺子，继续赶路，不一会儿就到了米堆冰川景区。米堆冰川是中国最美的六大冰川之一。它是由印度洋的西南季风带来的雨水形成的，所以，也称海洋冰川。景区门口石块垒砌的山门，高大宽阔，本想进入门里，远眺一下冰川的美丽，被告知进门还得行驶十多公里，只好作罢，在门口拍了张照片，就去追前边的车了。

二、大堵车

车沿山道行驶一阵，接近波密县城时公路两边才逐渐有了平地。一片片的玉米地里玉米秆有半人高，宽宽的长叶子绿油油的。穿过县城，路况挺好，右边是山左边是河滩。山上和河滩里的树和草，皆是嫩绿，车像行驶在绿色的海洋里。忽然遇到一辆车，右侧两个轮子掉进了路边的水沟里，那司机肯定是流连路边美景分了心。再行就进入了山的夹道里，公路在夹道里蜿蜒曲折。拐过一个山口，忽然听到高高低低的人语声，原来这里是一片开阔地，许多人在这里停车休息。开阔地中间有一段涉水路面。一条河，十几米宽，将公路拦腰截断，但河水很浅，河床上都是拳头大小的鹅卵石，车过河时，就会激起很大的水花。我们过了河，也停车休息。一拨年轻人，精力旺盛，开了车在水里来回地渡，就为激起一片水花，发出阵阵欢笑。有的还打开了车上的天窗，大半个身子从天窗冒出来，拿根登山杖，作机枪扫射，嘴里喊着

"冲啊"，车就像战场上正在冲锋的坦克。

出了夹道，路边有一个检查站，受检后放行，检查人员递一张通行证，背面有关于这段天险的温馨提示。再看路况，果然危险。左边的雅鲁藏布江支流帕隆藏布江，流水湍急；右边的山，山势嵯峨，碎石泥土路面，高低不平，有的路边不见了灌木草丛，显出塌垮的痕迹。路基松软，两车相会时，沿江一侧极是危险，万一塌方，掉进江里，霎时就没了踪影。所以，提示强调，此路段不准停车，要快速通过。伙伴新民问我，通行证写了什么，看得这么专注。新民 1.80 米的个子，长得虎背熊腰，却天生胆小。我怕吓着他，就没告诉他，嘱咐他仔细观察路况，为嘉嘉做好助手。

车颠簸一阵，终于走上一段柏油路面，我悬着的心才稍稍放下来。可是没走一会儿，前边有辆白车停在路边，旁边有警察指挥我们跟在白车后边。白车是当地牌照，我们下去问司机，因何停在这里。司机说，堵车了，前面就要过江了，江上 1950 年修的永久公路桥，被一次超强洪水冲垮了，现在，江上是一座临时便桥，它的载重量和运力都极其有限，所以这里就成了西藏知名的肠梗阻路段。我问他，一般会堵多长时间。他说，说不准，有几十分钟的，有几个小时的，还有半天一天的。他接着说，这么长时间了，我们这边不放行，对面无车过来，看来是堵得严重了。我又问他，通麦天险和排龙天险是怎样分的，他说："我们刚走过的这一段就是通麦天险，过了江就是排龙天险了。由于两个天险紧相连着，所以又被人统称作通麦天险。"我问，排龙天险很难走吗。他说，十几公里全是泥泞路，大坑小洼比比皆是，又是一直爬坡，路虽不长，却得走一个多小时，稍不留意，还可能陷入泥坑。又有老虎嘴急转弯带陡坡，双向车猛然遇见，碰撞时有发生，曾经有车制动不及，冲入江里。当地车晚上也很少走这里。个把小时过去了，对面还是无车过来，我们车的后边排了长龙，已看不到队尾。白车司机说，看来一时半会是通行不了了，不如回波密，住一晚上，明天一早过来，不会堵的。我说，我们还有两辆车，应该已经过江了，我们要赶过去会合的。白车掉头回去了，我们成了堵车长队的第一名，紧跟在警车的后边。眼看四点了，还无丝毫通行迹象，问警察，总说快了。我等得心焦，就去前边转转，走一会儿，一条羊肠小路通向路边的山上，走上去，却到了断崖边上，下边就是帕隆藏布江的支流易贡藏布江，居高临下，看到江上那座便桥和桥上的车辆，江对面也是乌压压的车队。心里不免生出担忧，这要等到何时啊。我的正前方五六米外，一座正在施工的桥，主体已经完成，新浇筑的混凝土桥面上，散落着石块、钢筋头、断了的钢丝绳。高高的桥塔顶上写着四个大字"通麦大桥"。如果桥现在通行了，我们就不会被耽搁在这里，宽阔的江须臾就过去了，也能感受一番天堑变通途的快乐。胡思乱想一阵，便返回来了。再一会儿，就听到了对面有车过来的声音，再一会儿，只见一辆警车开路，后面是长长的车队，车队足足通行了四五十分钟，最后还是一辆警车压阵。对面的车过完了，警察告诉我们可以走了，他们发动了车，本以为他们会给我们带路的，但是，他们调转了头，跟着对面过来的车队走了。我们就自己出发，后边也是长长的车队。

三、夜奔

暮色苍茫，我们开始过江了，沿江岸下坡，蜿蜒成一个"之"

字形，就上了桥，桥面是厚钢板铺的，钢板之间用粗钢筋焊接在一起，车轮轧过，发出咯噔咯噔的声音，明显能感觉到桥的震颤。我们谁也不说话，分明又都感知到彼此的紧张，静默中感觉桥下的浪涛声咆哮得撕心裂肺。惊惧中过了桥，松了一口气，天却全黑了，车灯射出两道光，由于路面全是黑色的泥泞，不反一点光，我视力不好，感觉前方就是一片黑幕，什么也看不见。暗自庆幸，嘉嘉、新民和萍萍他们三人视力好，就叮嘱坐副驾驶的新民一定帮嘉嘉看好路面。刚说完话，车挨一个崖头转了一个急弯，忽然一个黑影从高处压下来，我紧张得心都提到嗓子眼了，心想这下完了。嘉嘉一把方向盘将车打向了右边，黑影子擦我们车边冲下去了，原来是一辆拉土车。一场惊险过去，我说嘉嘉，幸亏你视力好，反应也快，避过一场大难。嘉嘉说，她是凭本能打方向躲车，至于右边路面什么情况，她也看不清楚。我说："谢天谢地，这个地方应该就是老虎嘴吧，我们终于有惊无险地过来了。"新民问："什么老虎嘴？"我没接他话，只说你好好帮嘉嘉看路。

车在泥泞中颠簸，还时不时哧溜地滑一下。新民说，幸亏咱们是越野车，一般的轿车走这路难免会搁浅。正说着，路边有两个人影摇手挡车，走近了，原来是两个学生模样的骑行者，自行车在他们肩上扛着，脚上鞋子也看不到原来的模样，半截裤子都是泥巴。嘉嘉摇下车玻璃，一股冷风就灌进了车里。嘉嘉对他们说："我们车里有四个人还有行李，你们带着自行车，我们实在捎不上你们，对不住了。"我们又走一会儿，嘉嘉说："这两个娃，黑灯瞎火地前不着村后不着店地到哪里过夜啊。"我们三个虽然没有说话，但都为没能捎上两个娃娃有点内疚。

车在泥泞里摇来晃去，不断攀高，拐一个弯，就看到了后边车队的灯光，在漆黑的山道上蜿蜒成一条长龙。睁大眼睛向前看，还是看不清前边的路，心想，有嘉嘉驾车，新民帮她看路，我就不要瞎操心了，不如闭目养会儿神吧。可哪里能安心呢？三五秒，又睁了眼往前看。新民一会儿嘟囔一句，什么鬼路，再也不来了。嘉嘉说："你不是说明年带你老婆和儿子再来嘛？"新民却说："不来了，绝对不来了。"再走一会儿，遇到一个隧道口，开进去，原来是一个未竣工的新隧道，洞壁还是粗糙的混凝土，也无照明灯。嘉嘉谨慎地驾车，在洞中的砂石堆和建筑垃圾中穿行。大约二十分钟后，我们出了隧道，走上了一条柏油路。我欣喜极了，不由自主地说："我们终于闯过了排龙天险。" 新民问："什么天险？"我说是西藏有名的天险，十分危险，俗称死亡路段。本地人夜晚都不走这条路。白天也得走一个多小时。今天我们运气好走了这段隧道，应该少走了不少泥泞路。嘉嘉说，怪不得今天那辆本地白车掉头回去了。

走一会儿嘉嘉忽然说："我们后边咋没有车灯光了？"新民建议我们等一会儿再走。可是等了一阵儿，后边仍是没有丝毫动静。我们下车去看，莫说车灯，天上的星星也没有一颗。空荡的原野是无尽的漆黑，车灯射出两个光柱，更显得荒原的夜孤独。又等了一会儿，后边还是没有动静。联系我们前边的两辆车，一辆已经到了八一镇，另一辆说他们应该在一个山顶上，雾气很重，嘱咐我们要谨慎行驶。通了电话，得知伙伴都在我们前边，便不再等待，继续前行。我们又越了两个过水路面，雾气一股股地拢来，最后终于将我们的车包围了。没有了能见度，只好压着路面上的黄色分道线走，我虽未开车，却也紧张得手心里都出了汗。走了一会儿，却不见黄线了，再走一会儿还是没有，就停下来让新民拿着手电筒到前边探路。新民走在车的灯光里，半天也没走出几步，我看到他的裤腿像是被风吹得发颤。嘉嘉说："哪是风吹得颤，是他自己发抖。"我就下了车，走过去给他壮胆。我俩一起向前再走，忽然夜幕里传来叮叮的铃铛声，正在纳闷，发现一个黑影随着铃声移动过来，正紧张时，新民到底眼尖，说好像是一头牛，用手电筒照着仔细一看，原来是一头大花奶牛慢吞吞地走过来。既然能有奶牛，这附近应该有人家吧。我俩继续向前走了十来米，发现我们脚下根本不是公路，前边竟然横着一条深沟，用手电筒照一下，黑洞洞的，深不见底。蓦地惊出一身冷汗。急忙地走回来，指挥嘉嘉掉头往回走。不一会儿又寻着了公路。

萍萍这时从梦里醒来，问怎么啦？新民说："什么怎么了，这么危险的地方，你还能睡着觉！"他说完我们都笑了，笑过之后紧张和疲劳缓解了很多。再走突然发现后边有车追上来，在这孤独的荒原夜里，突然有一辆车来做伴，本应该添一丝安全感，但我们却都增加了不安。因为我们走快他走快，我们慢他也慢。再一会儿，后边又上来一辆车，紧随着我们的车，不一会儿突然加速超了我们，原来是一辆面包车，灯光里看到是当地的车牌。新民说，后边也是面包车，他们该不会是一伙的吧。我虽然没有说话，但也紧张得心跳加剧，两个车前后夹击，难免会让人胡猜乱想。惊恐中，又行驶一阵，可以看到前方路边有房子的黑影，前车减速在房边停了，嘉嘉加速，风一般地越过去。后边的车也靠那辆车停了，我们渐行渐远，一颗悬着的心终于落了下来。

夜里一点多，我们终于到了八一镇。前车的跃进正在和宾馆门前的烤肉师傅聊天，原来他拉了烤肉师傅等我们。新民下车就抱住了跃进，呜呜地哭了，说："跃进哥，今天差一点就见不到你了。"跃进安慰了他，大家一起坐在肉摊上，忽然觉得饥肠辘辘了，师傅拿来烤好的肉，每个人都狼吞虎咽地吃着。我忽然想起失踪的车队，就询问烤肉师傅。师傅笑了说，人家过了江，都在排龙乡或者鲁朗镇休息了，你们威武，一路撞了过来。新民说："威武什么啊，一路吓死人了。这地方我再也不来了。"我说，我视力不好，一路只感觉到漆黑，没有感到太多的惊险。烤肉师傅说，他们本地人，见多了天险的事故，所以提起天险就发怵。我们偶尔来一次，不明就里，哪里能有怕的感觉呢！

天上峡谷雅鲁藏布

在雪域高原西藏，有一条名为雅鲁藏布江的河流，它是世界上海拔最高的河流之一，因此也被誉为"天河"。这条"天河"流经之处，有一处壮丽的峡谷——雅鲁藏布大峡谷。这峡谷仿佛拥有神奇的魔力，它将雪域高原西藏东南部的林芝地区，雕琢得宛如秀丽的江南水乡；又将峡谷深处的墨脱县，装点得如同热带雨林一般，因此墨脱县被人们称作"西藏的西双版纳"。今日，我们即将踏上旅程，去目睹大峡谷的惊险壮阔与气象万千，探寻它是如何孕育出林芝的江南风光与墨脱的热带雨林奇景。

一、小巫见大巫的壮丽

从镇上到大峡谷有80多公里的路程，一路上行车还算顺畅。然而，临近景区时，由于道路施工，我们遭遇了堵车，耽搁了一些时间。继续前行，道路变得坑坑洼洼，车辆不得不左拐右拐，躲避路上散落的石块，艰难地颠簸着前进。好在这段难走的路并不长，30多分钟后，我们终于抵达了景区门口。

景区接待厅很大，房子的墙壁感觉很厚实，表面还留有錾子剔出的一道道的痕迹。原来，墙是用大块的石块垒砌而成的。我们购了门票，沿着没有窗子的走廊向里走。走廊里灯光昏暗，两

寄语他乡 | 177

边的墙壁湿漉漉的，脚下时不时会踩到一摊水，感觉像是在穿越一个山洞。

出了走廊的后门便是景区了。但要想真正到达大峡谷，还有一段距离，需要乘坐景区交通车前往。交通车沿着一条宽阔的峡谷下行，峡谷深邃而宽广，谷底水流潺潺，但并不湍急。两边的谷壁上植被茂盛，郁郁葱葱，有高树、灌木和青草。坐在车上俯瞰谷底，我不禁感到头晕目眩。前排窗边的一个女子表达着她的害怕，并与男伴调换了座位。我也有些紧张，但那一溜绿水在谷底乱石间蜿蜒流淌的靓影，以及那一谷令人陶醉的鲜绿，让我忍不住频频往下望。一会儿后，我不再紧张，反而涌起一股难以言喻的愉悦。我不禁想，这番愉悦是否就是人们所说的"醉景"呢？后排的一个小伙子正用相机对着谷底拍照，想必他也被这谷中的美景深深迷住了。

半个小时后，车在一处开阔地停下，我们纷纷下车。司机提醒我们，顺着这条路再往下走，就到大峡谷了。一群人相跟着前行，今天的天空格外蓝，远处，一群山峰层层叠叠，其中一座山峰鹤立鸡群，直插云霄。正当我感到惊诧时，忽然听到旁边人声鼎沸。原来，路边立着一块巨石，上面用汉文和藏文书写着"南迦巴瓦峰 海拔 7782 米"。有人指着最高的那座山峰说："看，那就是南迦巴瓦，它被誉为西藏众山之父。"人们纷纷争着在巨石边拍照留念。我们等了一会儿，没能抢到拍照的机会，便和同伴先去大峡谷了。

走了一会儿，就听到了如雷鸣般的水声。大峡谷毫无保留地展现在我们眼前。我们登上观景台，只见汹涌澎湃的巨浪从脚下奔腾而过，遇到谷中的巨石，便激起冲天的浪花。转身向西望去，江水宛如自天上倾泻而下的白云，汹涌澎湃地向我们涌来。待其来到我们身边，又似奔赴战场的千军万马，咆哮着，一泻千里。

遥望对岸，峭壁悬崖层层叠叠，在茫茫的水汽中若隐若现，难以估量其高度。它们连绵起伏，沿着江流蜿蜒远去。一个同伴不禁感叹："方才所见的峡谷与此相比，真是小巫见大巫了。"另一个同伴附和道："之前的峡谷，连小巫都算不上。"

二、挣脱桎梏奔向大海

雅鲁藏布江发源于西藏西南部喜马拉雅山北麓的杰马央宗冰川，其上游被称作马泉河。在古藏语中，雅鲁藏布江名为"央恰布藏布"，意为自天上流淌而下的水，因其海拔极高，故而也被誉为"天河"。藏族人中流传着这样一句俗语："天上有银河，地上有天河。"

在上游的日喀则一带，沼泽与湖泊星罗棋布。初生的雅鲁藏布江宛如一个温柔的婴儿，静静地依偎在喜马拉雅母亲的怀抱中，自西向东潺潺流淌。当它流至林芝的米林县时，已蜿蜒前行了1600多公里，沿途汇聚了多雄藏布、年楚河、拉萨河、尼洋河和帕隆藏布等众多支流。这些支流的加入，为它注入了巨大的能量，使它变成一个桀骜不驯的汉子。喜马拉雅母亲再也无法将它紧紧揽在怀中，它浩气凛然，势不可挡，在林芝的崇山峻岭间劈开了一条世界上最深、最长的峡谷，一路咆哮着向东奔腾而去。

众山之父南迦巴瓦峰迎面而来，试图挽留它，却未能阻挡住它那热情奔放的步伐。它宛如一个即将离家远行的孩子，深情地与南迦巴瓦峰告别，给予它一个热烈的吻、一个依依不舍的拥抱。

随后，它围着南迦巴瓦峰绕出了一个马蹄形的大弯，这个弯堪称世界上最为壮观的河流拐弯之一。在大拐弯的行程中，它依旧对喜马拉雅母亲眷恋不舍，频频回首，因此在大拐弯中又形成了五十余个小拐弯。最后，它折向南去，跨越国境，经印度、孟加拉国，最终流入了印度洋。

三、拳拳之心浓浓乡愁

雅鲁藏布江流出国境，就像一个远嫁的女子，将对故乡的思念化作印度洋的暖湿气流，沿着大峡谷逆流而上，频频回望喜马拉雅母亲。故乡的山、故乡的水，喜马拉雅母亲宽广温柔的怀抱，让这片土地饱含深情。暖湿气流在此遇山抬升，化作倾盆大雨，在这里形成了世界罕见的"水气通道"，造就了西藏最湿润的雨林带，将这一片雪域高原装扮成了西藏江南。大峡谷的高山峻岭，海拔三四千米以上的比比皆是，所以，这里不但有江南的秀美，还有高海拔的冰雪世界。大峡谷从下往上有多个气候带，分布着世界上热带、亚热带、温带和寒带的植物。雨打芭蕉深闭门，一副惬意的南国风景，你想不到吧？这幅景致大峡谷里也有，大峡谷不但生长芭蕉，还有竹林和杉树林。从热带到寒带的垂直气候带，使其成为全球罕见的"垂直自然带的完整缩影"。大峡谷中的墨脱县，谷底花飞蝶舞、春光浓浓，水田片片、绿禾拂风。稻浪翻滚时，又生出一番"稻花香里说丰年"的景致。顺山攀高，阔叶雨林、温带树林、灌木层层递进。至寒冷的草甸子就是高寒动物牦牛生活的领域。再攀高就是千里冰封白雪皑皑的世界了。谷里的数条冰川，宛如银色的缎带，从雪峰蜿蜒而下，融水汇入奔腾的雅鲁藏布江，最终滋养着谷底的热带雨林。真可谓"一谷奇异多植被，一山高低四季风。百花谷底林长绿，山顶冰雪年年增"。

四、大自然的鬼斧神工

雅鲁藏布江不仅是离天最近的河流，同时也是世界上最深的河流之一。这条峡谷从南至北蜿蜒伸展，其核心段全长约 505 千米，从海拔 2910 米的入口骤降至 155 米的墨脱谷底，形成了高达 2755 米的巨大落差。正是这巨大的落差，造就了藏布巴东等壮观的瀑布群。

雅鲁藏布大峡谷不仅以其雄伟的自然景观令人叹为观止，还成为印度洋暖湿气流的通道，使热带植被在这里向北延至北纬 29 度，形成"高原热带"的奇观。在这片神奇的土地上，高原、大山、峡谷与热带气流相互交织，形成了多个独特的气候带，因此被誉为地球气候变化的缩影、植物的天然博物馆以及生物资源的基因宝库。这里动物种类繁多，其中不乏众多国家重点保护的珍稀物种。

雅鲁藏布大峡谷，是印度洋板块与亚欧板块相互挤压的产物，其复杂的地质结构堪称"活的地质教科书"。1998 年，国务院正式将这条壮观的峡谷命名为"雅鲁藏布大峡谷"，后又被列为国家级自然保护区。

观景台上，旅游团队一拨拨地来，又一拨拨地走了，而我却久久伫立，不愿离去。看着江水如万马奔腾，气势惊天动地；群山似蜿蜒的巨龙，起伏连绵不绝。我极目远眺，心中暗自思量，此刻我所领略的，不过是这大峡谷的冰山一角罢了。它那鬼斧神工般的杰作、气象万千的绝美景致、惊天地泣鬼神的磅礴瀑布，还有那堪称世界第一的大拐弯，都隐匿在更深处，无缘得见。

下了观景台，行至一处岔路，眼前出现一片竹林。那竹林翠绿欲滴，蓬勃向上，每一根竹子都充满了生机与活力，我不由自主地驻足欣赏。

忽然听朋友喊，循声望去，原来大家在巨石处照相。我快步走上前去，站在巨石旁边，与大家拍了照。随后，我抬眼望向南迦巴瓦峰的方向，群山正被夕阳的余晖温柔地笼罩着。拍了照，一行人返回八一镇。到八一镇时，人困马乏、饥肠辘辘，先解决了肚饥，又找了酒店休息。

一觉醒来，已是第二天早晨八点多了。我起身走到窗边，拉开窗帘，刹那间，明媚的阳光如金色的纱幔般倾洒而入。随后，我便下楼去转转。酒店的院子很大，房子都十分漂亮，而更让我惊叹不已的是，院里的花木、草坪、灌木和树木，都十分鲜绿，那蓬勃的生机与活力，仿佛将江南水乡的温婉秀丽都搬到了此处。我这才猛然想起，林芝素有"西藏江南"的美誉，今日一见，果然名不虚传。

吃完早餐，我们继续赶路，路边树木郁郁葱葱，鲜花娇艳欲滴，着实可人。同事们不时发出阵阵由衷的赞叹。我不禁在心中想，这一番令人陶醉的"江南"景色，没有来过林芝的人是绝对想不到的。

高原圣湖羊卓雍措

　　西藏的羊卓雍措被藏族人视为圣湖，它与纳木措、玛旁雍措并称为西藏三大圣湖。当地百姓有朝拜神山、圣湖的习俗，即通过转山、转湖来表达对神山圣湖的崇拜。我们来西藏旅游，没有时间转山转湖，但神山圣湖总是要去瞻仰一番的。

　　我们于昨日抵达拉萨，预约了参观布达拉宫的门票，但需等待一日。今晨，用过早餐后，我们便动身前往羊卓雍措。

　　车驶出拉萨，一路向西南方向行驶，天空万里无云，天蓝得宛如少儿画板上涂抹出来的浓重色彩。抬头遥望，那份深邃与空灵，营造出高原独有的宁静。我们仿佛被这壮丽景色感染，无人言语，连呼吸也变得轻柔平和。公路两侧农田里的青稞大多已经泛黄，部分地块已开始收割。收割青稞的方式与割麦子相似，人们用镰刀从根部割断，再用青稞秸秆拧成绳子捆扎起来。一块地里，大片青稞已被割倒，地头停着一辆马车，一头牛悠闲地在收割后的地里吃着草，不时抬起头来哞一声。这番景象，让人不禁想起儿时田间地头的记忆，而今收麦早已机械化了，这幅画面已成为遥远的记忆。

　　走一会儿，又遇到修路，半幅路面被围挡起来，只留一半供车辆通行。狭窄处，有胳膊上戴着红箍的人负责指挥交通，两边车辆相错，单行通过，走走停停。忽然觉得有点饿了，看看表，已快 12 点了，刚好路边有一片简易的房子，周围停了很多车，原来是一个吃饭的地方。停车去看，发现有四五家餐馆，有卖面条的、卖炒菜的。为了节约时间，我们每人要了一份面，却也等了半个小时才吃到。等面时，和一个脸庞黝黑的汉子聊天，问他这地方为什么会有这么多人，他说，这里是拉萨前往羊卓雍措的必经之路，往来的大多数是去羊卓雍措的。我说，我们就是去羊卓雍措的，问他羊卓雍措还有多远，他说不远了，再走一会儿就要爬山了，那座山叫甘巴拉，山口海拔高达 5030 米，羊卓雍措就在那个山口的下面。

不一会儿，同伴喊："面来了。"我们端碗吃面，却找不到空餐桌，只好席地坐在一个台阶上，面是油泼的，上面撒着辣椒面、葱花，滚热的油泼上去，又浇了两勺醋，呼呼啦啦地吃了。真是地道的陕西汉子，走哪都喜欢这一口家乡的味道。

吃完饭，继续前行，不一会儿果然开始爬山，山道曲折蜿蜒，羊卓雍措却迟迟不见踪影。一个同伴有些不耐烦了，调侃问："羊卓雍措是不是搬家了？"另一个说："再不到我就要晕车了。"我说："你不一定是晕车，这里海拔比拉萨还高一千多米，你不会是高反了吧？还是闭目养神，少说话。"嘴上这么说，其实心里也暗自嘀咕，怎么还不到呢？

车又盘上一个山头，眼前豁然开朗。原来，我们已经到了山顶。转过山头，突然看到一片湛蓝映入眼帘，宛如一条蓝色的缎带蜿蜒在山谷中间。一车人不约而同地惊呼起来："啊，到了！看羊卓雍措，水真蓝啊，真漂亮啊！"紧接着，我们也听到了后面车上人传来的惊呼。伙伴老牛说："我敢打赌，所有来羊卓雍措的人，翻过这个山口，都会发出这样的惊叹。"我笑道："没人敢和你打赌，因为你是绝对的赢家。"

顺路下行，曲曲折折地拐几个弯，终于走近了那片蓝水。下了车，步行下谷底，只见人来人往，有的下行，有的上行，有的拍照，有的默默不语对着湖水沉思。谷坡上立着一块大石，上面用藏文和汉语写着"羊卓雍措，海拔 4441 米"。大石四周还有大大小小的石堆，这些都是游客们堆砌的玛尼堆。玛尼堆在藏族文化中寓意祈福。游客们可以自己堆一个，也可以在别人堆的上面加上几块石块。看那边，就有几位姑娘正在自己动手堆，她们从周边捡来石块，小心翼翼地垒起来，嘴里还念念有词，或许是在为父母祈祷健康长寿，又或许是在为自己祈求一个心仪的白马王子吧。

眼前的湖水宛如一个熟睡的温柔少女，蜷缩在峡谷的怀中。她那修长的身躯随着峡谷的蜿蜒而曲折，尽显了女子的曲线美。远处，飘来一片白云，将其洁白的身影投在湛蓝的湖水上。我突发奇想：白云是要为睡着了的羊卓雍措盖一条被子吗？不一会儿，白云散开了，太阳的光芒从白云的缝隙中射下来，湖面上顿时银光闪烁，像蓝色绸缎上绣出的朵朵白莲花。再远处的白云下，一片晶莹剔透耸入云霄，那是雪山。羊卓雍措旁边矗立着三座雪山，其中最高的一座名为宁金抗沙，海拔 7206 米，是羊卓雍措旁的最高峰，也是藏传佛教的重要神山之一。

羊卓雍措是第四纪冰川侵蚀形成的冰蚀湖，湖岸线蜿蜒曲折长达 250 公里，总面积约 675 平方公里。因此，我们站在陆地上是无法看到它的全貌的，如果乘坐飞机从高空俯瞰，会发现羊卓雍措就像一个多枝的珊瑚。所以，当地人也称羊卓雍措为"美丽的碧玉珊瑚"。传说，最初的羊卓雍措由九个小湖组成，各不相连。

大神空行母担心湖水干涸而渴死水中的生灵，便施展法术将九个湖连为一体。湖中有一座圆布多岛，岛上留有一座宁玛派古寺遗址，历史可追溯至数百年前；而湖的西南方还建有桑丁寺。

羊卓雍措，被世人尊崇的圣湖，它的魅力令人倾倒。它的那份深邃的湛蓝，令人窒息，足以彰显它超凡脱俗的高贵气质。它婀娜多姿的躯体，展现出无尽的柔美，每一条曲线都柔弱得像随风摆动的杨柳，令每一个到访者无不臣服沉醉。而它的端庄与优雅，更是让人生出无限的敬仰与爱慕。

站在湖边，深深吸一口气，你的心灵仿佛就得到一次净化。当你更进一步，走到它的身边时，你会听到它温柔的呼吸，看到它细腻的波浪，正悠悠地拍打湖岸。水在岸边又变作了千万朵晶莹剔透的水珠。水珠像极了一粒粒的白色珍珠在水面上跳跃。珍珠的下面是一粒粒的碎石子，它们大小不一，形态各异，有的拳头大小，有的葡萄大小，颜色更是丰富多彩，有白色的，有黑色的，还有黄色、绿色、蓝色的，每一颗都被湖水陶冶得晶莹剔透，在柔和的阳光下，闪着耀眼的光芒。本想捡几粒石子作旅游的纪念，又不忍心扰乱这一方纯净的自然之美，便弃了这个念头。但心里却有万般的不舍，便俯下身，掬一捧水在手心，恰有一缕阳光照进手心，湖水与阳光在我的手心里交融，反射出圣洁的光芒，这一刻，我心中涌起一股难以言喻的喜悦与满足。圣湖羊卓雍措，每一滴水都蕴含着圣洁的力量，每一缕阳光都传递着温暖与希望，让人在大自然的怀抱中，找到了心灵的归宿。

被这静谧而神奇的景色吸引，我沿着湖边继续慢行，遇到一位牵着牦牛的汉子。他头戴一顶白色毡帽，鼻梁上架一副茶色石头镜。我停下来和他攀谈，问他这湖有多深，冬天是否结冰。他说湖平均深度在 30 到 40 米之间，最深的地方达 60 米。到了冬季，湖湾处会结冰，冰层的厚度可达半米。他还说，湖里有二十多个岛屿，大一点的岛上有人居住，他就在岛上住。早晨，牵牦牛坐船过来。牛是供游客拍照的道具，每次拍照收十块钱。他也问我从哪里来，我说陕西西安，他又问西安很远吗？我说很远，距离这里几千公里吧。我又问他去过西安吗，他说没有，最远就去过拉萨，而且也只去过一次。他又问我西安大吗？有没有拉萨大？我说我也不知道，你有机会去西安看看呗。他说去不了，要放牛放羊，挣钱养家，供娃娃上学读书。

他又告诉我，湖里有一个很小的岛，传说，岛上有一块天然形成的圣石，被视为修行圣地。后来，有人在岛上修建了一座寺庙，专门供奉那块神奇的石头。那座寺庙名叫日托寺，距今已有 600 多年了。由于它地处湖的深处，庙里常年只有一位僧人坚守。过去，遵循"一寺一僧"的传统，如今偶尔会有其他僧人来此修行。他建议我们租船去看看，感受那份与世隔绝的宁静与神秘。

和他聊一阵，我产生了与他合影的想法。恰好此时，一个小伙子走了过来，我把手机递给小伙子，请他帮我们合影。我挨着牦牛站着，留下了湖水、牦牛、牦牛汉子和我的影子。照完相，我递给汉子十元钱，他却笑着推辞，我说这是给牦牛的，你替它收了吧。他又笑了，说："好，我替它收了。"

告别他，夕阳已西。我们沿着坡道缓缓返回，回头再望一眼羊卓雍措。恰好一群白鸟掠过湖面，将它们洁白的身影投在蔚蓝的水面上，我的脑海中不禁又浮现出那个牵着牦牛的汉子的身影。

他一辈子守着生他养他的土地，他没有远方和诗，但他拥有高原圣湖的一份难得的宁静。他拥有一个幸福的家庭，过着简单而安逸的生活，这何尝不是他的人生幸福与美好呢？

日　喀　则

日喀则海拔 3840 米，比拉萨还要高出 200 多米，是西藏海拔较高的城市之一。世界屋脊喜马拉雅山就在日喀则境内。我们驶出拉萨，向西南方向行驶，经过岗巴拉山口，这里是通往羊卓雍措的必经之路。岗巴拉山东接冈底斯山，西接喜马拉雅山，横亘在西藏中部。沿着雅鲁藏布江岸继续前行，大约下午六七点，眼前豁然开朗，一处江面格外宽阔，公路与江面几乎平齐。我们停车，沿着一个小缓坡步行 20 来米，便来到了水边。这里是雅鲁藏布江的中游，地势平坦开阔，江水也显得格外平缓，与下游那汹涌澎湃、惊涛拍岸的景象相比，简直判若两江。江水清澈得如同透明的水晶，俯身轻捧一捧，那晶莹剔透的水珠在手中滚动，带来丝丝清凉，沁人心脾。关于江面的宽度，大家纷纷猜测。一个朋友说有四五十米，另一个说不止吧，他目测有七八十米。这时，又一人感慨道："我对雅鲁藏布江的印象一直是巨浪滔天的模样，没想到它竟然还有这般恬静温柔的一面。"伙伴老牛一直没有说话，弯腰捡起一片石子，蹲在岸边打起了水漂，只见那几个片石，有的在水面上弹跳三四下，有的则能弹跳五六下，最厉害的一个竟然在水上连续弹跳了九下。打水漂，我们小时候都玩过，水越平静，水漂越好打。这一段江水，真是打水漂的绝佳之处。大家受到老牛的感染，纷纷去捡片石来扔，片石在平静的水面上激起一串串水花。玩了一阵，太阳渐渐西斜，我们才想起还要赶路。于是，大家匆匆上车，继续西行。走了一段路，感觉太阳似乎一直高悬在西边的天上，迟迟不肯落下。看看表，已经是晚上九点了，这才恍然大悟，原来这里地处偏西，且海拔高，天黑得自然晚些。又过了一会儿，一片乌云涌过来，瞬间遮住了太阳，天空忽然暗了下来，紧接着，一场暴雨以迅雷不及掩耳之势倾盆而下，车顶还传来"噔噔噔"的声音，原来雨水里还夹杂着冰雹。我们担心车在湿滑的路面上打滑，忙将车停在路边，正在议论雨来得如此之快时，雨却突然停了，天也完全黑了。

我们继续赶路，又过了一会儿，就驶进了日喀则市区。寻到预订的宾馆，刚停好车，暴雨又毫无征兆地倾泻而来，我们不愿意在车里憋着了，好在停车场离接待厅不远，就拉着行李箱冒雨跑了过去。到了房间，刚将头上的雨水擦干，外面却没了雨声，原来雨又停了。

这一晚，睡梦中不时感觉有一阵雨袭来，起初以为是做梦，后来醒了，才确定雨真的是时下时停。我不禁担心起来，雨这样频繁，明天怎么游玩呢？

第二日清早，天却晴了。我们出门去街上找早点，不远处隐约传来音乐声。循着旋律过去，只见一群人正在随着节奏跳广场舞。广场周边，有摆摊卖早点和卖菜的。离开这里，又遇见了一群打太极拳的人。我刚退休不久，新学了几天太极，正在兴头上，便兴致勃勃地跟在他们身后比画起来。可没一会儿就气喘吁吁，这才想起，日喀则海拔高，氧气含量低，身体一时难以适应这般运动强度。于是，忙坐在旁边一个石台上歇息。

石台上已坐着一个男子，他问我："是外地来的吗？"我说：

"是，从西安来的。"他又问："退休了？"我说："今年刚退。"他说："我也才退，早上来学拳，适应一下退休生活。"我问："这里海拔高，你们打拳不会气短吗？"他笑着说："自小生长在这里，习惯了。"我突然想起昨晚的雨，就说你们这里的雨来去都神速。他说："你说对了，来去神速就是日喀则的雨的特点。"他又说："七八月正是日喀则的雨季，这两个月的降雨量要占到全年的80%。日喀则的雨还有一个特点，就是大多下在夜间。所以你们夜间遇到雨就不足为奇了。"我说："这个特点还真没听说过，真是一个地方有一个地方独特的景致和气候啊。"与他告别后，我们一行吃过早点，就前往游览著名的扎什伦布寺。

扎什伦布寺，藏语意为"吉祥须弥寺"，是日喀则地区最大的寺庙，与拉萨的哲蚌寺、色拉寺、甘丹寺以及青海的塔尔寺和甘肃南部的拉卜楞寺并列为格鲁派的六大寺庙。

扎什伦布寺占地30万平方米，现存经堂、佛殿等建筑300余座。扎什伦布寺的措钦大经堂是寺中最早的建筑之一，大殿面积约580平方米，用48根松木圆柱撑起大殿房梁，殿内供奉大日如来佛祖、天王罗汉。经堂内壁凿有众多壁龛，龛内皆有佛像。殿内成百上千的酥油灯犹如千万颗闪亮的星星，闪烁着光亮，房梁下悬挂的条条经幡，在微风里徐徐飘动，更彰显了经堂的庄严肃穆。

寺院里最为宏大的建筑是强巴佛殿。强巴佛殿高近30米，自底向上为莲花殿、胸部殿、面部殿和冠部殿，殿内供奉的强巴佛坐北面南，端庄威严，总高26.2米，肩宽11.5米，耳长2.2米。强巴佛在藏传佛教中被视为未来佛，在藏民心中地位尊贵，因此前来膜拜的人络绎不绝。

扎什伦布寺里还有一座汉佛堂。汉佛堂藏语为甲纳拉康，殿内供奉着清朝历位皇帝向班禅赠送的各种佛教器物、经书手谕、册封官印和珠宝玉器。

参观结束，回望扎什伦布寺，这座百年寺庙庄严肃穆地耸立于高原城市日喀则的尼玛山上。

白 哈 巴 村

从布尔津出发，行 200 余公里，便到了铁热克提乡白哈巴村和喀纳斯景点售票处。

在这里换乘景区旅游车，前往白哈巴村和喀纳斯。售票处的停车场很大，却空荡荡的，只停了我们的两辆车，显得孤单落寞。

天阴得很重，偶尔滴几滴雨，很冷。售票处的工作人员已穿上了羽绒服，他们说，白哈巴村和喀纳斯更冷。我们便翻行李，拿了早已备好的羽绒服、冲锋衣。听说景区吃饭贵得离谱，一碗面要三四十元，于是我们又拿了方便面、饼干、油茶等食物。在工作人员的引导下，我们上了景区专车，向白哈巴村、喀纳斯出发。

和我们同车的还有四男四女，都六十岁左右。我旁边正坐着他们中的一位，我俩便攀谈起来。

他们是从乌鲁木齐来的。去年他们曾来过这里，因时间关系，只游览了喀纳斯，未游白哈巴村，这次他们结伴专为白哈巴村而来。

他告诉我，他们原本是北京知青，20 世纪 60 年代来新疆插队，后在新疆工作，现在退休了，住在乌鲁木齐。他们的子女大部分生活、工作在北京。

我问他："你们不想落叶归根回北京吗？"

他说，退休后曾回过北京，车多路堵，人稠楼高，相比之下新疆天高地阔，更畅快一些。所以，他们哥几个结伴又回了乌鲁木齐。

车在山路上蜿蜒一阵，在一观景台停下。我们下车，看到一个石碑，上写"中哈边界大峡谷"。石碑后面，便是大峡谷。谷底有水在流，呈乳白色。峡谷对面仍是连绵的群山。我遥望群山，想对面那个国家的人和我们只隔了一条峡谷，他们的生活习俗、人文景观是否和我们一样呢？

下午一点，到了白哈巴村外的停车场。停车场在两座山的中间。山上植被郁郁葱葱，山脚一排塔松通向远方。我们提着行李茫然四顾，这时来了一位30岁左右的男子，自我介绍是白哈巴的村民，来招揽住宿游客的。

我们答应先去他家看看。

村路边有很多白桦树，枝叶茂盛，风吹过，树叶哗哗地响。树下多碎石，缝隙里长出许多绿草和五颜六色的花。一条溪流和路相伴，叮叮咚咚地唱着。白哈巴村口有一石碑，上写"西北第一村"。

村民的院落，散落在路两边。

房子的墙用圆木垒成，屋顶是很尖的人字形。圆木护栏，围住院子，圈住自家牛羊，又和别人家的院子隔了开来。院里矮矮的青草，像绿色的地毯。白哈巴村已是内地游客来新疆的必游之地。

中年男子家的院子很大，门口搭了门楼。一块无漆木板上写"图瓦人间"几个字。院子中间，一溜客房将院子隔成前后院。前院一侧，是厨房和主人的起居室；院中，一驾马车上拴着一匹枣红色的马，马已备了鞍，以便主人随时出行。后院一头母牛，听到有人进院了，哞哞地叫了几声；旁边还堆着小山一样高的干草，是牛羊过冬的饲料。我们感觉像进了草原牧场，新奇兴奋，就决定住这里了。

白哈巴村位于祖国的最西北，所以它被称为"西北第一村"。自南向北，一条主街道，两边有商店和食堂。出村北左转，就是白哈巴边防哨所。高高的岗楼，被称为"西北第一哨"。这里地势高，可以俯瞰白哈巴村全景。

距此 5 公里，有一条河，是中国和哈萨克斯坦的界河。

夕阳西下时，白哈巴村两边的山，披了夕阳。我们信步在白哈巴村的街道上。偶尔有牛羊从村外回来。路边一个烤肉摊坐着几个食客，烤肉的烟雾中飘出阵阵肉香味。一个院子传来歌声，我们听不懂。问了人，方知是一首哈萨克族民歌。

晚饭后，我们和主人闲聊。他说他家有六匹马、八头牛、二十六只羊。这个季节马牛羊都在草原牧场里，马牛是不用人放牧的。公马有很强的地域性，总是圈着母马在固定的区域内生活，绝不越雷池半步。牛群虽然没有公牛掌管，但也有天生的地域观念。而羊则是吃哪走哪，所以羊须有人看管、过去，家家都要有人放羊。现在通过村民自荐和众人投票，确定专人为村民放羊，但要收取一定的管理费。

我问他，牛羊冬天是要赶回来喂养吗？他说，雪不大，就不用赶回来，十几厘米厚的雪是不会影响马牛羊吃草的。他还说，过去，大雪封山，白哈巴和外界就隔绝了。现在政府从布尔津修了公路到白哈巴，雪大时，政府还出动机械清理公路上的积雪。所以，现在即便是冬季，也有旅游观光客来村里。那时的白哈巴草原和大山银装素裹。村里木屋盖积雪，屋顶冒炊烟，静谧和谐。夜晚，街道上的灯笼和霓虹灯映红了木屋和雪，白哈巴又是另一番景色。

他希望我冬季再来一次，我嘴里好好地应着，心里却想，这辈子恐怕是绝少再有机会了。

喀 纳 斯

很多年前，我在《人民画报》上看到过喀纳斯湖的照片，一片水像天女织的蓝色绸缎，静谧地铺在松塔雪山下，加上扑朔迷离的喀纳斯湖怪传说，所以喀纳斯湖很早就是我痴迷的一个如梦如幻的神秘地方。

沿着湖边的木栈道走，湖水并没有想象的那么蓝，淡青中带点乳白色。湖边青草茂盛，有牦牛在吃草，这些牛是喀纳斯村村民的。因为，喀纳斯村就在景区里，所以景区里有穿梭的旅游车，有村落和房舍，有宜人的景色，还有牛和游客。这也是喀纳斯独特的风景吧。

喀纳斯湖是高山湖泊，湖面海拔 1374 米，平均水深约 120 米，最深处 188.5 米，是中国第三大淡水湖，属北冰洋水系。湖水主要来自奎屯峰、友谊峰等山的冰川融水和喀纳斯河流域的降水。

我们顺着喀纳斯河，走过了卧龙湾、月亮湾。还有一个景点叫神仙湾，是喀纳斯湖在山涧低缓处形成的一个浅滩。清早经常云雾缭绕，因此得名神仙湾。现在正是午后，艳阳高照，去了也找不到云雾，所以就不去了。

湖边归来，途经游客服务区。走到一家面馆门前，忽生了吃面的欲望。进到店里，刚落座，店家就端来面汤，不凉不热。此时我正口渴，先咕嘟咕嘟喝了面汤才点面。面有西红柿鸡蛋面、炸酱面、油泼面。吃完付账，却感到惊愕，一碗面才12元，和我们听闻的45元相差甚远。这一碗面，解了我想吃面的馋，又经济实惠，实在让人心情大好。

到了停车场，乘车返回白哈巴村。虽是山路，路况却很好。司机却开得很慢。我觉得司机过于小心谨慎，和他闲聊，得知原来是景区为保证行车安全对车辆做的限速规定。

在白哈巴村又逗留一晚，方回铁热克提停车场，广场上还是只有我们两辆车，可景区里咋那么多人呢？问了一个工作人员才知道我们来的是景区后门，景区的正门在另一个方向。游客都是从那个门出入的。

这一趟我们和其他游客一样，从布尔津过来，却走错了路，多绕了30多公里。但沿途的风景很不错，本来就是游山玩水，所以感觉值了。

那 拉 提

新疆游的第 11 天，我们途经可克达拉、赛里木湖和霍尔果斯口岸，晚上到了伊宁市。

伊宁市是伊犁哈萨克自治州的首府。在新疆，流传着这样的话：不到新疆不知新疆之大，到新疆不到伊犁不知新疆之美。

进疆数十天了，依次走过了火焰山、吐鲁番、乌鲁木齐、可可托海、喀纳斯、白哈巴村、克拉玛依。可是，每个景点游玩的时间都没有赶路的时间长。两个景点奔驰三四百公里，都算是近的，而且，路上多戈壁滩。现在，到了伊犁，到了新疆最美的地方。

伊犁美就美在它的草原。其中，最具代表性的就是那拉提草原，，它是世界四大草原之一。

第二天，我们从伊宁市向那拉提出发。途中经过一个服务区，停车休息。服务区里有一个商店，商店门口有一个哈萨克族妇女卖熟玉米棒，玉米棒装在一个保温桶里，揭开保温桶的盖子，热气飘散出来，空气里立刻弥漫着玉米的香味。买一个尝尝，香糯劲道，别提多过瘾了。在西安，好多年都没吃过这样的玉米棒了。随行的老张说，这可真吃出了粮食的醇香，老牛说这可是绿色有机食品啊。

吃一个不过瘾，再买一个。同行的女士，还要买了带上。一会儿的工夫，妇女的玉米棒就卖完了，她的脸上溢了笑。

口吃干了，到商店里买了酸奶和冰激凌。这两样东西我本不太吃的。谁知尝了一口酸奶，那股奶香就牢牢地控制了我的味蕾，我将酸奶一口气喝了个底朝天。我的胃怕凉，就没有买冰激凌。同事买了，挖一小勺让我尝，一口入嘴，满口都是香甜，忍不住又吃一口。下午三点终于到了期盼已久的那拉提草原。

那拉提太美了。远处的山峦此起彼伏，苍绿的塔松整齐地排列，绿茵茵的草顺山势铺开，像巨大的绿色毯子，点缀着绽放正盛的山花。牛羊悠闲地吃草，毡房散落在草地上。

牧民骑着马，来到我们面前，用生硬的汉语招呼我们："骑马骑马。"有的帐篷前支着桌子，摆着牛奶、羊奶、奶茶和酸奶，向游客兜售。我的同伴老张买了一碗马奶，前几天他还品过骆驼奶，这真让我佩服。我本想也买碗马奶尝尝，却总感觉胃不能接受。

我们在草原上忘乎所以地行走、拍照，尽情地享受那拉提的绿和花的娇艳。柔柔弱弱的白云从头顶掠过，时隐时现的溪水叮叮咚咚地从脚边流去。这时，我们早将一路的颠簸忘到九霄云外了，不知不觉就走到了景区的尽头。

回西安一周后，看到亦去新疆旅游的堂妹在朋友圈发的照片，惊诧地发现，那拉提已变了颜色。原先铺天盖地的绿已变成了一望无际的黄。再几日，国庆黄金周，在家里看电视，新闻上报道，新疆奎屯等地降温，当地已启动供暖，巩乃斯下了大雪。我不禁遐想，牧民们转移了牧场，牛羊也随之离开了，那拉提银装素裹，一片寂静。这里又成了野生食肉动物的狩猎场，狐狸、狼从深山跑出来，寻觅追逐野兔、獐子。那拉提的冬季，有着另一番情趣。夏季绿茵茵的草、娇媚百态的花没有了，被厚厚的雪覆盖了。但草和花的精魂却在雪下做着梦，憧憬着春天。等到来年，雪化作了春水，滋润了草原，草和花的精魂再次破土而出。那拉提又是绿茵茫茫、鸟语花香、人喊马嘶，毡房炊烟的美丽世界。

目睹过那拉提的绿，看了堂妹照片里那拉提的金黄，还有一番那拉提皑皑白雪的遐想，忽然想起了欧阳修《醉翁亭记》里的名句："四时之景不同，而乐亦无穷也。"便有了一番遗憾，冬季的那拉提我们是绝少有机会看到的。

懵懵懂懂攀昆仑

新疆游第 16 天，到了喀什市，去边防管理部门办理中巴界的通行证。晚上，在酒店楼下吃饭，三四个饭店，都是维吾尔族人开的。进疆十几天了，对烤羊肉、手抓饭已厌倦了，想吃炒菜，却没有。

一家饭店有凉皮，女士们喜欢，吃了却皱眉头，说和西安的凉皮比差远了。我要了半斤饺子，也因膻气太重，吃不习惯。

老板、老板娘和服务员都不懂汉语。拿着菜谱比划，还是说不清楚。老板叫来厨师，他曾在内地打工，懂汉语，我们才顺利地点了餐。

第二天，往塔什库尔干出发，这是去中巴边界的必经之路，也是我们当晚的目的地。

喀什很多街道正在改建，我们转了数条街才出了城。从喀什市到塔什库尔干塔吉克自治县县城有 290 多公里，在新疆，这样的路程不算长。今天，该是轻松的一天。车行一会儿，进入一个山口，路边有加油站。看油表，还有近半箱油，就没加油。车行山中，路况较好，我们的心情也好。30 公里后，遇到了修路，车在凹凸不平的便道上颠簸。原想走一会儿就会翻过山去，哪想一直向高盘旋，总也不见顶。一段连续爬坡路段，路面覆盖着十来厘米的虚灰。大货车也多，轰响着油门缓慢地爬行，浮灰被吹起来，遮天蔽日。前方一辆大车突然熄火停了。我连忙向右转方向，车颠簸了一下，后轮掉到一个坑里，走不动了。伙伴老牛下去推车，有了这一把力，车跃出深坑向前冲出20多米。看到车外老牛被淹没在灰尘里，于心不忍，就停车等他。老牛上车，再启动车却不前行。经过几番努力，车不但没有前进，还往后溜了五六米。车也散发出烧糊的胶皮味。

前边，有一辆小轿车也趴窝了。那司机过来说："离合器太热已不咬合了，等凉一凉再走。"听他说了我才知道，糊味是离合器发热散出的。半个小时后，两辆车重新启动，却仍不能前进。我们商量，先帮他们推车到坡上，然后他们再帮我们推。这次启动起来，我没敢再停，一直向前爬了百十米，坡道缓了，才停下。伙伴们上车个个都蓬头垢面的。经过一番折腾，有惊无险，心中石头落下，继续前行。

再走一阵，进入一段谷地，两边山峦裸露着灰色，没有植被，表面凹凸不平的。有些石块伸出半截在空中，仿佛随时会掉下来，落下的滚石肆无忌惮地躺在路上。出了山谷，又开始攀高。我的太阳穴开始发胀，头微微发痛，这是高原反应。心里纳闷，这攀的是什么山啊，总不见个头。

这时老牛收到前车老张的信息："山重水复疑无路，柳暗花明又一村。"果然，随后我们也走上了新修的公路。黑柏油路面，黄色的分道线，像一条镶着金线的黑色缎带，在山里蜿蜒。

接下来，我们邂逅了景致如画的白沙河、卡拉库里湖和被称为"冰山之父"的慕士塔格峰。下午五点，终于到了预定点，塔什库尔干塔吉克自治县县城。

去了两个加油站，都没有油，找到第三个，也是县城的最后一个，门前的车排了长队。此刻，油表指针已到了底线。

晚上，查喀什到这里攀越的是什么山，差点惊掉眼珠子。原来，我们糊里糊涂地翻越了一回昆仑山。

古人称昆仑山是中国第一神山，又说她是中华龙脉之祖。她西起帕米尔高原东部，横贯新疆、西藏，绵延至青海。最高山峰公格尔峰，海拔7649米。毛泽东曾诗曰："横空出世，莽昆仑。"赞叹昆仑山之博大雄伟。

昆仑山又称昆仑丘、昆仑虚、玉山。昆仑山有许多神话传说，如"共工怒触不周山""女娲炼石补天""精卫填海""西王母蟠桃盛会"，都和昆仑山有关。元始天尊的玉虚宫、王母娘娘的瑶池都在昆仑山上。我们这次由昆仑山脉的盖孜河谷入山，在它莽莽的躯体上行走了290多公里，从海拔1400米爬到了3100米，仅仅触及它的一丝皮毛，可我已相当自豪和兴奋了。

万山之祖，中华龙脉，亿万年前的苍茫大海之地昆仑山，我竟然懵懵懂懂地走进了它的怀抱。

昆仑山上白沙山

从喀什去塔什库尔干，进盖孜河谷攀高，就是走在昆仑山上。公路边时隐时现的河流就是盖孜河。

大约行走了 180 公里，公路边有了湿地。一群群的牦牛和羊悠闲地在草地里，几个攥着鞭子的牧牛汉子坐在路边。他们面前摆放着大大小小的石头，有的碗口大，有的拳头大，在太阳下闪着五颜六色的光。我们走近了，他们便站在路上拦住我们，用生硬的汉语说："石头石头，漂亮石头。"停车问他们，原来是卖石头的。拿一个细瞧，石头不但有色彩，还光亮。他们说，石头是他们放牧时捡的，是盖孜河水从冰山之父慕士塔格山上冲下来的，慕士塔格是神山，所以石头有灵性，买回去可以保佑家人吉祥如意。我们买了两块作纪念。

再行，远处一片连绵起伏的山在阳光下白晃晃的，起初我以为是雪山，再近一点，就感觉不对，雪山应该很高的，可眼前这片山，也就百十来米高。到了跟前，一条河横在面前，将山隔在了对岸。河边有一块立石，读上面的字才知面前的河叫白沙河，对面的山叫白沙山。白沙山是中巴公路上的一个著名景点，有十几个山峰，连绵数十公里，山上亮晃晃的不是白雪，而是柔细的白沙。一个卖串珠的汉子告诉我们，上到山顶滑沙下来，沙子会发出音乐般的声音，因此又称白沙山为鸣沙山。至于沙子摩擦为何会发出声音，据说科研工作者有过诸多的推测，但是迄今也没有定论。卖珠子的汉子还告诉我们，白沙河还是电视剧《西游记》唐僧收服沙僧的取景地，电视剧中叫流沙河。"流沙河"太漂亮了，水静静地流淌着，几乎看不到波浪，水面像镜子，反射着蓝天白云和连绵起伏的白沙山。白沙河、白沙山远离了人世间的喧嚣尘埃，它万籁无声的宁静，超凡脱俗的深邃，摄人肺腑的景色，引得我不由自主地在河边徘徊，走一阵却发现了一丝奇怪，河滩上大大小小的石头都是黑褐色的，河边浅水中看到的石头也是黑褐色的，就连白沙山上裸露出的山峰也是黑褐色的。那么为什么偏偏白沙山的沙子是白的？

我带着疑问又去问卖珠子的汉子，卖珠子的汉子却是一脸茫然。他说他出生时那沙子就是白的，活了半辈子了也没想过这个问题。同来的朋友还在河边戏水拍照，我寻一块石头坐下，在手机上搜索白沙山，得出的结果有三：一是山石风化所致，这个解释显然不对，山是黑褐色，风化的沙子怎能是白色的呢？二是白沙河水带来的，河床干涸时，被风吹到山上，这个答案也欠妥，若是河水带来的，河床河滩上为啥很少有白沙的痕迹呢？三是数年前大风从塔克拉玛干沙漠吹来的，这个说法看似荒诞，细想却有道理。因为它和我的家乡黄土高原成因相似，黄土高原就是数百万年前风吹来的蒙古高原的沙尘沉积形成的。这样想来，白沙山的沙子是塔克拉玛干沙漠吹来的就有些道理了。想来这里过去风吹沙走，古人就将河叫了流沙河，吴承恩原著《西游记》将白沙河称流沙河就是例证。现今的人再看不到风吹沙走的景象，看到的只是静止的白沙，所以今人就把山叫白沙山，而山脚下的河顺理成章地就叫白沙河。有了这个答案，想想大自然真是鬼斧神工，千奇百怪而又无所不能啊。白沙河，过去就是一条河，后来国家在这里修水电站，将河水聚起来，形成了一个湖，叫白沙湖。听卖珠子的汉子说，有人打了白沙山白沙湖的主意，要将这里圈起来，搞旅游开发。听他这样说，心里就生了一份惆怅，惆怅什么呢？不知道。

写这篇文章时，在网上查了一下白沙湖，看到一张白沙湖现在的照片：一条红颜色的木质栈道已经悬在白沙湖上，几个女子在栈道上举着剪刀手拍照。仔细瞧一阵，总觉着栈道以及栈道上女子的剪刀手和这里的宁静深邃有些不搭调。

离开了白沙湖，继续行十来公里就到了白沙湖的姊妹湖卡拉库里湖。卡拉库里湖面积有十几平方公里，最深处有 30 多米，湖水深邃幽暗，湖面水平如镜。它敞开博大的心胸，将冰山之父慕士塔格峰和公格尔峰揽在怀里，让我们这些无缘登雪山的人也能近距离欣赏冰山之父的风采。

冰山之父的故事

别了卡拉库里湖，继续攀高行驶。不一会儿又看到一个高大巍峨的山峰，山顶在西斜的太阳下闪着银光，那就是白沙河卖串珠的汉子告诉我们的慕士塔格峰，山顶上的银白就是终年不化的积雪。

下车往山的方向走，脚下是逐步向上的坡地。坡地上有一块一米多高、五六米长的石壁，石壁上有字，写"冰山之父慕士塔格峰"。站在石壁旁边，遥看山上的雪光，仿佛有飕飕的凉气扑下来。从坡地往上走，有登山爱好者的露营地。慕士塔格山不仅是登山爱好者青睐的地方，再往高处的雪山亦是滑雪爱好者喜爱的地方。据说慕士塔格峰是世界上最理想的滑雪胜地，所以每年世界各地的滑雪爱好者都会来这里，一展从山上往下俯冲的英姿。坡地上有几个年轻人在石壁旁拍照，一个小伙子站到石壁上，高举双手，还踮起了脚尖，喊同伴给他拍照。我们同行的老张诙谐地说："再踮脚，你也是在慕士塔格峰的脚底下。"是啊，慕士塔格峰太高了，它海拔7546米。峰顶冰层有200米厚，终年积雪，像戴了一顶白色的帽子。又有数十条冰川垂下来，像老人银白的胡子，所以雪山就有了慕士塔格峰的名字，"慕士塔格"源于维吾尔语，意思就是冰山之父。

慕士塔格峰和十几公里外的公格尔峰南北对峙，是昆仑山脉最高的两座峰。昆仑山被中国古人称为"中华龙脉之祖"，它威武庞大的身躯从帕米尔高原的东部向祖国腹地绵延 2500 公里。护卫着祖国的万里江山。慕士塔格峰、公格尔峰就像它头上的两个犄角，耸入云端，俯瞰着帕米尔高原。

昆仑山西段也是离天最近的地方，这里千山万壑湖水连绵，阳光下反射着醉人的蓝色，皎洁的月下，又映出清粼粼的银白，它们就是名副其实的天池。千山万壑上又有连绵起伏的雪山，6000米以上，积雪终年不化的山峰就有十多个。晴朗的日子，皑皑雪山，千山万壑，白云缭绕，祥云缥缈，好一幅如梦似幻的仙界图。相传这里就是古时候神仙居住的地方，如王母娘娘、太上老君、未飞天时的嫦娥。由此这里就诞生了很多神话故事，如"精卫填海""女娲补天"。当然神仙也打架，就有了共工怒触不周山的故事。神仙们有故事，难道神山就没有故事吗？不，神山也有故事的。你听着，我这就给你讲一个神山的故事。

传说很早以前，帕米尔高原边上有一对牧羊夫妇，他们年龄很大了，才育下一对女儿，妻子生下孩子就去世了。老牧人既当爹又当妈，养育着宝贝女儿。女儿漂亮伶俐，好似老牧人的两颗掌上明珠。看着女儿一天天长大，老牧人心里就像吃了蜜般甜，他常常向天跪拜，感谢上苍赐给他一对乖巧的女儿。在女儿的陪伴下，他的日子过得快乐无比。但他也有揪心的事，就是一对女儿体弱多病，为此老牧人忧心忡忡。一天晚上，老牧人做梦，一个神仙告诉他，东方遥远的地方，有一座日月仙山，山上有一块日月宝镜，只要取来宝镜照一照，就会消除百病。为了让女儿无病无灾、幸福快乐，老牧人发誓要取回宝镜。他告别了两个女儿，踏上茫茫寻镜之路。老牧人走后，两个女儿边牧羊，边盼望父亲归来。她们等啊盼啊，日子一天天过去了，又一年年地过去了，她们望眼欲穿，可那东来的路上却总不见父亲的踪影，她们思念父亲，整日以泪洗面，后来，她们哭干了眼泪，哭白了头发，再后来她们积思成疾，化成了两座大山。就是公格尔峰和公格尔九别峰。那山顶的皑皑白雪，就是她们的白发。老牧人历尽千难万险，饱经沧桑，终于回来了，他兴奋地捧着日月宝镜，却看到一双女儿变成了雪山，老牧人痛苦万分，捧在手里的宝镜掉在了地上，摔成两半，变成了两泓湖水，就是卡拉库里湖和白沙湖。老人静静地站着，默默地望着眼前的雪山，他泣不成声，向苍天祷告，将自己也变成了一座雪山，永远地守护在两个女儿旁边，这就是"冰山之父"慕士塔格峰。

在慕士塔格峰下，品味着它们遥远的故事。不知不觉太阳西斜了，高原的夕阳似乎比内地的夕阳更加灿烂热烈，它将满腔的热情洒向雪山，雪山瞬间变成了金黄。这就是摄影人说的"日照金山"吧。

帕米尔高原

一、塔什库尔干

今天，懵懵懂懂地攀了昆仑山，又邂逅了白沙山、白沙湖、卡拉库里湖和冰山之父慕士塔格峰。一连串的惊喜，本来就已经很兴奋了，车行一阵儿，又遇到一横跨公路的龙门架。左柱书：天山来客。右柱书：高山雄鹰。横眉：帕米尔旅游景区。原来，我们已经攀上了帕米尔高原。看过电影《冰山上的来客》后，我就对帕米尔的高原风光充满了好奇。现在，突然来到了它的怀抱，这一种意外，这一种惊喜难以表述。

这里远离闹市喧嚣。苍穹广袤，天蓝如洗，白云悠悠，雪山皑皑。河流纵横，湖泊棋布。塔什库尔干塔吉克自治县，就坐落在这里。

离县城两公里，路两边有了街灯，灯杆整齐地排列。街道很宽，两边的人行道也宽。一排树，不知名，叶子像柳叶，给人行道遮下绿荫。主街东西走向。日暮时分，我们转街，十字街头的红黄绿灯交替闪烁，车辆来来往往，十分热闹。

高原的夕阳好像落得很慢，一抹余晖还在西天悬着。县城边上的雪山高耸着，向我们倾诉着古老高原的沧桑。我们定好了宾馆，同伴在路上的一句戏语："我们今天会住在雪山下的。"这会儿，被她言中了。

宾馆旁边，就有塔吉克人开的餐馆，有面片、面条，但火爆的还是烤肉。食客们都有同一个心思，就是在这高原上，品尝高原牛羊肉的鲜美，体验塔吉克人的豪爽。烤肉，有羊肉和牦牛肉，串串大如玉米棒。在烤炉上嗞嗞地响，油滴下去，腾起欢快的火光。同伴老张和老李，要了八串肉。一手举着两串，一副气吞山河的模样。结果，两人都没吃完。

馆子旁边，一溜过去，有很多商店，有一家卖珠宝玉石，店里灯火通明，老板是巴基斯坦人。我不懂这些东西，但一个个看起来舒心又养眼。

第二天，从中巴边界回来，时间尚早，便去了县城的商业街，临街两排商铺，几家服装店，货物基本相同，大都是头巾、夹克、牛仔裤。杂货店门口摆着烧煤的取暖炉和烟囱。时值九月，我们还穿着汗衫，这里就卖取暖炉，觉得奇怪。问老板，老板说这里气候变化快，十月份就进入冬季了。杂货店前还零散地摆着农业用具，看来这里还有农作物种植。商业街尽头有一自由市场，信步走入，忽见一人从一店铺出来，手中拎着蒸馍。觉得稀罕，揭帘一窥，原来是馒头作坊。作坊分里外间。外间，许多笼屉摆着蒸好的馒头；里间，老板和老板娘正在说话，竟是陕西腔调，倍感亲切。我遂用陕西话喊："老板，买馍咧。"老板娘应声出来，见了我们，并不惊喜。她自说是陕西扶风人，来这里卖蒸馍数十年了。这几年，来这里旅游的人多了，陕西人也多，所以，她们已不觉稀罕了，可我们还是兴奋。从馒头铺出来，遇一水果摊，摊上珍珠般大小的葡萄，红艳水灵，12元一公斤，于是买些尝鲜。老板娘是河南人，20岁来这里做生意，到现在已20年了。当年如花似玉的姑娘，现在，已是半老徐娘了。同伴老牛，亦是河南人，便用家乡话和老板娘开玩笑："秤要给够吆。"老板娘说："在新疆买东西，绝对不会短斤少两。"我们不信，到别处复称，果真不差。

帕米尔高原是高原山地气候，每年十月到次年四月为冬季。一月平均气温零下 17.8 摄氏度，基本无游人光临。所以，每年十月到翌年四月，食堂商店都关门歇业，老板们都返回了故乡。我们住宿宾馆的老板是沈阳人，她每年歇业期间都回东北。我说："东北也很冷啊！"老板说："没有这旮旯冷，这旮旯冷得邪火。"沈阳和塔什库尔干的冬季到底哪个更冷，我没体验过，真的不知道。

二、石头城遗址

石头城，维吾尔语叫塔什库尔干。现在的塔什库尔干塔吉克自治县县城，就因这里曾经有一个名副其实的石头城而得名。在县城的北侧，尚存着那个石头城的遗址。

遗址在一个山丘上。山丘下，有一个木制的门阙，高高的阙柱上镶着一对山羊的犄角，犄角刺向空中。穿过木阙，一条木栈道直通古城遗址。遗址海拔 3700 米，占地面积 10.7 万平方米，城垣周长 1258 米。登上城顶，居高临下，四周景物一览无余。城堡北侧，是水草丰盛的湿地草原。草地上，纵横交错的溪水，蜿蜒曲折，银光闪闪，牛羊悠闲地吃草，五颜六色的花娇媚地绽放着。一条木质栈道将游人引入草地深处。草地的远处，皑皑的雪山连绵起伏。城堡南侧，就是现在的塔县城区，在古老沧桑的旧城遗址边，彰显着现代城市的文明。

石头城，房屋多是半地穴式建筑。现存的残垣断壁，多是砾石砌筑，现存房屋遗迹 40 余间。石头城是古丝绸之路上的重要中转地。吃苦耐劳的中国商人，将中国的丝绸、瓷器、茶叶销售到世界各地。唐代去西天取经的玄奘，当年也曾在这里逗留，又从这里出发去了印度，取回真经。中国元代时，世界著名的旅行家、威尼斯商人马可·波罗，从欧洲出发，攀上西帕米尔高原，又来到东帕米尔高原的石头城，进入了中国。

夕阳西斜，下了石头城，返回栈道，回首眺望。石头城正沐浴在太阳的余晖下，愈显沧桑。

三、红其拉甫国门

帕米尔高原是中国版图的最西端，红其拉甫又是最西端的西端。这里崇山峻岭，重重叠叠，红其拉甫国门就坐落在崇山峻岭中。

站在国门西望，有几百米的缓冲地带，再远眺，亦是云雾缭绕的群山，那里就是巴基斯坦了。

早晨，我们出县城向西行驶，去红其拉甫。昨晚在塔吉克人开的餐馆吃饭，遇到几个不相识的人，风尘仆仆。其中一个问我：“老兄，去边界了吗？”我答：“没有，明天去。”那人说：“一定要去的，很值得。”看着他那一脸陶醉，好像还在游兴中不能自拔。这使我对今天的行程更加期待了。

从这里到红其拉甫 120 公里。公路远方，有一排雪山，顶上起伏不平，像一个个沙丘一字排开，反射着清晨的阳光。这一路行来，见到很多雪山了，但都没眼前的这一座壮阔宏伟。

随着我们的行进，那排雄伟的雪山逐渐被我们甩到了身后。

回首望去，我们已超过了它的高度。这时，车外竟然飘起了雪花，车行一会儿，雪越来越大，再一会儿周围的山已是白茫茫的了。我们再也按捺不住兴奋，停车，奔入雪里，笑着、跳着。想想在九月份，能在雪地里奔跑撒欢，这一辈子可能就这一次吧。

再往前行，一座雄伟高大的建筑耸立在眼前，那就是我们此行的目的地，祖国通往巴基斯坦的口岸——红其拉甫口岸，风雪中它庄严的气魄令我们肃然起敬。站在这块土地上，瞻仰我们的国门，看祖国最高处的苍苍群山皑皑白雪，心里忽然生起一份感动和自豪。风雪中，我们的边防战士挺胸昂首，持枪站立，英姿飒爽，气宇轩昂。很想对他们说几句感谢的话，但是有规定，游人不能和执勤战士交谈，只好作罢。我将那些感谢的话，在回程的路上，在心里说了好多遍。

穿越塔克拉玛干沙漠

　　这次新疆行，最刺激的莫过于横穿塔克拉玛干沙漠。小时候学地理知道了我国最大的沙漠就是塔里木盆地的塔克拉玛干沙漠。从小到大，我从来没有过横穿沙漠的想法，总认为那是不可能的。每想到沙漠，脑子里就浮现出铺天盖地的沙尘暴和为了生计在沙漠里穿行的驼队，还有那些困死在沙漠里的人的骷髅。总之，那时，我对沙漠有一种不知是敬畏还是恐怖的感觉。

　　早上我们从和田市出发，车行一个多小时，就到了和田沙漠公路的入口。

　　塔克拉玛干沙漠公路，又称塔里木沙漠公路，1993 年 3 月动工修建，1995 年 9 月竣工，南北贯穿塔里木盆地，全长 566 公里。其中，穿越沙漠流动段 446 公里。公路北起 314 国道轮台县东，经轮南油田、塔里木河、肖塘、塔中四个油田，南至民丰县恰汗，和 315 国道相连。我们这次穿越的就是 446 公里的沙漠流动段。进沙漠前一天，我们给车加足了油，给人备了水和食物，还带了几个大西瓜。

　　初进沙漠，好奇、惊喜、紧张、忐忑。车行一会儿后，我们便平静安然了。一望无际、连绵起伏的沙漠中，柏油公路像一条黑色的没有尽头的带子，笔直地伸向远方。路面很干净，没有沙子。公路两边的沙漠，也不是不毛之地，而是稀疏地长着不知名的草和胡杨树。行进了百十公里，遇到了一群骆驼，吃饱了，在一棵树的阴影里休息。我们来到它们身边，骆驼是当地人散养在沙漠里的，所以它们并不怕人。同伴们纷纷和骆驼合影。同行的老牛薅了一把干草，递到它们嘴边，它们却不领情，自顾自地反刍着它们腹内的食物。再行一阵，我们下车爬上了一个很高很大的沙丘，极目远眺，沙丘层峦起伏，连绵不断。我原先对沙漠的印象是一马平川，寸草不生。身入其境，便颠覆了原先的认知，沙丘的坡上有一道一道巴掌宽的印痕，从坡顶一直延伸到坡底。像公路上的斑马线，十分规则。沙坡底，稀疏地长着几棵灌木。在靠近公路边的沙漠上，新长出了一片片的绿草。我们惊叹大自然的奥妙神奇，更惊叹生命的坚韧不拔。同伴们在沙丘上，或仰或卧，或蹦或跳，快乐得像孩子。疯够了，切开一个西瓜，红沙沙的瓤子，真馋人，咬一口，凉甜凉甜的，几个女士说真爽。下午 5 点，奔驰了400 多公里后，我们到了沙漠公路的另一端——阿拉尔。在这里看到了遮天蔽日的杨树林，杨树林横一排竖一排，组成一个个的大方格，方格里是一片一片的农田，这种方格在南疆随处可见。起先，以为是当地人民搞的绿化，后来悟出是防风防沙尘的。路两边的田里，一片片的棉株正兴奋地吐着棉桃。

　　值得一提的是，沙漠公路并非旅游攻略上说的没有加油站，我记忆中有两三个。在进入沙漠一小时左右时，路边遇到几间低矮房子，里边还有人居住。房里竟然有一个手压泵的水井，压一压，水就汩汩地流出来。在一望无际的沙漠里，有这个水井，真令人惊叹。这家主人还在门口摆着矿泉水、饮料售卖给过往路人。我的同伴老张还买了一碗他家的骆驼奶品尝。公路两边，护路工人用芦苇根和秆扎了井字形的方格和栅栏墙，顺着公路延伸，以固沙挡沙。同时，还种植了多种耐盐碱抗旱的植物，如柽柳、梭梭、沙拐枣等，它们将逐步代替原来的芦苇方格和栅栏。到那时，沙漠公路不再是一望无际的单调的沙色，将会有一条绿色长廊贯通沙漠南北。沙漠公路解决了深入沙漠腹地勘探的难题，解决了开采石油的交通运输问题，同时对推动南疆的经济建设、文化交流、民族团结、巩固国防和促进边疆稳定有重大意义。更令人骄傲的是，它是世界流动沙漠上修建的第一条等级公路。不容置疑的是，随着新疆旅游业的提升发展，它将会成为新疆旅游的又一热点。

我为祖国取得这样巨大的成就而自豪，为穿越塔克拉玛干沙漠而自豪。塔克拉玛干，你也会因祖国给你增添的美丽而自豪吗？是的，你会的。

轮 台 的 风

　　我在朋友圈里发了一段小视频：我两手提着红马甲，红马甲在风中狂摆，马甲两边的口袋里，一边装着手机和车钥匙，一边装着一个苹果，一松手，马甲就飞出十几米，然后着地，随风乱走。这就是新疆轮台的风。

　　过去，学习唐诗，每每吟诵岑参的"轮台九月风夜吼"就想身临其境体验诗中描述的环境，体会诗人的情感，继而和诗人产生共鸣。

　　这次新疆游，本无来轮台的计划。过去，读唐诗时对注解不太注意，所以轮台究竟在新疆何处，不太有记忆。前几日去库车的路上，突然看到了往轮台的路牌，便有了去轮台的冲动，但一路还有其他人，再说，本次游又没有去轮台的计划，只好忍痛作罢。没承想，按计划寻找一胡杨林景点，遇到修路，要绕路前去，这一绕，竟绕到了轮台，心里不禁狂喜。通过轮台检查站时，看到车外人的衣服被风吹得乱摆，裤腿哗哗地颤抖，一个三四岁的男孩紧紧搂住妈妈的腿，就又想到了岑参的诗句："轮台九月风夜吼，一川碎石大如斗，随风满地石乱走。"记得电视剧《乔家大院》中，乔致庸到包头整顿生意，在草原上和搭档说，小时候读唐诗，诗人描写大如斗的石头被风吹得满地走，以为是吹牛，现在信了。是啊，假如你不来轮台，你也体会不到轮台风的厉害。过了检查站，看到车窗外的树被风吹得狂摆，便忍不住想下车体验一下。结果一下车就被风吹得踉跄了几步，不由自主地要随风走。

晚上，和旅店的老板聊天，老板告诉我，轮台每年三月到五月风最多。风大时，就形成沙尘暴，铺天盖地，人与人面对面站着都看不到对方。我们现在遇到的风，实在算不得风。

哦，轮台，我自小就魂牵梦绕的地方，我来了。虽然没有看到"随风满地石乱走"的壮景，但也领略了轮台风的强劲。

第三章　名楼记游

　　洞庭湖水浩浩汤汤地从城墙下流过，此时方悟出了孟浩然"气蒸云梦泽，波撼岳阳城"诗句中的气魄。

黄　鹤　楼

　　父亲的大哥，按老家的习惯我叫他大爷，大爷的妻子就叫大娘。大爷的家在武汉，所以，我对那个长江边上的城市就有了牵挂。因此，去武汉就比其他地方多一些。

　　武汉最著名的景点是黄鹤楼，当然还有归元寺和古琴台。

　　20 世纪 70 年代，我曾随父亲去武汉。两个堂弟特别热情，天天领着我逛街景。一天，我们去了长江边上的断琴台遗址，遗址有一面石壁，壁上雕刻着几幅画，仔细一看，原来是钟子期与俞伯牙的故事。我依画对堂弟讲了俞伯牙弹琴遇知音、断琴谢知音的故事，回头时，却看到数十人在听我讲。有一个老汉说："这娃子，小小年纪就懂这么多。"说得我反倒不好意思了。

　　第二次去武汉，又逛了归元寺和东湖。

　　第三次是和单位同事去旅游，坐船从三峡漂到武汉，在大爷家做了一天客，和同事逛了一天街便返回了。

　　再一次去武汉，是 2010 年的春节。那次是陪父母去珠海，返回西安时，父亲说年龄大了想他大哥了，顺道去趟武汉吧。我说行啊。这次，是坐的刚开通的武广高铁。速度很快，在车上吃点东西说说闲话，四个小时就到了武汉。

　　在大爷家里，我对堂姐说："来武汉几次了，我咋就没有去过黄鹤楼呢？"堂姐笑着说："你头两次来，黄鹤楼还没重建呢。后

名楼记游 ┃ 223

一次来，本想陪你去的，你却匆匆地走了，怪谁啊？"我说："这次来了是一定要去的。"

过两天，堂姐约了堂妹来。堂妹年轻时是武钢厂的炊事员，炒得一手好菜，多次被评为厂里的先进，还奖励她到西安临潼来疗养过。因为她家住得远，所以几次去武汉也没遇到她。今天，堂妹下厨，炒了一桌菜，饭桌上堂妹说吃完饭陪我去黄鹤楼，了了我的心愿。吃完饭，我们陪长辈扯了一阵子家常才出发。坐公交车摇晃了一个多小时，到黄鹤楼时已近下午四点了。堂姐说："你自己去逛吧，一个小时足够了，我们在外边等你。"这可遂了我的心愿，我平生就喜欢一个人独逛，自由。

进了景区，一牌楼当道而立。仿佛是黄鹤楼的屏障，大有一夫当关，万夫莫开的气势。牌楼土黄色的柱，梁上刻着鎏金的图画，透着苍苍古韵。门上一匾，白底黄字，书"三楚一廔"。"三楚"即西楚、东楚、南楚，是秦汉时期的称谓；"廔"通楼。"三楚一廔"即说黄鹤楼是楚地第一楼。

上几级台阶，穿过牌楼。黄鹤楼映入眼帘。楼底，青石的基座、青石的石阶、青石的栏杆，浑厚稳重。几根立柱，将楼撑入空中。楼总高 51.4 米，五层飞檐，土金色琉璃瓦。每个楼角都有两个相互对称的飞檐，含四面八方之意。层层飞檐上翘，大气舒展，仿如展翅的黄鹤，拍翅欲飞。

凭楼怀古，不觉想起驾鹤已去的"昔人"。他本是天上神仙，化作穷苦庶人，下凡长江上的黄鹄矶，每天去酒馆赊一碗酒，酒馆老板从未因他无钱而不悦。一日，他对老板说："我喝了你三年酒，无钱还你，给你酒馆画只鹤吧。"画完后飘然离去。鹤每天从墙上下来，为酒客起舞，酒馆生意日益兴隆。十年后，仙人复来，横笛吹一曲，黄鹤从墙上下来，仙人驾鹤飞去。酒馆老板为感谢仙人助他生意，遂建楼，名黄鹤楼。

这是关于黄鹤楼的传说。据史料记载，黄鹤楼的前身是三国时期夏口城瞭望守戍的军事楼，建于吴黄武二年（223 年），晋灭吴国后，此楼便失去军事价值。三国归晋后，夏口城日益繁华，该楼逐渐成为官商行旅"游必于是，宴必于是"的观赏楼。又因楼是建在长江黄鹄矶上的，久而久之，便被误叫作黄鹤楼了。唐代诗人崔颢登临黄鹤楼，览眼前景物，触景生情，诗兴大作，创作了《黄鹤楼》一诗：

> 昔人已乘黄鹤去，此地空余黄鹤楼。
>
> 黄鹤一去不复返，白云千载空悠悠。
>
> 晴川历历汉阳树，芳草萋萋鹦鹉洲。
>
> 日暮乡关何处是？烟波江上使人愁。

此诗一传出，就风靡一时，广为传唱。相传诗仙李白游黄鹤楼欲提笔赋诗，但是看到了崔颢的诗，就把笔放下了，叹道："眼前有景道不得，崔颢题诗在上头。"

仰望巍峨的黄鹤楼和悠悠千载的白云，眼前竟幻想出"昔人"正驾鹤在空中飞升的景象，耳边也隐隐有婉约袅袅的笛声。遂不敢登楼，怕扰了鹤上的仙人，更怕失去了这种幻觉，唯在楼下徘徊遐想。须臾，幻觉又移到了江边，看到孟夫子立于船头，正和岸上的李白拱手道别。烟花三月，他要去扬州了。船走远了，李白却不肯离去，他目送着孤帆远影消失在碧空尽头，看着长江流到天际。

细想，这也不能全算作幻觉，因为每每读崔颢的《黄鹤楼》和李白的《黄鹤楼送孟浩然之广陵》时，脑子里都会生出这样的画面。由此更不敢去登楼了，怕登楼看了现实的景，再生不出这种虚幻。不知过去多少时间，忽听旁边人喊："二妹，快走啊，公园要关门了。"我才猛地回过神来，赶忙跑去登楼。

一个工作人员张开胳膊拦住了我说："下班了，不能再上楼了。"我央求着说："我速度很快的，上去看一眼就下来。"工作人员一副公事公办的态度说："不行，公园有规定，下班后任何人是不能登楼的。"她态度坚决，我只好作罢。

从景区出来，找到堂姐堂妹。堂妹说："今天如愿了，都逛到公园下班了。"我嘴里支吾着，却不好意思说还没登楼呢。

回到大爷家，堂妹夫也赶来了，说陪我吃饭。饭桌上，堂妹夫问我，上黄鹤楼感觉怎样？我脱口说，还没上楼就下班了。一桌的人都"啊"了一声，瞪着眼瞧我，然后都笑了。堂姐说："老天，我们等了你两个小时，你竟然没有上楼，你去搞吗事了？"我尴尬得无言以对，弱弱地说："还会再去的。"

今年三月，从珠海返西安，又拐去了武汉。大爷前几年去世了，大娘和小堂弟守着大爷的老宅子。堂姐客居上海，堂妹忙着照看她的第二个孙子。

大娘见了我，拉着我的手说："再去珠海，就过来看看我，我90岁了，看一次少一次。"我说："大娘身体硬朗，活100岁没问题。"

大堂弟也赶来了，三兄弟自然又喝了一顿相聚酒。两个堂弟又说陪我去逛。我说："你俩一个要带孙子，一个要上班，谁也不要陪，我自己去逛。"

第二天，我从小区门口坐了公交车，五六站就到了一个地铁口，换乘地铁，十来分钟就到了黄鹤楼附近，这可比上次来快捷多了。

登了楼，一层层地上去，楼内每层亦有金碧辉煌的壁画，柱上有楹联。我对此没多大兴趣，总认为这些东西会禁锢遐想，限制思绪，因此皆是匆匆瞥一眼而过。

站在楼外的回廊里，我却格外地兴奋。凭栏远眺，四面景色皆收眼底，一层层地登高看去，景致虽然大致相同，但是每登高一层，却有更广阔的意境。唯有此刻，才对自小吟诵的"欲穷千里目，更上一层楼"的诗句有了更为深刻的理解。

登上最高一层，风明显大了。飞檐下挂的风铃随风摇摆，发出"当当"的响声，这响声随即又被风带了去。俯瞰楼下的蛇山，一条小路十分幽静，路边有新开的花，唯看到星星点点的花影，花色花瓣却是看不清的。山下，葱葱茏茏的一片新绿，隐隐露出红瓦白墙的房子，不时飘来编钟的敲击声。

转过楼的另一面，就看到了滚滚东去的长江。江上，一桥飞架到对面的龟山，这就是"一桥飞架南北，天堑变通途"的武汉长江大桥。

在长江上建桥的设想，最早始于清代的湖广总督张之洞。清末至民国期间，也多次有人提出在武汉建设跨江大桥，并进行了勘测，但最终都未能实行。中华人民共和国成立后，国力逐渐强盛，才实现了这一宏伟目标。联想古代的黄鹤楼，历朝历代都是毁于战乱国运衰败时，而重修重建于国泰民安时。因此便有了"国运昌则楼运兴"的说法。

清代最后一座黄鹤楼建于同治七年（1868 年），毁于光绪十年（1884 年）。此后，黄鹤楼仅剩了一个遗址，凄凉地立在长江边上。

1981 年，武汉市政府以清代同治楼为蓝本，重建黄鹤楼，于

1985 年落成。新楼比原楼更高大雄伟，更气势磅礴，这重建的黄鹤楼不就是我们国运昌盛的缩影吗？

下了楼，突然又想到了崔颢，他老人家如果再登黄鹤楼，看到天堑通途，看到大桥上呼啸而过的火车，将游子和故乡的距离拉得如此之近。他还会再吟出"日暮乡关何处是，烟波江上使人愁"的悲怆诗句吗？

岳阳楼怀古

"即从巴峡穿巫峡，便下襄阳向洛阳。"唐代宗广德元年（763年），唐军击败安史叛军，收复了洛阳、郑州、开封。颠沛流离四川多年的诗人杜甫，顺长江东下，途经岳阳，登岳阳楼，写下了"昔闻洞庭水，今上岳阳楼"的著名诗句。

我第一次上岳阳楼，也是等了很久很久的。初中时，偶读范仲淹《岳阳楼记》中的"予观夫巴陵胜状，在洞庭一湖。衔远山，吞长江，浩浩汤汤，横无际涯，朝晖夕阴，气象万千"便觉气血上涌，心潮澎湃，立志此生要登一次岳阳楼。

一晃几十年过去了，总是上班下班忙碌，偶尔想起此愿，也只能在心里默默诵几遍"吴楚东南坼，乾坤日夜浮"。

2014年，我终于退休了，一头青丝已变得花白。和儿子一家从西安去广东，路过岳阳，终于登了岳阳楼，了了几十年的夙愿。

那一日，站在岳阳楼上，凭栏远眺，洞庭湖果然广袤无际。虽风平浪静，却天阴朦胧。触景生情，不觉想起杜甫晚年"亲朋无一字，老病有孤舟"的飘零之苦，又想起自己近些年的劳作，虽无颠沛流离，却也是十分艰辛。

那次上岳阳楼，虽和杜甫隔着千年的岁月，却感觉和他同样有着"凭轩涕泗流"的愁绪。

时隔五年，2019年3月，从珠海返西安，复过岳阳，沿路嫩柳鹅黄，菜花飞香；莺唱蝶舞，衡雁北翔。正是范仲淹《岳阳楼记》中说的洞庭湖"至若春和景明，波澜不惊"，"岸芷汀兰，郁郁青青"，便决定二上岳阳，再登斯楼也。

到了岳阳，寻了歇处，距洞庭湖仅五六十米，就步行过去。穿过几座仿古的楼舍和一条马路，就到了洞庭湖边上。这里是一个广场，叫巴陵广场，广场东边有一个门楼，古朴巍峨，名瞻岳门。湖那边，落日余晖隔了湖过来，抹了城楼一身金黄。广场上的游人拖着长长的影子，有的闲散地踱着，有的匆匆地走过。

步入瞻岳门，天色渐暗。沿湖一溜房舍亮了灯，五光十色，流光溢彩。灯影里，一高柱挑着一面杏黄色旗子，上书"汴河街"三字，这里就是岳阳楼景区外的仿古一条街。

街道青石铺面，偶有几级台阶，两边的房舍高低错落。酒家、茶舍、戏楼皆是雕格敞轩的明清之风。

第二日清晨，去登岳阳楼。景区入口，青石台阶上，四根朱红柱子撑起琉璃瓦的飞檐门楼。门楼虽不雄伟，却也颇有气势。

中间两根柱子黑底金字书：洞庭天下水，岳阳天下楼。这是明代魏允贞咏《岳阳楼》的诗句。楼檐下，一金边蓝底横匾，刻范仲淹《岳阳楼记》中的"巴陵胜状"四字。两人的文和诗，本相差了几百年，今人却将它们巧妙地组合，做了景区门首气势磅礴的楹联。洞庭湖、岳阳楼的万千胜状，仿佛都关在眼前这个院里。

进入景区，先抵一片水景。一湖，平地里凹下，湖沿一圈大小不一的石块将水和陆地隔离开来。石缝生了杂草，湖水映了天蓝，水中岛、绿树、奇石、灌木相杂。四个青铜色、形态各异的古楼阁，大如房舍，围岛而立，它们是宋、元、明、清各代岳阳楼的模型。

过水景，又遇水榭长廊。水榭红柱红梁绿瓦，长廊青石木栏通幽。榭前池水见底，金鳞摆尾，涟漪微微，浮云摇摇。廊侧，嫩柳轻拂，风裁细叶，红紫芳菲，蜂蝶寻蕊。廊下有椅供游人小憩。一排石碑，镌刻着历代文人墨客吟诵岳阳楼和洞庭湖的诗文，若有兴趣，可慢慢地品味吟诵。廊侧有一祠，名"双公祠"，内有双公坐像，一个是《岳阳楼记》的作者范仲淹，另一个是重修岳阳楼的滕子京。再北，就到了岳阳楼下。楼东，广场平坦，青砖铺面。仰首看，岳阳楼雄伟巍峨，耸立空中。楼顶一匾，郭沫若书"岳阳楼"三字。匾长5.12米，宽1.34米，重250公斤，由七块金丝楠木做成，被称为"三湘第一匾"。楼的基座，两人多高，壮观宏伟，涂着朱红的颜色。基座正中，一个圆门洞贯穿了基座东西，有石阶下通洞庭湖边。

基座南北各有石门，一书"朝晖夕阴"，一书"气象万千"，皆是范仲淹《岳阳楼记》中的名句。

登石阶过石门，就登了基座顶部。再上几步青石台阶，就真正地入了"登斯楼"的意境。

相传，最初在这里建的楼，是三国时吴国都督鲁肃的阅军楼。魏晋南北朝时岳阳名巴陵，所以阅军楼又名巴陵楼。唐代，巴陵更名岳阳。诗人李白《留别贾舍人至》诗："拂拭倚天剑，西登岳阳楼。"这是首次在诗词中将巴陵楼称为岳阳楼。

宋、元、明、清几个朝代，岳阳楼几经水冲火焚坍塌。所以历代都有重修重建。现存的岳阳楼是清光绪五年（1879年）建造的。楼高19米，共三层。全楼榫卯结构，无一铁钉，四根承重柱子，一通到顶。三层斗拱飞檐，楼顶檐翘中凹，形似古代将军盔帽，亦称盝顶。盝顶在古代建筑中也是很少见的。

楼内，存放着清代书法家张照书写的《岳阳楼记》雕屏。雕屏由 12 块紫檀木拼成，文章、书法、雕工、木料被后人称作"四绝"。

楼南、楼北各有山门。门前石栏石阶，门顶三层琉璃飞檐，相互叠加。山门两侧一书"北通巫峡"，一书"南极潇湘"。这是范仲淹在《岳阳楼记》中对洞庭湖之大观的感叹。洞庭湖在春秋战国之前叫云梦泽。云梦泽范围大致包括今湖北南部、湖南北部一带，所以范仲淹说它"北通巫峡，南极潇湘"。

登楼俯瞰，方知沿湖堤岸就是城墙。洞庭湖水浩浩汤汤地从城墙下流过。此时，方悟出了孟浩然"气蒸云梦泽，波撼岳阳城"诗句中的气魄。

远眺，湖中心的君山岛，在蓝天下影影绰绰的。几只白鹭掠水飞过，一艘游轮正在行驶，后面泛起一串浪花。空中白云悠悠，湖上清风徐徐，不觉缅怀古人。

想那滕子京，被贬岳阳后，不屑自我沉浮，乃是励精图治。"越明年，政通人和，百废具兴。"范仲淹亦是"居庙堂之高则忧其民"，所以他"先天下之忧而忧，后天下之乐而乐"。诗人杜甫老年多病，穷苦得唯有孤舟了，还忧国忧民"凭轩涕泗流"。诗人孟浩然更因不能为国出力建功而有"端居耻圣明"的羞愧。

咦，古人尚且如此，吾辈又该如何呢？

人间仙境蓬莱阁

　　山东渤海湾有个丹崖山，崖北段临海，陡壁峭崖拔水而起，高二十余丈。崖顶楼亭屋阁，百十余座。巅峰处，有楼背依茫茫东海，面向苍苍尘世。楼前青石台阶，古往今来，游客不绝。拾级而上者，欲寻丹崖楼阁之仙踪；相携而下者，览尽峰巅奇色又归尘。更有诗人骚客，登楼极目，把酒临海，发万般感慨，起千般诗兴，留万千绝唱。此地就是闻名古今寓尘寓仙的蓬莱阁。

　　蓬莱阁，位于山东烟台的蓬莱区，小时候听神仙故事，知道蓬莱是一个神仙住的地方。岛上晨飘祥云，暮涌金晖，神仙赏奇花异草，食珍果香瓜，个个道骨飘然。衣白衫，抱拂尘，或驾鹤访友，或骑鹿会朋，好不逍遥自在。还有得道的八仙，在这里醉了酒，各显本事，驾风驭波，奔向茫茫沧海。那时，就希望去岛上逛一逛，也做一回神仙。后来几十年忙于工作，又与仙岛隔路千里，所以，蓬莱游终是夙愿。

　　退休后，成了闲散之人，近年三番两次客居山东龙口，离蓬莱很近，竟三年上了三次蓬莱，终在暮年时了了童年之愿。

　　第一次，是应朋友之约去的。前一晚有预报说台风利奇马要来，我们内地的人，哪知海上台风的厉害，第二天早上照常出发。走的时候已经起了风头，我们不以为意。走着走着，风逐渐大起来，又裹挟了雨。公路上极少有车，车窗外一片白茫茫，远处的风景都不知哪去了；稍近些的房屋、大树隐隐约约，在风雨中好像失去了原先的模样。我们的车，感觉是在一个不为我们所知的陌生的时空里飞行。四周静极了，唯有车轮和公路上雨水摩擦发出的哗哗声。虽然这样，我们却没有丝毫惊惧不安，反而觉得很刺激。车顶风冒雨前进，我更期待着在风雨中与蓬莱仙境的约会，那将是何等的美妙啊。

不一会儿，我们到了蓬莱景区门口，门口空荡荡的，无游人无车辆。一道古城墙拦在我们面前，墙下一个拱形门洞，两扇厚重的木门紧闭着。我们在风雨里四处张望，看是否有别的入口。

这时，走来一个男子，说他是景区值班员，告诉我们，景区因台风影响暂停开放。这消息，于我仿佛头上被浇下一盆冷水。正自沮丧，又来一车，下来一男一女，听说景区不开放，女的嚷嚷说，他们是从陕西宝鸡来的，专门逛蓬莱，到了门口，却进不去，上千里路白糟蹋了。

那男的问值班人员："明天开放吗？"

回说，暂时关闭三天，何时开放要视台风情况而定。

女的说，完了，这辈子和蓬莱无缘了。我建议他们找地方住下等几天，总不能上千里路白跑了。女的说，不行啊，他们两口子是掐着时间出来的，还得赶着回去带孙子呢。说完他们上车，一会儿就消失在茫茫风雨中了。

看着他们远去，我的心里也添了些许惆怅，举着伞在雨中徘徊。不觉走到了城墙拐角，拐过去，城墙向北延伸，我继续走下去，城墙上的旌旗虽已被雨水浸透了，却仍然被风带起来，哗啦啦地舞着。城墙下一溜的树，在风里站不稳，东摇西晃地摆，叶子相互摩擦，发出哗哗声，这声音是高兴愉悦还是相互埋怨，只有它们自己知道。树下的草，绿茵茵的，像绿毡，它们却安静，偶尔随风扭扭腰，然后又静静地站着了。

随行的同伴没有跟过来，这一方的风雨里只有我，我认为这恰是最好的，无需说话，无人打扰，一个人痴痴地撑着伞，任思绪在风雨中飘荡，任惆怅在静谧里蔓延，任幻想无拘无束地展开，构思着城墙里的仙境是如何一种模样。这样胡思乱想地走着，忽然，一阵浪涛声将我惊醒，原来，我已经走到了城墙的西北角，眼前已是茫茫大海，左边就是拔海而起的丹崖山。海水被狂风吹成排排巨浪，疯狂地撞击山崖，爆发出雷鸣般的轰隆声，浪涛在崖上击碎了自己，又变作浪花飞到半空里。崖角顶上，一个塔楼及几座房舍的屋顶在风雨里漂泊，时隐时现，更增添了一丝神秘。这一刻，伞在风雨里已经撑不住了，我索性将它合起来，任由瓢泼的雨浇着，怒吼的风吹着，独自痴痴地望着山顶发呆，脑子里却是一片空白，什么构思也没有了。

第二次是陪西安来的朋友去的，先玩了附近的长岛，用去了大半天时间，到蓬莱只能是走马观花了，也没留下什么印象。却生了一个疑问，两次来，一次走了蓬莱南门，另一次进了蓬莱西门，另外，它还有一个东门，也就是说，蓬莱只有北面临海，另三面皆是陆地，这和小时候听说的蓬莱是一个岛就矛盾了。

为了解开岛又非岛的疑问，在一个风和日丽的早上，我一人再次上了蓬莱。自景区正门（南门）而入，一路青石板，行一会儿，便与西门进来的游客相会了。又行，青石路变成缓缓的坡道，路边一座寺院，门上有"弥陀寺"几个字。院里烟雾缭绕，伴着几声磬响。穿过弥陀寺后门，又上了青石路，行不远，一座四柱牌坊擎天而立，正中悬一匾额，蓝底金字书"人间蓬莱"四字，匾额左下方落款苏轼。原来这四字是从苏轼诗"人间饮酒未须嫌，归去蓬莱却无喫"的诗句中摘出来的。坊柱有联曰：神奇壮观蓬莱阁，气势雄峻丹崖山。拾级而上，再行数步，又有牌坊，悬匾"丹崖仙境"四字。此时，恰有一个旅游团上来，导游解说："丹崖山蓬莱阁素有仙名，因此，此坊即仙境之门，进了此门，就是进了仙境。"听到导游讲解，几个已过了牌坊的游客，又折了回来，于坊下重走一次，高兴地喊："我入仙境啦。"

看一番热闹，继续前行，一个灰墙照壁挡在面前，照壁有三个拱形门洞，墙上雕"显灵"二字。心想，神仙才能显灵，凡夫俗子走入显灵地界，可就真的入了仙境了。

过了门洞，便是一个方方的院子，院里假山石凳，绿树婆娑。一戏楼立于院中，台上有"观止矣"三字。蓬莱旧俗，每年正月十六蓬莱人携家带口来丹崖山登高，祭拜天后娘娘，然后在戏楼听戏，山东人喜听吕剧，认为吕剧是天下最好听的戏，看了吕剧就不再想看别的戏了，这就是"观止矣"的意思了。此时，院里只有七八个游客，一对情侣相互拍照，其他人坐在石凳上休息。我突然喜欢上了这院里的幽静，也找一凳坐了，仰头看一眼院子上空的白云，眯了眼听背后草丛里的虫鸣。静谧中戏楼上传来乐曲，睁眼望去，却无人影。乐曲响了一阵，上来一人，咿咿呀呀地唱着，唱的什么，我一句也没听懂。但他道士装束，头上一顶月牙道士帽，两个长长的飘带在风里飘忽不定，唱两句，走两步，步子踉踉跄跄的。我突然幻想他是不是蓬莱岛上的神仙呢？正胡思乱想，乐曲停了，他也唱完了，转到了后台。等了一会儿也不出来，就有些失落，怏怏地站起，有些不舍地离开。忽地想，这难道就是"观止矣"的魔力？

戏楼院子过去，可就真到了神仙的府邸，天后宫、龙王宫、三清殿、吕祖殿、胡仙堂、蓬莱阁都掩映在绿树里，每个宫殿都是独立的院子，院里皆红柱灰墙灰瓦，人影散乱，有举相机拍照的，有弓腰向仙像施礼的。而院落之间都有拱门相连，出了这个院子，就进了另一个院子，走过两个门，就有了在神仙家串门的感觉。导游带着游客，进一个院就讲一个有关神仙的故事。我站在他们之外，侧耳听，也听得了几个故事。

从吕祖殿出来，进入三清殿，瞻仰了三清塑像，出来就入了蓬莱阁院里，阁下青石台阶，青石栏杆，阶下有两棵酸枣树，据说很有年头了，依旧郁郁葱葱。仰头看，蓬莱阁耸立在蓝天里，一片白云正在它顶上飘过。阁前两棵柏树，雄浑苍翠，似为楼阁站岗的卫士。现存的蓬莱阁是清代嘉庆年间重修的，由主阁、东西厢房、东西配殿组成。阁门厅悬蓝底金字匾额，为清代著名书法家铁保所题"蓬莱阁"三字。阁分两层，雕梁画栋，图案多为蓬莱景致、八仙传说。阁内悬多块横匾，如"浴日沐月""登阁成仙"。阁内还有多块石碑，记述了历朝历代重修重建蓬莱阁之事。廊檐下四根柱上分别锈刻着楹联：俯览大地出蓬莱，仰观海市生楼阁；常称香港通海客，且看蓬莱会神仙。阁后壁墙上嵌刻着清人题词"碧海清风""海不扬波""寰海镜清"。二楼东、西、南皆有回廊，东西凭栏处可极目海上风月，从南廊处远眺，可尽览蓬莱市井人家。

阁东西都有瘦廊。出之，已是丹崖极北，下面就是茫茫大海，一条青石道悬崖而建，沿道一排灰墙古屋，列于蓬莱阁两边，面向大海，依次为澄碧轩、避风亭、卧碑亭、苏公祠、吕祖像碑亭、宾日楼、普照楼。道边有青砖墙护围，从缺口望去，苍穹浩渺，上下一色。海浪一波一波涌来，鸥影点水，船帆争竞，远处的一个岛，仿佛也漂动起来。倏忽间，恍然置身于海上玉宇琼楼，难道这就是神仙的蓬莱之境吗？蓬莱阁有神山现市之景，即蓬莱海市蜃楼，在海雾中虚幻出楼台亭阁，车马街肆。历代文人墨客触景生情，舞文弄墨，在这里留下诸多精美诗文，或赞海天一色，或叹海市奇观。北宋大文豪苏轼就在这里写下"东方云海空复空，群仙出没空明中"，更为蓬莱添了缥缈虚幻。明代大理学家薛瑄《登州行》中的"沧溟倒浸红楼影，通衢豁达尘埃静"记述了夕阳红楼倒影，波浪沉静船行的日暮观海景象。

览一阵长空碧海，吟几首古人诗文，不觉日过正午，游人已散去大半，我也腹中咕咕了。沿一条下坡路慢慢返回，不经意间走入了一个小树林，林中有亭，亭中的石凳上稀稀落落地歇着游人。我也找了一空处坐了，从包里取出自带的干粮，喝几口水，解决了腹饥。突然想起从蓬莱阁买的书，掏出来，一篇《蓬莱阁记》的文章立即吸引了我。文章作者是北宋人朱处约，他当时是登州知州，也是建蓬莱阁的第一人。他文中的大意是蓬莱、方丈和瀛洲三个仙岛，都是方士的荒诞之说，不可以相信。登州所辖的蓬莱，虽然叫蓬莱，却不是当年秦始皇、汉武帝要找的蓬莱。所以，朱处约建蓬莱阁，将传说中的虚无缥缈的蓬莱仙境搬来人间，让人们在登阁听海观涛中，只感觉到人间蓬莱，而不知神仙之蓬莱也。读罢此文，突然想秦始皇、汉武帝虽然贵为千古一帝、人间天子，却没有见到过真正的蓬莱仙境。他们如果看到我们这些平头百姓，在这样的仙境里游逛，个个都像神仙，他们会做何感想呢？他们是不是会羡慕我们呢？想着，不觉吟出一首诗来，寄托我此时的感受：

> 海上三岛皆虚幻，
>
> 秦皇汉武终不见。
>
> 人间蓬莱即仙处，
>
> 一山游客才是仙。

鹳雀楼遐想

　　说起鹳雀楼，自然就想到王之涣的"白日依山尽，黄河入海流"。

　　前几日，和家人去黄河边上的洽川湿地。在沿黄公路大荔县段，顺一土塬盘高，遇古寨，名福佑古寨。古寨原是遗址，前些年，当地人复原古寨，周边筑寨墙，高处设楼观景。登楼东望，就是黄河，沿河一片水塘在阳光下波光粼粼，当地人在塘里种藕养鱼养虾蟹。

　　去年曾和同学来过这里，现在，虽是旧景重游，但这一番天高地阔，仍使我兴奋。我端着相机准备拍照，身后又有几人上楼，一人撞了我一下，我打了个趔趄，扭头看，是一个愣头愣脑的黑小子。他并没有道歉，无事人般径直登高一层去了，我心里生出一丝不快。

　　一会儿，他们在上一层兴奋地喊："看黄河，看水塘，看渔村。嗨，那边还有一群鸟。"我禁不住他们喊声的诱惑，也登上去，站在黑小子旁边，凭栏远望。黑小子指着东南方向，问我："那里有一个建筑物的轮廓，你看到了吗？"顺着他指的方向，我看到的仍是水塘和黄河。就对他说我视力不好，没看到。他说，就在那里，黄河对面的河滩上，那就是鹳雀楼。

　　鹳雀楼？我惊讶得差点掉了手里的相机，鹳雀楼竟离我这么近。

我问他："是王之涣'白日依山尽'诗里的那个鹳雀楼吗？"

他说："是啊，这还能错吗？河对面就是山西的永济，鹳雀楼就在山西永济啊。"

说着话，我的家人也上来了，他们也往那个方向看，一会儿都说看到了。我不甘心，盯着那个方向又看，果然也看到了一个模模糊糊的影子，很高、很阔。盯着那个影子，我心跳都加快了，想去鹳雀楼，想了半辈子了，今天不经意间竟然到了它的跟前。原来，它就在我住了半辈子的陕西边缘，我和它竟然离得如此之近。

收回视线，心里不觉有了一丝悲哀。上了十来年学，也背过《登鹳雀楼》，后来也喜欢读点唐诗，却一直是不求甚解，又认为《登鹳雀楼》一诗通俗易懂，就不认真地关注诗的注解。所以，鹳雀楼在永济，这么简单的地理常识，我竟然不知。

这时，黑小子和他的同伴下楼了，看着他的背影，突然对他生出一丝好感。去年和同学也曾在这里远望，没人说过鹳雀楼就在黄河对岸。这次和家人本是计划五一节前来的，结果因故推迟到这天，不知是不是老天爷的安排，让我和这黑小子相遇，让他来告诉我鹳雀楼在对岸，让他来帮我圆一个登鹳雀楼的梦。

第二天，按计划游了洽川湿地、莘国水城后，我和家人商量，去河东岸寻找鹳雀楼，家人同意。

景区南边有路东去，前行不足一公里，到黄河，有浮桥。过河沿堤岸南行又东折，虽是水泥路面，然年久失修，坑坑洼洼，车在颠簸中艰难行进，后又被导航引上一个河堤。河堤很窄，走一阵，又遇到修路，无法通过。艰难掉头折回，导航却固执地让我们继续走河堤。正在不知所措时，过来一辆拉土车，司机让我们跟他走，尾随在他车后，走一阵田间小路，又穿村过巷，方上了正路。

虽有这番波折，却丝毫不影响我们寻鹳雀楼的兴致。车仍在田间的公路上行驶。路两边的麦子虽然抽了穗，但禾秆麦叶还是绿油油的。大家心情好，说笑更欢了。

下午四时，我们终于到了永济市的蒲州古城，魂牵梦萦的鹳雀楼就坐落在古城遗址西边的黄河滩上。

景区门首，一面白墙首先映入眼帘，墙上遒劲有力的黑字书王之涣《登鹳雀楼》："白日依山尽，黄河入海流。欲穷千里目，更上一层楼。"鹳雀楼悠悠千余年，古人留诗很多，唯王之涣的诗独占鳌头，被誉为千古绝唱。

景区大门，仿唐大殿式建筑，青石台阶上，八根朱红色柱子，撑起大殿青瓦屋面，柱子后边，三扇宽大的宫墙色大门，一字排开，古朴肃穆。从侧面小门入了景区，一片湖水赫然涌来，蓝天白云在水上荡漾，紫燕水鸟在湖面穿梭，湖边柳树婆娑，湖名鹳影湖。一拱桥飞架湖上，步行至桥上，便看到了巍峨入云的鹳雀楼。鹳雀楼下一广场，名"唐韵广场"，足有三四个足球场大。地面铺巴掌大的白色地砖，指头宽的砖缝，横平竖直地放射开去，更显得广场的宏伟和鹳雀楼的高大。

王之涣登的鹳雀楼，建于南北朝时期，约公元557年到571年，因常有鹳雀栖息而得名。历经隋唐、五代、宋、金，元初，鹳雀楼毁于战火。

现在的鹳雀楼是1997年重建的。外观四檐三层，内分九层。高73.9米。

站在楼下仰望，鹳雀楼更加雄伟高大。唐朝诗人畅光吟诗赞旧鹳雀楼"迥临飞鸟上，高出世尘间"，而新楼则比旧楼更高大。此时我也愈加兴奋，小跑似的登几十级台阶，上了楼基座顶上。虽然已是上气不接下气地喘了，但我没停步，进了楼里，寻了楼梯，继续攀登。层层楼殿，也不去看，仿佛每上一层都有一个声音在吟唱"欲穷千里目，更上一层楼"。这个声音勾着我，不歇气地登上了最高一层。此时，我的上衣已被汗水浸透了，两条腿也软软的有些颤抖了。

步入楼外的回廊，一股清凉的风吹来，那种舒坦的感觉难以言说。凭栏而立，穷目西望。白云悠悠、天宽地阔。黄河就在下方，触景生情，心底蹦出这样的话：好一幅天宽任鸟飞、地阔随河流的气象。

回廊西南角，有一尊铜像，他双目炯炯，眺望黄河，右臂前伸，手握毛笔，左手托纸，宽大的衣袖衣角被风吹得飘起来。他就是王之涣的塑像。想和千古绝唱的诗人铜像合影，家人却还没上来，央了旁边一位中年男子代劳。又和他闲聊，我说，看不清黄河的滚滚波涛，有些遗憾。他说，古鹳雀楼是建在黄河边上的，自然能看到它的汹涌澎湃。听他这话，不置可否，也没多思量。

转过楼南楼东俯瞰，皆是农田，田里多果树，长势正旺，绿油油的。绿树丛里，错落掩映着红瓦的小房舍，感觉像一幅漂亮的油画。田野再远处，青山郁郁葱葱，几片白云在周围悠悠地飘着，那是中条山。正是这山这楼这河成就了王之涣的千古绝唱。而这楼，也因这千古绝唱成了千古名胜，千百年来引得文人墨客前来吟诗作赋。忽然，我也有了吟诗的冲动，思索一时，吟出一首七言绝句：半生寻觅鹳雀楼，疑在塞外西凉州。今日如愿到斯处，隔河西望是同州（同州，今陕西大荔县）。

从楼上下来，放缓脚步，逐层慢慢地浏览，看些古人诗词文墨，看些蒲州人文风貌介绍。不知怎的就生了一个疑问，古鹳雀楼建造时，正是我国南北朝北方的北周和北齐割据对立时期。两国以黄河为界，黄河以东的山西等地为北齐领地，黄河以西的陕西等地属北周疆域，而建楼人是北周大将宇文护，这便有了一个矛盾，北周大将怎么能在黄河以东的敌方领地建造鹳雀楼呢？我百思不得其解。忽然想到"三十年河东，三十年河西"的古话，便猜测，或许鹳雀楼原来是在黄河以西的，后来因黄河多次改道，鹳雀楼才转到了黄河的东边。

　　正胡思乱想着，家人从楼上下来，便一起返回。过了拱桥回望鹳影湖，水平如镜，清晰地映出鹳雀楼的影子。湖西边，一轮白日西沉了，泛了半天金黄，不由得又吟起"白日依山尽，黄河入海流"。

第四章　散记域外

再过一会儿，一轮新的太阳又会在涅瓦河的水面升起来。圣彼得堡新的一天又要开始了。

颠簸的快艇

儿子、儿媳放寒假后，安排我们去泰国普吉岛旅游。在那里我们有过两次出海，就是从普吉岛坐船到另外的岛上去。这种出海基本都是一日游。

第一次出海是去大皮皮岛、小皮皮岛和鸡蛋岛。

清早，旅游公司的车来接我们到出海的码头。在码头做了简单的登记，然后在一个大厅里休息等候。

大厅里有简单的甜点、咖啡和热水，都是自助的。坐船出海，不能吃得太饱，也不能不吃，太饱或空腹都容易晕船。

甜点旁边还放着晕船药。晕船药要在船行前半小时服下。

这次出海是乘坐快艇，到大皮皮岛要行驶两个小时，行程远，船速快。旅行社不接受六十岁以上的人参加此项出海，如果一定要去，须和旅行社签订有关责任自负的协议。

快艇出了码头，就飞奔起来，如脱缰的野马，似出弓的箭。船头跃出水面，三角形的波浪从船头向两边飞速地扩展，船尾拖出一条长长的白浪。

知道海水是流动的，但在一望无际的海面上根本就辨不出它流动的方向。我们快艇的周边，还有来来往往的快艇忙碌地穿行。

拿了相机，本想拍海景，拍快艇，拍远处的海岛，却因船剧烈颠簸而放弃了。

此时海水看起来是柔弱的，但船起伏却并不温柔。从浪头上落下，就像蹾在水泥地面上。风速也是极快，强劲地从脸庞吹过，呼吸好像也不顺畅了。

难怪规定有腰椎病、心脏病和气管炎的人禁止乘快艇。

船行一会儿，有人不适，晕船了。晕船，可不论年长年轻，身体壮与不壮，完全看你是否适应。船上有几个印度小伙子，出发时有说有笑。现在，有两个已经不言语了，紧闭双眼，一脸痛苦。

随着船行，我渐渐摸出了它起伏的规律，就有意识地顺应船的起伏，这下腰也轻松多了。虽然和旅行社签了六十岁以上后果自负的协议，但我没有晕船，没有不适，当然也就没有什么需要自负的后果了。

浮　潜

　　快艇行进了两个小时，到了大皮皮岛。这里的海水，大概因岛的阻隔，波澜不惊。我们的快艇停了下来，导游开始讲浮潜的注意事项。

　　他说这一片海域水流平稳，水下珊瑚繁茂，珊瑚中生活着很多小鱼，形态各异，五光十色。

　　所谓浮潜，就是戴上简单的水中呼吸器和潜水眼镜，观赏水下的珊瑚和鱼，人是浮在水面上的，所以叫浮潜。导游特别强调，珊瑚礁表面很锋利，不要在上面站立。

　　我因贪恋这一方的景色，拿着相机拍照，竟没有听到导游强调的内容。大家陆续入水时，我也收了相机，仗着自己能扑腾几下水，就没有戴潜水器，从船尾的短梯上扑进了水里。先游了蛙泳，又划拉几下自由泳。游出去二十多米远，一个浪头过来就呛了一口水，不由自主就站了起来。

　　往回游时，觉得脚底火辣辣地疼，脚掌竟被划破了几道口子，因此再无心思去浮潜，看珊瑚小鱼了。所以，那小鱼是怎样的五光十色，那珊瑚长得什么模样，我真的不知道。

　　返程时又去了小皮皮岛和鸡蛋岛。

　　船离小皮皮岛还有四五十米远时，就抛锚停了下来。游客涉水登岛，水齐腰深，清澈见底。海床上的圆形石块，有的碗口大，有的脸盆大，俯瞰石块就像一朵朵的蘑菇。

海水中、沙滩上满是游客，有的在水里扑腾，有的在沙滩上拍照。

鸡蛋岛，因形似鸡蛋而得名。鸡蛋岛不大，岛上没有礁石，全是沙粒。船坐腻了，想去沙滩上遛遛，我便忍着脚疼登了岸。

沙滩上多是绿豆大的石粒掺杂着贝蚌的碎壳，光脚走会硌得脚疼，穿上拖鞋，沙粒钻到鞋里更硌脚。

正欲返回船上时，导游在一个木板棚下喊吃水果。我忍着痛，走过去，有刚切开的西瓜，冰甜冰甜的，还有削了皮的小菠萝，黄澄澄地渗着果汁，味道鲜甜爽口。在国内，我很少吃菠萝，到泰国以后，天天买来吃，既解渴又充饥。

一餐凉甜的水果吃过，那股不安和烦躁也消去了。

站在膝盖深的水里，看远处的几个摩托艇，像空中的雨燕，又像搏击海浪的海豚，在浪涛里出没。

我为祖国赢了一个赞

第二次出海，是去攀牙湾。

攀牙湾又被称为泰国的小桂林。听这名字，就知道是一个风景秀丽的地方。它不但风景秀丽，而且在游客中的知名度也高，因为它是《007》系列电影的取景地。

这次出海，较上次轻松很多，可谓一次休闲船上游。

这次乘坐的是速度慢一些的游艇。游艇分两层，一层是船员工作室，游客们全在二层，有二十多人。船上配了两名导游，一名英语导游，一名汉语导游。

游艇上，两排座位顺着船帮排列。向外望去，没有玻璃隔挡，视线极好。两道钢管做了防护栏杆，给人一种彻底放松的安全感。两排座位中间，是一张长长的桌子。上面摆着香蕉、橘子等水果。游客可自行取来食用。桌子顶头，一个很大的保温箱里装满了碎冰，里面埋着可乐、矿泉水。

我们的午餐就是在这个大桌子上吃的。那可真是一顿丰盛的海鲜大餐，有鱼，有大虾，还有烧鸡块和其他菜，甚至还有一盆泰国风味十足的汤，这个汤，在泰国的餐馆里基本都有。那味道怪怪的，实在说不明白，我第一次喝时，差点吐出来，而今天，却觉得爽口，竟然咕嘟咕嘟地喝了一大碗，这也有点入乡随俗的味道吧。

船在蓝蓝的水里悠悠行驶了近两小时，就到了攀牙湾岛的附近。我们的船虽然不大，但也无法靠到岛边沿，需要换乘小舢板登岛。岛的周边，停着很多船，有大有小，形态各异。

　　还有几个小岛，散落在周围。它们不再是模模糊糊的，岛上长满绿树，郁郁葱葱的。我惊诧这景色，举着相机拍照。

　　我下船时，游客们走得差不多了。一对欧洲老夫妻在船的扶梯口站着，那意思是他们行动慢，让我先下，我用手示意，请他们先下。一番客气，他们先下去了。

　　登了岛，他俩手牵着手，行动果然有点蹒跚。其他人都去游玩了，他俩就在岸边的一个长凳上休息。我们回来时，他俩仍旧坐在那里等我们。

　　回到船上，我坐在他俩旁边，用蹩脚的英语问他们多大年龄了。老太太告诉我她七十七岁了。我虽知道他们年龄大了，可这个年龄到异国旅游，还是让我吃惊不小。

　　随后，老太太用英语问我，我只听出了个"China"，明白她问我是中国人吗，我回答是。老太太跷了大拇指，连说了两个汉语词："好，好。"

　　这一刻，我突然有点被自己感动。

　　我小小的一个谦让，竟为祖国赢了一个赞。

世 外 桃 源

　　世外桃源，本是中国古人虚构的一个没有战乱，没有烦扰，人人平等，生活美满，远离凡人俗世的地方。

　　我不明白第二次出海游中有一个景点，怎么就用了中国古人虚构的名字，也叫世外桃源。

　　游玩"007岛"之后，返回船就开始吃午餐。船在行驶，我们吃着海鲜，欣赏着海天一色的蓝。导游告诉我们，接下来将游览一个叫"世外桃源"的景点。

　　午餐结束，我们的船停了下来。不知从哪里钻出十几艘橡皮筏子，围着我们的船。每个筏子上都有一个年轻小伙子，手里划着桨，他们是来接我们去世外桃源的。

　　每个筏子坐两名游客，小伙子在后面划船。

　　这里的海水，不再瓦蓝，变成了淡淡的绿色。

　　筏子前行，荡起了波浪，一圈推一圈地扩散开去。向后移动的则是一个一个的岛山，有的岛山翠翠绿绿的，有的则裸露着黑褐色的礁石。

　　筏子行到一片礁石跟前，划船的小伙子对我说礁石上有螃蟹的。

　　仔细瞧，果然，那礁石上有很多拇指大的小蟹，在陡峭的礁石上趴着，一动不动，像是贴在礁石上的马赛克。

船在行，景在动。绕过几个岛山，突然小伙子又喊："看，象鼻山。"顺着他指的方向看去，果然，前边那座山的形状像极了桂林的象鼻山，只是小一些罢了。

随船的小伙子很乖巧，不停地给我们指点景色，又不停地和我的妻子拉近乎，夸她漂亮、年轻、皮肤白，总之，都是些妇女们爱听的奉承话。

我明白，这是他们拉生意、讨生活的技巧。虽然说，他为我们服务的费用我们已统一交到了旅行社，但一会儿我们还要给他付小费的。哄得游客高兴，那小费就讨得利索。

船在水上，人在船上，景在两边。景色虽然大致相同，但是每次绕过一个山脚就会有柳暗花明又一村的感觉。

后来，筏子在一片沙滩边停了下来。我们登上沙滩，跟着划船的小伙子向沙滩里面走，就进入了一个天然的山洞。山洞挺大挺高，走着走着，洞里就黑了。

拿出手机，打开电筒照亮，深一脚浅一脚，跌跌撞撞地走着。有人喊，小心碰头。向上一瞧，果然有垂下的礁石在头顶，赶快低下头、弯着腰走。没承想却一脚走进了水里，本能地抬起另一只脚去躲水，却也踩进了水里。到泰国以来，一直穿一双拖鞋四处跑，因脚被割了口子，就换了软底的旅游鞋。这下，两只鞋都变成了水包。再往前走，水淹到了膝盖。挽起的裤腿滑了下去，裤子也湿了大半截，好不狼狈。

再看洞里，手机照出微弱的光亮，飘飘忽忽的，像夜里飞行的萤火虫。人影幢幢，你叫我喊，前呼后应，彼此找着自己的同伴。

水渐渐地浅了。前边透进光亮，我们终于走出了黑黢黢的石洞。

这里竟是另一番天地。周边一圈峭壁高耸，中间是一个仿若足球场大小的天井。亮光从高高的顶上灌下来，投下几只在井口盘旋的海鸥的影子。

划船的小伙子告诉我，这里就是世外桃源。井底中央，一片藤类植物有一人多高，盘根错节地缠绕着。

小伙子领着我走到一片沼泽的泥地边上，说给我看鳄鱼。这吓了我一跳。仔细一看，果然有几条鳄鱼趴在泥里，只不过很小，一指头长短，应该是才出壳的幼鳄。

出洞坐着筏子返回游艇时，我和妻每人拿了二十泰铢做小费给小伙子。小伙子客气地收下了。

坐游艇返程途中，划船的小伙子的身影总在眼前浮现。他大概十七八岁，中下等的个子，两个眼睛闪闪的，显得很机灵，皮肤黝黑中又透着点蓝色，长得很英俊。本是应该读大学的年龄，却终日在海浪里讨生活。

又想到那几条小鳄鱼，或者一年，或者两年，它们长大了，长成了掠食的庞然大物，有多少弱小的动物将会成为它们的口中食。或许它们还没有长大，就被盘旋在天井上空的海鸥俯冲下来吃掉了。那一方天井里，哪里是什么世外桃源啊，那里照样危机四伏，照样有你死我活的杀戮。

大　城　府

大城府就是泰国的大城王朝遗址。大城王朝距今有 600 余年了，王朝毁于一场战火。王朝昔日的辉煌，星罗棋布的寺院，青烟里琅琅的诵经声，都已成为遥远的过去。但那抹不去的历史痕迹，却是永存的。那些金碧辉煌，那些高耸入云的佛塔，如今以另一种姿态静悄悄地存在着，向慕名前来观光的游客诉说着它曾经的辉煌与壮丽。

那天早上，天气晴朗，我们的心情也好。儿子联系了一辆七座的计程车前往大城府遗址，车在大街小巷穿行一会儿，便上了高速公路。一小时后下了高速公路，感觉突然安静很多。耳朵里呼呼的风声消失了，两边的田野泛着醉人的绿，平整如镜。间或有几个河塘，映着太阳的光，就像镶嵌在绿野上的宝石。路边，偶尔闪过几间民房，浓浓的绿树半遮了房子，每个房前都会有几棵香蕉树，树上还坠着香蕉。

走着走着，眼前逐渐出现一片片红色的残垣断壁，高高矮矮地散落在田野里。司机说这里就是大城府的遗址了，这些残垣断壁都曾是大城王朝的寺院王宫。随着车行，残垣断壁越来越多，与其说车在公路上行驶，不如说车在断垣残壁中穿行。

终于，我们的车在一个停车场停下了，这是我们今天游览的第一个景点——崖差蒙空寺。

购票进院，满院的草坪，绿茵茵的。顺着草坪间的红砖小道前行，一座圆形佛塔突兀出现在眼前，它就是崖差蒙空寺。崖差蒙空寺是大城王朝最早的建筑，也是大城王朝现存的保存最完好的建筑。佛塔底部是红砖垒砌的方形底座，底座雄伟壮观，稳稳地屹立在地面上。仰首翘望，佛塔拔地而起。除底座外，塔身可分为三部分：底部是佛殿；第二部分是佛殿的顶，像一个硕大的钟；最上面是锥形的顶尖。底座的四个角上，还矗立着四个小一些的佛塔，这几个小佛塔仿佛高塔的护卫。

底座上，一排楼梯，通入殿里。楼梯两边，各有一个坐佛，慈眉善目，居高临下，笑迎前来拜佛上香的善男信女。在底座上俯瞰寺院全景，佛塔、佛殿、僧房掩映在婆娑的绿树里，露出斑斑驳驳的红色。

离开崖差蒙空寺，车行十来分钟，便到了玛哈泰寺。玛哈泰寺也是大城王朝初期建造的。但是佛殿早已灰飞烟灭，只剩一个小山丘般的佛塔基座，虽满目疮痍，但仍不失霸气。从气势上看，这里原先的佛塔更胜于崖差蒙空寺。寺院里仍存留着许多小的佛塔，但是大都满目疮痍。锥形的塔尖荡然无存，塔身的彩色饰面大多已脱落，露出红砖。一棵大榕树下，盘根错节的树根里，露出一个佛首。它不知是在哪次战火中滚落到榕树下，久而久之被裹到了树根里。

出了寺院，一个河塘，绿水盈盈，涟漪微微。几株大树，站在河塘边上；三五只大白鹅，伸着脖子，嘎嘎地叫；几个小贩，在向游客售卖香蕉、菠萝。

不舍这一寺院的苍凉悲壮。再回首翘望，那小山丘般的佛塔底座显得更大了。它高高地矗立着，向悠悠苍穹遥望，仿佛在寻觅它失去的塔身。一阵风吹过，佛塔和树就飘飘忽忽的，恍惚中竟不知是树在摇还是塔在动。

中午休息时，我们邀请司机吃了顿便餐，下午又去了帕席桑碧寺和柴瓦塔那兰寺，又去看了一个旷野中的大卧佛。我曾看过大城府的旅游攻略，说大城府过去的寺院星罗棋布，觉得有些夸大。今天身临其境，感觉也只逛了大城府冰山一角，遂信了传说中它昔日的宏伟辉煌景象。

返程时，太阳偏西了，没有暮色苍茫，残阳如血，显得这一方天地出奇空旷。没有高楼，没有喧嚣，只有无际的绿野、点点的池塘、葱葱的绿树。远处的红墙残壁、古塔卧佛，在空气里弥漫着挥之不去的悲怆苍凉。

大城府，曾经有过辉煌繁华与热闹喧嚣，如今，它累了，它静静地躺在绿色的田园里，做着一个沉沉的梦。

突发奇想，如果有机会再来，必寻一个静谧的雨天，撑一把透明的雨伞，听一首悠悠的歌，傍着残垣断壁走一走，在那旷野中的佛前，听它讲一个遥远的过去的故事。

时　差

　　早上 4 点就起床了，从咸阳机场飞往芬兰，然后转机去柏林。登机前，导游介绍行程，说下午 3 点半飞机落地芬兰。我本不耐长途乘机，从西安到珠海儿子家，2 个多小时的旅程都发怵。这次旅行，可是做了充分的思想准备，耐着性子在椅子上坐了 6 个来小时，觉得四肢的肌肉就要崩开了，周围乘客也嘈杂起来，中间的走道也站了人。我也想到走道里站站，松动松动筋骨。起来活动了一会，感觉四肢轻松了就回到自己的座位上。看看手表，已经下午 6 点多了，想起导游说下午 3 点半就要降落芬兰的，为何还没有到呢？又想，管他呢，有导游带着，何必瞎操心。从机侧的窗子向外望去，机身下方，白云片片，一坨一坨挤挤挨挨的。透过云的缝隙能看见一望无际的蓝，起初以为是海水。后来，飞机降低了高度，看到了树林田野，房子和公路，才知是蓝天。晚上 8 点半，我们终于降落芬兰机场，导游集合大家调整手表时间，是芬兰时间下午 3 点半。这才明白，导游说的 3 点半是芬兰时间。这个时间，和北京时间差了近 6 个小时。

　　芬兰时间下午 4 点半，我们转机飞往柏林。飞机刚起飞，我右边的一位女同伴便哈欠连连，接着就靠在椅背上睡着了。不一会儿，我也阵阵困意袭来，算算时间，已是北京时间晚上 11 点了，在家已是睡觉的时候了。右边的女士已发出了轻微的鼾声。我也靠在座位上睡着了。

　　飞机降落后，导游说今晚下榻在柏林附近的一个小镇。现在是北欧白天最长的时候，晚上 11 点天才黑，凌晨三四点天就亮了。初来这里，倒时差很辛苦，要按时休息。进了酒店，是当地时间晚上 8 点多，北京时间已经凌晨 2 点了，我们赶紧洗洗睡了。可是 1 点又醒了，再也睡不着了。算了一下，这个点应该是北京时间 7 点，正是我和拳友打太极的时间啊。倒时差真累。

邂逅吕贝克

今天上午，我们游览了柏林市区。然后风尘仆仆地赶路200公里，下午三点多，到了德国第二大国际化大都市汉堡。汉堡港是世界第九大港口，被誉为"德国通向世界的大门"。来自世界各地的远洋货轮抵达德国时，都会在汉堡港停靠。汉堡市不仅拥有繁荣的港口，还承载着悠久的历史。现在的汉堡市政厅建于1886年，用以取代1842年被大火烧毁的旧市政厅。

市政厅一楼大厅悬挂着中国国旗。在异国他乡见到五星红旗，颇感亲切温暖。市政厅里有好多个厅，如市长厅、议会厅等。值得一提的是，这里还有市民厅、孤儿厅等亲民的厅室。此外，还有宴会厅，它是市政府宴请来访的各国政要的场所，不过普通市民若有结婚的需求，提出申请后也可以使用。接下来，我们要奔赴今晚的下榻之处——距离汉堡50公里的吕贝克市。大巴车沿着港口边的公路行驶，港湾内远洋货轮林立，有的正在驶出，有的正驶入港湾，有的则停靠在岸边，呈现出一派繁忙的景象。

公路的另一侧是市区，一栋栋的楼房紧密相连。恰巧此时，一列市内交通火车从一个立交桥上疾驰而过，速度很快，不一会儿就钻进了楼群之中，消失不见了。

晚上八点多，我们到了吕贝克市郊外的一个酒店。收拾好行李，已是九点多了，拉开房间窗帘，只见酒店外面是一片森林，森林下方是翠绿的草坪。尽管此时已九点多了，但由于吕贝克是地球上靠北的城市，夏季日照时间长，这会儿太阳依旧高悬天际。阳光透过高树的缝隙洒下来，草地上光影斑驳，明暗交错，这景象瞬间激起了我拍照的欲望。于是，我拿起相机，走出了酒店。

说是邂逅吕贝克，是因为我们的游览行程上是没有吕贝克的。出了酒店后，远处的一座尖顶建筑吸引了我的目光，我提着相机便朝它奔去。拐过一个街角，一座漂亮的城门映入眼帘。那座尖顶建筑就矗立在城门之上。欧洲的教堂建筑多采用尖顶或圆顶设计，至于这座尖顶建筑是否为教堂，我并不确定。城门下，有一条小路向右上方蜿蜒而去，隐没在一片树荫之中。我向来喜爱幽静之地，便信步走了进去。

不一会儿，我竟走到了城门的右侧。这里是一大块和城门齐高的平地，有一个露天酒吧。酒吧的地面是用木板铺就的，四周用方木围成了栅栏。一排排的桌子上摆放着杯子，杯里或盛着啤酒，或装着饮料，或盛着纯净水。人们或两人一组，或三四人一群，轻声细语地交谈着。因此，尽管这是一个酒吧，却显得格外安静。酒吧旁边是一条宽阔的河流，泛着蓝色的波浪，轮船往来穿梭。太阳就在河对岸，高高地洒下光辉。河岸的这一边，一条公路沿着河流伸向远方，遗憾的是，我并不知道这条公路的名字。绕过酒吧，我顺着路下坡，竟从城门的右侧进入了城里。我猜想，酒吧所在的地方可能是城门到河边的城墙遗址。

市区的街道上几乎没有行人。商铺也都锁着门。我忽然想起，今天是周末，在欧洲，无论是公职人员还是私营企业员工，周六、周日通常会休息或外出度假。街道两边的房子都不高，大都有一个尖尖的屋顶，这便是欧洲建筑的典型风格。虽然这种景象在电影电视里常见，但亲眼见到实景还是让我感到十分新奇。

街道路面由石头铺就，表面被磨得光亮，彰显出其悠久的历史。其实，吕贝克如今的楼房大多是二战后重建的。市中心矗立着一座拥有三个尖顶的教堂，大门紧闭。教堂前面是一个圆形的广场。我手持相机，站在广场上对着教堂拍照。恰在此时，一辆小轿车驶来，见我正举着相机，便刹车停下。待我放下相机后，它才继续前行。副驾驶座上的小伙子还从车窗里向我挥手致意。这个小小的举动，着实让我心生感慨。

我在街道上转了一圈，因惦记着拍摄夕阳，便匆匆返回河边。此时，已是晚上十点多了，河那边的太阳正缓缓落下，渐渐变成了一个红球。然而，由于太阳斜射不到，河水并未变成红色。我只好对着空中的红云随意拍了几张，却意外拍到了几只海鸥，细看之下，它们也只是几个黑点。回酒店途中，遇到了一个十字路口，尽管这里并非交通要道，却设置了交通灯。有一位老人正在路口等待，即便无过往车辆，老人也一直等到绿灯亮起才过马路。

回到酒店，团友们早就休息了。我洗了澡，躺在床上，却久久无法入睡。想着邂逅的吕贝克，我感悟到安静、礼让以及遵守交通规则，这些都是一种文明、一种修养的体现。

安徒生和美人鱼铜像

哥本哈根市政广场不远的街边，耸立着一座铜质雕塑，雕塑身穿风衣，头戴高冠礼帽，坐在铜凳上，左手握拐杖，右手拿一本书，食指正夹在合起的书缝中，头微扬，眼神深邃，仰望左前方的天空。这个雕塑，就是丹麦大名鼎鼎的童话大师安徒生。

我们小时候，曾为他的《卖火柴的小女孩》中小女孩的悲惨命运唏嘘，为他的《海的女儿》中小人鱼对王子的爱情惋惜，又为《皇帝的新装》而捧腹大笑。我们曾在他的童话世界里憧憬幻想。后来，我们有了儿女，我们给他们讲《丑小鸭》，他们长大了，又为他们买童话书籍。

《安徒生童话》被译为150多种语言，在全球各地出版发行。可是，这位世界童话大师，从小家庭贫困，11岁时父亲去世，母亲改嫁，他成了孤儿。后来他一人流浪到首都哥本哈根，皇家艺术剧院发现了他的文学天赋，资助他上学。后来他升入哥本哈根大学。由于童年命运多舛，造成他自卑孤僻的性格，毕业后他一直没有理想的工作，主要以写作赚稿费为生。他一生创作了很多童话故事，还出过诗集、长篇小说和话剧剧本。然而，这位誉满全球的文学大师，一生却因经济拮据、长相不好，没有结婚，没有子女。

站在他的雕像前，我不禁为他黯然神伤。忽然觉着他手里拿着的不是书，而是他的写作本，他仰头凝视远方，似为世界儿童再构思一篇美丽的童话。我站在他的像侧,手搭在他的左腿膝盖上,与大师合了张影。搭手的位置,被抚摸得金黄光亮,看来,崇拜大师并与大师合影的人是很多的。雕塑的对面是一个儿童游乐园,雕塑与游乐园中间隔着一条马路。游乐园里的小房子宛如童话的世界,安徒生塑像和它遥相呼应。

离开安徒生雕塑,步行十来分钟,我们来到海边的步行街。浅浅的海水边缘,一块海石上,坐着一位美丽的女子,她的辫子垂在后背,右手撑于石上,身子微微右倾,眼神忧郁地看着海岸,双腿向左蜷曲,左手搭在裸露的大腿上,小腿却是鱼形的尾巴。她就是哥本哈根著名的美人鱼铜像。

1837 年,安徒生创作的童话《海的女儿》出版,故事梗概是小人鱼救了风浪中翻船落水昏迷的王子,她被王子英俊的相貌吸引,爱恋上他。但她只能生活在海里,为了走近王子,她用动听的嗓音向海巫婆换了一碗神水,将鱼尾化作两条腿,走进了皇宫,走近了王子。鱼尾变的腿,每走一步都撕心裂肺地疼。王子很喜欢她,问她是谁,从哪里来,但是她的嗓子被神水蚀坏了,说不了话,更无法告诉王子是她救了王子。王子要和误以为救他的公主结婚了,小人鱼忍着痛为王子和公主跳舞祝福,心里却痛苦流泪。夜晚,她的姐姐们来了,拿来海巫婆送的一把短剑,嘱咐她夜里王子睡着了就用剑刺死王子,不然她在黎明时就会失去生命。黎明前,她轻轻地吻了熟睡的王子,将短剑扔到海里,自己却变成了一片白色的泡沫。

这个凄婉的故事打动了很多人。丹麦作曲家费尼·亨利克根据故事创作了芭蕾舞剧《小美人鱼》。嘉士伯啤酒厂的创始人观看了芭蕾舞剧后捐资给雕刻家爱德华·艾瑞克森,让他创作一个美人鱼塑像。美人鱼雕塑诞生后，同海的女儿一样命运多舛，曾被人盗走过头，锯断过胳膊，泼过油漆，但她还是深受人们喜爱。2010年她离开故乡，不远万里，来中国上海参加世博会。现在，她历经百年风雨，仍然静静地坐在海边的石头上，眼睛看着海岸。我突然明白，她忧郁的眼神，是在来往的人流中寻找她心爱的王子呢。

新　港

　　丹麦是一个海滨国家，海运业发达。哥本哈根市里就有一个港口，名字叫新港。

　　说是新港，其实它已有300多年的历史了。1669年到1673年，哥本哈根人挖了一条河，将波罗的海的水引进哥本哈根城里，将海运延伸到城市腹地，这个地方就被叫作新港。那时的新港，世界各地的货船络绎不绝，促进了哥本哈根经济的发展，因此运河两岸房屋像雨后春笋般崛起。这里曾经是航海员的客栈、富人的天堂、名流名媛的栖息地。据说著名童话大师安徒生和曾经相恋的女友也在这里住过。

　　时光过去了300多年，昔日运输繁忙的运河，今天变成了丹麦的旅游胜地，运河里，不见了冒着黑烟喘着粗气的货轮，来往的是飘着彩旗伴着音乐载着游客的快艇慢船。两岸的房子不再是海员的客栈，如今这里住着新港开拓者的后代。房子古老却不陈旧，墙面都涂了艳丽的色彩，鳞次栉比沿岸排列。屋面是红瓦或灰瓦的三角尖顶，因房子高低不同而参差错落，屋顶有灰砖空心柱子，那是房里壁炉的烟囱，它彰显着新港古老的历史。丹麦人喜欢航海，喜欢帆船。运河上就泊着他们的船，挤挤挨挨，桅杆如林，有的还高过了三四层楼。海鸥也是河的主人，穿梭在桅杆间，累了就歇在桅杆上。

这里还是世界著名啤酒嘉士伯啤酒的诞生地。沿街啤酒屋比比皆是，逛累了，走进啤酒屋，买一杯啤酒，端着它，寻空位坐下，和旁边爱喝啤酒的丹麦人相视一笑，虽语言不通，但从那微笑也能感受到丹麦人的友爱和好客。

从啤酒屋出来，已是夕阳斜照了，运河的水被映成了金色，桅杆变成了黄色，一街房子，一街的赤橙黄绿青蓝紫，你会感觉穿越了时光，来到了梦幻的童话世界。

水城斯德哥尔摩

瑞典首都斯德哥尔摩实在是一个撩人心扉的地方。市政厅外，各种肤色的游客来来往往，白色的海鸥就在街道上空穿梭。街上的人们不时发出笑声，虽然听不懂他们的语言，却分明能感受到他们的快乐。

街口，高岸临水，下面就是斯德哥尔摩的梅拉伦湖。湖水湛蓝，游船如梭。眺望远处，就辨不清湖水和蓝天了。梅拉伦湖有14个岛，斯德哥尔摩人用70座桥梁将它们串联起来，所以有人说斯德哥尔摩是漂浮在水上的城。梅拉伦湖由西南向东北流入波罗的海，所以斯德哥尔摩人将他们的城市喻为波罗的海和梅卡伦湖的女儿。观一阵湖阔水蓝，看一会儿鸥影白帆。远处高低错落的房屋，耸入云霄的教堂尖顶，异国他乡的美，令人陶醉。我正独自发呆，忽然听导游喊，原来是要坐船游梅拉伦湖了。

从岸上下台阶到码头，依次登船。船帮很低，亦无顶棚。我坐下后手就可伸到蓝蓝的水里。北欧的夏天并不炎热，坐无顶的船，正好可享受温暖的日光。上船后每人领了一副耳机，是沿途听讲解的。船动了，耳机里传来女子优美的中文讲解声。看到船上还有其他国家的游客，他们也能听懂汉语吗？就问随团的导游。导游笑了，说耳机可以传出不同国家的语言。听她解释，方觉自己对这高科技孤陋寡闻了。

船缓缓行驶，耳机里讲解着斯德哥尔摩的含义，斯德哥是木头的意思，尔摩则有岛的含义，所以斯德哥尔摩就是木头岛。斯德哥尔摩建于公元 13 世纪，初建时频遭海盗袭扰，斯德哥尔摩人就用木头筑起防御工事。还有一种说法，说斯德哥尔摩的先人们，用海上打捞的翻船木板搭建房舍，远洋的水手看到了，就笑着说，那是一个木头岛。久而久之，斯德哥尔摩这个名字就被传了下来。斯德哥尔摩在 14 世纪就成为瑞典的政治经济中心，1436 年被定为瑞典首都。城中房屋多是中世纪的建筑，尚存 100 多座博物馆和众多名胜古迹。

耳机里继续介绍岸上的一片红色建筑，就是我们刚刚游览过的斯德哥尔摩市政厅。它是斯德哥尔摩的地标性建筑，施工于 1911 年。市政厅有两个主要大厅，一个是金色大厅，四壁用 1800 万块一厘米见方的金箔镶贴，在灯光照耀下，金光闪闪。墙上镶嵌着彩色小块玻璃组合的一幅幅壁画。正中的墙壁上，雕刻着斯德哥尔摩人崇拜的梅卡伦湖女神像。雕像两侧，一艘来自欧洲的船，一艘源自亚洲的船，正在驶近女神。这组壁画的寓意是斯德哥尔摩是世界各国人民向往的美好圣地。壁刻被称作现实主义和浪漫主义相结合的珍品，也是市政厅的"镇厅之宝"。另一个是蓝色大厅，基本的色彩是红色，之所以称为蓝色大厅，因为最初的设计是在内墙贴蓝色的马赛克，施工期间，设计师视察工地，一缕阳光从未封顶的屋面照在红墙上，大厅立刻弥漫出温暖祥和的气氛，深深感染了设计师，就改变了最初的设计，但蓝色大厅的名字却保留了下来。斯德哥尔摩还是阿尔弗雷德·诺贝尔的故乡。每年的 12 月 10 日，瑞典国王亲自给本年度诺贝尔奖的获得者颁奖，就在蓝色大厅举行晚宴。市政厅外墙用八百多万块红砖砌成，从远处看就像一个红色的城堡。

两翼临水，一排拱形的门洞，构成类似骑楼的结构。门洞外面是临水的平台，平台上有雕塑，其中一个裸体的女子就是梅拉伦湖女神。红墙侧面是一座高 106 米的尖塔，塔顶有 3 个镀金皇冠，寓意瑞典、丹麦、挪威三国亲如一家。

　　船行一阵，来到皇后岛附近的水域。这个岛我们之前游览过，上面有瑞典国王的王宫。王宫建于 17 世纪，建筑风格受法国凡尔赛宫影响，所以有"瑞典的凡尔赛宫"之誉。这里是国王办公和居住的地方。岛上除了皇家博物馆，还有一座中国宫。18 世纪，欧洲一些国家，不仅喜欢中国的瓷器丝绸，还崇尚中国的亭台楼阁。当时的瑞典王后就非常喜欢中国元素的东西。1753 年瑞典国王阿尔道夫·福雷德里克建造了中国宫。在王后洛维萨·乌尔里卡生日时，国王将中国宫作为生日礼物送给了王后，王后十分喜欢。中国宫上下两层，有主殿、侧殿，有回廊房间。宫顶外饰有雕龙、蝙蝠等装饰，外墙是中国宫墙的红色。宫殿虽有许多中国元素，但并不完全像中式建筑，宫殿虽然似像非像，但室内陈设却完全是中国式的，如花瓶、茶具、宝塔、宫灯、山水花鸟画等。这些陈设都是中国制造，被商人带到了瑞典。

　　王后不仅喜欢中国建筑，还喜欢中国丝绸，所以在中国宫外面种植了桑树，并亲自养蚕缫丝，欲在瑞典发展蚕丝业，历时数十年，却因瑞典气候寒冷，桑树尽皆冻死而未能成功。

　　船绕过一个个的岛屿，看着岛上高低错落的房子，我在想，斯德哥尔摩人节假日去串一个亲戚，或者早上出门上班，是不是会驾一艘小船，从这个岛荡到另一个岛上去。斯德哥尔摩人对这种出行方式，早就司空见惯了，而对我们这些来自地球内陆的人来说，他们出行的方式，可是稀罕惬意的事了。

胡思乱想着，船又回到了出发地，又看到了红墙的市政厅，看到了那座尖尖的高塔，看到塔顶上的三个王冠。那王冠在夕阳的照耀下，闪烁着耀眼的光芒。

挪威的峡湾

　　到挪威旅行，第一次听到"峡湾"这个词，起初也没在意，感觉就是一种地貌的名称。

　　那日，我们从挪威首都奥斯陆郊区的一个小镇出发去挪威的松恩峡湾。车行驶一阵就进入了山间公路，车窗外尽是绿草高树，湖泊蓝天，却不见车辆和行人的踪迹，四周静得像空灵的世界。昨晚住的小镇就静谧，现在静谧中又添了孤独，唯有车和空气的摩擦声回旋在耳畔，渐渐地就催出了我的倦意，迷迷瞪瞪睡了。蒙眬中感觉车子停了，睁眼看还在半道上。路边有一个湖泊，水平如镜，白云飘浮，岸上绿草连绵、野花摇摆。不远处有一座山，几条瀑布从山上下来，像白色的飘带。导游说走了三个多小时了，休息一会儿吧。下车，冷气扑面，我不由打个寒战。在湖边溜达了一会，拍了几张照片，就觉着冷，赶忙回到车上。几位女士仍在草地上，或坐或站拍照。阳光本明媚着，一片云飘来，天就暗了，稀落地坠了雪花。女士们嘻嘻哈哈地返回到车上，原以为她们上车避雪，哪想到是来换衣服的。几个人躲在车厢尾部，用披肩围成隔挡，叽叽喳喳一阵，再出来，竟然将夹袄毛衣外套换成了短裙，一窝蜂地又下去了。一会儿一个女士先回来，冻得瑟瑟发抖，她老公赶忙拿了厚衣服给她披上。再一会儿，其他几个人也冲了回来，我们哗哗地鼓掌，赞扬她们不惧寒冷的勇气。车继续前行，导游介绍说，挪威靠近北极圈，有三分之二的国土在北极圈内，夏季温度也不高，又濒临北大西洋，因此水汽充沛，有云飘来就会落雨降雪，云散后阳光又会出现。我们望向窗外，果然早已云开雾散，雪花无踪了。

下午一点，到了峡湾的入口，码头停泊着船只和游艇。导游说峡湾里有私人别墅，这些船和游艇就是别墅主人的。我们登船向湾里进发。船轰轰地响着，岸上的房舍树木向后滑去，渐行渐远，终于没有了踪影。这时船舱的门开了，大家一窝蜂地涌去甲板，甲板站不下了，便顺着一个梯子爬到舱顶上去。这一阵儿阳光极灿烂，船头一面旗子猎猎地响，海鸥随船盘旋，有人将碎面包放在手心上，瞬间就被海鸥啄走了。其他游客也取了零食喂海鸥。海鸥此起彼伏地俯冲，喂食的人不时欢笑，摄影师不失时机地拍照，将海鸥和妇女定格在一起。欢乐一阵，零食消耗得差不多了，投食的新鲜劲也淡了，便陆续返回了船舱。静下来，就觉腹中咕咕了，原来两点多了，还没吃今天的午饭。取了泡面，索水时才发现排了长队，我只好返回慢慢等待。吃了午饭，舱里渐渐安静了，有人瞌睡了，还传来鼾声。我无睡意，又去了甲板。

风拂头发，抚摸脸庞。两岸多直上直下的悬崖峭壁。绿树葱茏，葱茏中不时露出色彩艳丽的尖顶房子，那就是导游说的别墅。只是不知道他们是如何在那陡峭的地方建房子，又是怎样走去那里。船轰轰地行驶，幽静的水面被劈成三角的浪。水反射着阳光，像一面狭长的镜子。想起导游的介绍：峡湾虽然和海水相通，但是峭壁悬崖阻了海风波浪，所以海水在峡湾里乖巧温顺。船继续行驶，峡湾深处愈发孤寂。偶尔驶来一只船，相互鸣笛致意。须臾，又渐行渐远了，孤寂感又涌了上来。船行着，忽地又想，两山之间不就是峡谷吗？这里为什么要叫峡湾呢？一个多小时后，船返航，我也回了船舱，对导游说起我的疑问。导游说，峡湾是地球上高纬度地区特有的地貌，地球第四纪的冰川运动是峡湾形成的最基本原因。那时巨大的冰川在地球引力下，从高处向低处滑动，巨大的重力将地面刨蚀成 U 形的谷。后来地球气温升高，冰川化了水。刨蚀运动结束了，在 U 形谷的前端留下一道大坎，学名叫冰坎。再后来海水越过冰坎，流进 U 形谷，形成了崖壁陡峭的海湾，学名就叫峡湾。导游继续说，地球第四纪冰川时期，挪威冰川最多，形成的峡湾也最多，所以挪威也被称为峡湾之国。松恩峡湾不仅是挪威的最大峡湾，也是世界上最长最深的峡湾。听导游一番讲解，茅塞顿开，明白了我们所熟知的峡谷和高纬度地区的峡湾有着本质的区别啊。

圣彼得堡的白夜

在圣彼得堡参观了冬宫，吃了晚餐，就去马林斯基剧院欣赏芭蕾舞剧《天鹅湖》。去剧场时，虽然晚上八点了，可圣彼得堡就没有要天黑的意思，一轮耀眼的太阳还在天上悬着，将光亮继续洒在圣彼得堡的街道上，街上的行人拖着他们的影子行走，教堂的尖顶依旧明亮，涅瓦河依旧银白、浩浩汤汤。

芭蕾舞剧《天鹅湖》蜚声四海，剧院却显得陈旧，街道边上，一个仿如住宅楼的门洞就是剧院的入口。假如一个人来，没有人带路，肯定不认得这里就是世界著名的芭蕾舞剧院。门里也无大厅，走一个"之"字形的台阶就拐入了剧场，室内的装饰不见豪华，座椅也陈旧。剧院是1783年沙俄女皇叶卡捷琳娜下令建造的，算来已有200多年历史了。所以，它的陈旧是历史的沉积，也是历史的必然。在这浓浓的历史氛围里，欣赏一部传统的俄罗斯精粹舞剧，也该是一番享受吧。

舞台的大幕，几起几落，终于在一阵长时间的掌声中彻底落下了。出了剧场，已是晚上十点了，坐了大巴车回酒店，街道上白天的光亮变成了灰蓝，涅瓦河边的建筑，虽不能细致地看出白天的模样，但它们的轮廓还是一目了然。

我们下榻的酒店是一个高楼，住几层忘记了。进屋里推开窗子，这里果然比周边的建筑都高一些，仰望天空，那满眼的蓝像是才被水洗过一样清澈，飘浮的白云仿佛离我们很近。我静静地瞧了一会儿，发现云会变化颜色，一会儿纯白，一会儿红了，一会儿又成了金色，再一会儿又暗了下去。俯视，远远近近的高楼房舍都变了模样，肃立在灰蓝里。星星点点的灯光，点缀着灰蓝的背景，下面还有移动的道道光亮，像是滑动的流星，那是涅瓦河和它的支流。涅瓦河边，人影憧憧。近午夜了，这些人还不肯散去，肯定是稀罕这似昼非昼的夜景，才流连忘返。

　　我也被勾了兴趣，匆匆下楼，去加入他们的行列。河畔上人果然很多，有沿河漫步的老人，有依偎在一起的情侣，还有架着三脚架拍照的摄影爱好者。看他们的肤色，听他们的语言，应该大都是旅游观光客。在人群里我竟然听到了熟悉的乡音，原来他们也是西安的一个旅游团。他们中的一个正在讲圣彼得堡的奇观"白夜"。她说，圣彼得堡是地球上靠近北极的城市，每年的夏至日，太阳直射北回归线，圣彼得堡的日照会超过23小时，此后的一段时间，圣彼得堡会出现极昼的景象，每天的日出日落几乎出现在同一个时间同一个山头。圣彼得堡人喜欢太阳喜欢极昼，因此他们就诞生了一个节日，叫"白昼节"。这个节日在每年的夏至日，也就是太阳直射北回归线的那一日。这一天圣彼得堡的市民穿上艳丽的服装，走向街头，在涅瓦河畔，在大街小巷狂欢。据说，"白昼节"是圣彼得堡人一年中最主要的节日，这一天，所有的人都会放下工作，忘却烦恼，抛掉愁思沉浸在狂欢的快乐里。"白昼节"期间，圣彼得堡还举行"白夜之星"音乐会，轮番演出本国和世界的著名歌剧、芭蕾舞剧等节目。

　　旅游团走了，我却兴致未减，沿河继续走走，远处一片建筑物，被与地平线基本平行的光照射并反射出光亮，可以清晰地看到楼舍的窗子和阳台。那方上空的云就是彩色的，白里裹着红，红里又覆着金黄，由于照射角度小，其他地方的建筑物还是暗淡的。遥望那片光亮，渐渐地变暗了，旁边的建筑物却又亮起来。那片光亮在东北方，并且不断向东移动，再过一会儿，它就会彻底消失了，但须臾间它又会再次亮起来，让你感觉日落和日出就在咫尺之间。

忽然想起描述我国先民生活方式的话："日出而作，日入而息。"这样的生活方式在这里是彻底地被颠覆了，短暂的一小时日落，哪里还有休息的时间呢？再走又看到了冬宫，白天绿白相间的宫墙，此时被灯光照成了金黄，她前边的涅瓦河也是一片金黄。河边还有很多人嬉笑徘徊，看来这些人今夜不眠了，他们是在等圣彼得堡最后一道光亮消失，那将是今晚黑夜的开始。短暂的夜，圣彼得堡依旧光亮，据说，拿本书坐在涅瓦河畔，还能看清书上的字呢。再过一会儿，一轮新的太阳又会在涅瓦河的水面升起来。

圣彼得堡新的一天又要开始了。

在涅瓦河的游轮上

圣彼得堡的涅瓦河穿越了圣彼得堡整个街区，沿岸建筑众多，有冬宫、圣伊萨基辅大教堂、彼得保罗要塞等地标性建筑。每到夜晚，沿岸建筑上灯光闪烁，涅瓦河也被映得色彩斑斓。因此，来圣彼得堡的人，大都会乘游轮夜游涅瓦河。

我们来这里自然也不例外。那一日傍晚，我们 20 余人，去码头乘船，在河岸上竟然看到两尊花岗岩石狮子，狮子底座有汉字：大清光绪三十三年。

我们相跟着上了船。船不大，舱里有桌椅，桌子上有水果，还有伏特加酒。舱的前半部是一块空场子，我正纳闷为何要浪费那么大一块地方呢？忽然舱外传来乐器声，夹杂着男人女人的喧哗声、口哨声，舱里便涌进八九个俄罗斯姑娘和小伙子，后边还跟着几个乐器师。他们进来就在舱前的空场子站了两排面对着我们，并用生硬的汉语向我们问好。其中几个女子，手里都拿着五颜六色的丝巾，站在他们中间位置的一个瘦俏女子用汉语介绍他们是一个文艺演出队，他们将用歌声和舞蹈伴随我们度过一个愉快的夜晚。这时，船轰轰地启动了。音乐响起来，姑娘和小伙子们跳起了舞。这里虽然不是什么正规的剧场，观众也寥寥无几，但是他们却十分卖力。尤其一个瘦高个子的小伙子，使出了浑身解数，半蹲着和那个瘦俏姑娘跳舞，然后单腿原地打转，转得我都头晕目眩了。节目演过四五个了，瘦俏姑娘又上来了，手里还拿着丝巾，呜哩哇啦说话，说什么听不懂。紧接着，另外几个姑娘也上场了，手里分明都拿着丝巾。我想坏了，她们是不是要推销丝巾了。我平时最怕这样的境遇，于是抓起相机，逃一般出了船舱。

甲板上别是一番景致，天空虽不如白天那么亮堂，却比朗月的夜亮很多，涅瓦河水泛着幽蓝色的光，被我们的船劈开波浪。天空片片的云，被太阳光照得斑斓。极目望去，太阳光是从地平线射到天空的。此刻太阳正躲在一个我们看不到的地方，继续向圣彼得堡投送着光明，于是圣彼得堡就有了壮观的白夜景象。

船行着，在河的左侧岸上，有一个硕大的圆顶建筑，它的墙体是花岗岩的立柱，这是一个韵味十足的古罗马柱式的建筑，她就是世界著名的四大圆顶教堂之一的圣彼得堡伊萨基辅大教堂。教堂始建于女皇叶卡捷琳娜时代，历经三代沙皇，耗时四十年才完工。船再行，河的右侧耸立着一个高入云霄的金色尖塔，那里就是圣彼得堡的著名要塞——彼得保罗要塞。1700年，沙皇彼得一世，通过对瑞典战争夺取了不被瑞典国王看好的一大片沼泽地，并在沼泽地上修筑了彼得保罗要塞，从此控制了波罗的海的出海口，使俄国变为了欧洲强国。这片沼泽就是后来的圣彼得堡。彼得保罗要塞是圣彼得堡的最早建筑，圣彼得堡就是在它的庇护下诞生的。

船继续前行，岸上的建筑物依次后退着，我忽然觉着涅瓦河就像圣彼得堡的公路，它和诸多的支流将圣彼得堡的街区串连在一起，难怪圣彼得堡人说涅瓦河是他们的母亲河呢。再行一阵，估摸着丝巾推销该结束了，我就返回船舱，舱里乐声还在响着，几个姑娘在跳舞，手里的丝巾随着舞蹈上下左右地飞舞，就像中国戏剧青衣的水袖。我蹑手蹑脚地走过她们身旁，回到座位，问妻子买丝巾了吗？妻子说："买什么丝巾？"我问："刚才俄罗斯姑娘没有推销丝巾吗？"妻说："没有啊，她们一直在表演节目。"再看姑娘们的舞蹈，丝巾正在她们手中飞舞，这才明白丝巾只是她们演出的道具。不禁为自己的自作聪明感到可笑。

没有了被人推销的担心，方正襟危坐了看节目。一曲舞蹈完了，瘦俏姑娘又报了幕，音乐响起来，一伙姑娘簇拥着瘦俏姑娘登台，瘦俏姑娘头戴一块红色的手帕，一袭紧身的白绸衣，衬得身段婀娜多姿。她胸前别着一朵红花，下身穿大红的拖地裙子，我忽然觉得她的扮相是一个新娘。这时乐曲变得激扬，小伙子们登场了，瘦高小伙子也是被簇拥着，他的扮相一看就是新郎。原来这段舞蹈是表演一场婚礼。音乐咚咚地响着，姑娘小伙子们疯狂地舞着。突然乐曲停了，瘦俏姑娘跑到我跟前，拉了我的胳膊，将我拽到了舞台中央。正在我不知所措时，她却踮起脚尖在我脸颊上亲了一下，然后偏着头指指自己的脸颊，那意思让我也亲她一下，我尴尬得不知所措，她又指了自己的脸颊。我对了她那深邃的睁得滚圆的蓝眼睛，鼓了勇气，在她的额头上挨了一下。姑娘不满意，又指脸颊，我的伙伴们也开始起哄了："亲啊，快亲啊。"这时姑娘把脸蛋向我凑了过来，我笨拙地在她的脸蛋上亲了一下。这时音乐又激越地响起了，可是姑娘小伙子们却站在原地没有再跳舞，瘦高个子新郎晃着摔跤选手的步子向我奔了过来，我的头嗡的一声，想瘦高个子吃醋了，我不会挨打吧。他围着我转了两圈，还招手示意我和他一起转。我突然明白，我是被他们拉进了节目里，扮演了一个抢新娘的角色，于是我也学了他的动作，扎起胳膊半蹲着和他兜圈子。这时乐师们的音乐更激越了，其他的姑娘小伙子们手拉手围着我俩转。须臾音乐停了，瘦俏姑娘拉了我和瘦高个子的手，向观众鞠躬，演出结束了。我忙逃回我的伙伴中去，他们用热烈的掌声欢迎我。活了半辈子，因为没有舞蹈的灵性，上中学时，连文艺宣传队也将我拒之门外，平生就没有上过什么舞台，没承想，今夜在异国他乡的游轮上，和俄罗斯的漂亮妹子演了节目，还惹了我的同伴吃醋，说我有艳福。我说："你们就知道说艳福，那瘦高个子晃着步子冲我过来时，我头都大了，想着今晚要挨揍了，那样你们就幸灾乐祸了。"一伙人又笑了。

夜游结束了，登上岸又看到一尊狮身人面像的狮子，这可是埃及的东西。导游说，圣彼得堡多水，涅瓦河水经常泛滥，有人便对沙皇献计：广置石狮子在河边，就能镇住水患。于是沙皇在世界各地搜集石狮子。中国那对石狮子一说是大清光绪皇帝赠送给俄国沙皇的，一说是沙俄军队从东北掠夺去的，导游也没有确定的答案。走一会儿，又看到了来自中国的那两个石狮子，它们的旁边涅瓦河水依旧静静地流淌着。

第五章　永恒记忆

这年的秋天，经过选拔，我们学校的手旗队在西安跳伞塔参加了小学生手旗比赛，得了第二名呢。

母亲摊煎饼

1967 年的一天下午，我放学回家看着桌子上的苞谷面发糕和高粱面的饸饹，总是不想吃。便对母亲谎说不饿，喝了一碗玉米面的菜糊糊，两个弟弟也嚷着不饿，也不吃发糕和饸饹。

这晚，睡觉时，听母亲和父亲说话，母亲说："这几个娃，发糕吃伤了，宁愿饿着，也不吃。"

父亲说："别说娃了，我也吃得够够的了，吃了，胃里总反酸水。"

母亲对父亲说："你给咱做一个鏊子吧，我用苞谷面给咱摊煎饼吃。"

母亲说的煎饼，我 7 岁时和父母回山东时吃过。那是不同于陕西煎饼的一种干粮，依稀记得挺好吃的。因此自那天起，就总盼着母亲为我们做煎饼吃。

终于，有一天父亲拿了一个铁鏊子回家。鏊子是一个直径两尺的平铁板，周边往下翻了两厘米的边，还有三个四指高的腿。

有了鏊子，还得有烧鏊子的柴火。这柴火就是麦秆或干草。一天父亲上班时，让我随他一起去厂里，他在厂里的木工房搞了一些刨花。父亲借了架子车，让我将刨花拉回家做烧鏊子的柴火。

第二天一大早，母亲在楼门洞的楼梯底下，用三块半截砖垫高了鏊子。搬了头一天晚上用酵头发酵了的玉米面糊，坐在用报纸包了的一块砖上，开始摊煎饼。

她的左右两边各放了一盆玉米面糊，左手边玉米面糊的盆上放着一个盖垫（高粱秆编的圆形平面器物，直径大概五六十厘米）。

母亲点燃了刨花，用一根短棍将火推入鏊子底下，鏊子逐渐热了。母亲拿一块小人书大的布子，在鏊子上擦一遍。布子有一手指厚，是用多块布子缝起来的，母亲叫它油糊沓。

然后，母亲舀一勺面糊，倒在鏊子上，用一个丁字形的竹推子，将面糊均匀地摊平，然后再一遍一遍地用推子在鏊子面上推，多余的面糊会粘在推子上，又被放回面糊盆里。

最后，母亲用推子在鏊子边缘上轻轻一粘，边缘上的煎饼就被揭起一条缝，母亲顺着缝就将煎饼揭起来了。然后，放在左边的盖垫上。这煎饼几乎和盖垫一样大，和纸一样薄。

接下来，母亲再用油糊沓擦一遍鏊子，舀一勺面糊，开始摊下一张煎饼。

楼上的孩子没见过摊煎饼，便放弃了玩耍，围在母亲旁边看稀罕。还问母亲："阿姨，这煎饼好吃吗？"

母亲说："好吃啊。"随手拿起几张煎饼，递给小朋友们说："拿去吃吧。"小朋友们高兴地将煎饼分了。煎饼因是刚摊出来的，吃起来嘎巴脆。小朋友们吧唧吧唧地吃了，解了嘴馋，看过了稀罕，又一窝蜂地跑去玩了。

近中午的时候，母亲终于摊完了三面盆的煎饼，摞在盖垫上有一尺多厚，煎饼透着金黄，散发着阵阵的香气。

母亲坐在鏊子前边，一脸的疲倦，从脖子上抽下毛巾擦脸上的汗，一条干毛巾已被她的汗水浸透了。看我玩回来，她脸上绽了笑容，让我拽着她的手，拉她起来。她立起来了，可腰却直不起来，我攥紧拳头，给她捶了好一阵，她才直起腰来。

母亲将煎饼一张张地叠在一起，叠好的煎饼一掌宽，两掌长。用包袱布包了两个大包。

下午，父亲下班一进家门，就说："哈，闻到了煎饼味，真香。"

吃饭时，父亲特意炸了一盘花生米。那时，花生米可是食物中的奢侈品，平时是吃不到的。

那天，母亲炒了酸辣土豆丝。我们用煎饼卷了土豆丝，再加几粒花生米，吃到嘴里，煎饼的香味，土豆丝的酸辣，花生米的酥脆，那口感、那感觉简直美妙极了。

父亲剥了一根大葱，用煎饼卷了葱白，咬一口煎饼，吃两粒花生米，再喝一盅酒，一个劲地说："好吃，好吃。好多年没有吃过老家的煎饼了。"

后来母亲还摊过好多次煎饼，有纯玉米面的，有玉米面高粱面掺在一起的，还有玉米面、高粱面、豆面掺在一起的。

正是母亲的吃苦耐劳，变着花样地将粗粮细做，使本难以下咽的苞谷面、高粱面变成了美味佳肴。在食物匮乏的特殊年代，养育了我们兄妹四人。

可惜，那时候年龄小，不知道母亲的辛苦。母亲每次摊完煎饼，都是一脸的倦容。她摊煎饼时，我总是和小朋友们在外边疯玩，也不懂得坐在她身边，给她打打下手，或者陪她说说话。

那 年 夏 天

——怀念我的父亲

那年夏天，和父亲去武汉，探望父亲的大哥。按老家的称呼，我称父亲的大哥为大爷，称大爷的妻子为大娘。

下了火车，又乘汽车，颠簸了一个多小时，汽车终于在一条很宽的河边停下，这条河，就是汉江。

大爷的家，就在汉江对岸。江上没有桥，过江要坐渡船。大中午，太阳毒辣辣的，渡口没有客人。摆渡人歇在一棵柳树下，眯了眼，听柳树上的知了唱歌，一条毛巾搭在肩上，手里捧着一个白色的大搪瓷缸，缸上印着一个五角星，五角星下，印着"为人民服务"几个字。

见我们来，他并不招呼，默默地放了缸子，拿起身旁的草帽戴上，走到船边，解开船的缆绳。

我们上了船，摆渡人便开始划船。船挺大，有顶棚，还有座位。我不想坐，就去船头站着，看那江水。江水青绿，流得平缓。船头的水，被船劈开了，起了浪，一波一波地散开去。远处，几只叫不上名字的大鸟，拍着翅膀，掠过江面，飞入了一片树林。忽地发现有鱼跟着船走，便想，自己若也是一条鱼，便不会有这一身臭汗，黏糊糊地腻在身上。

船到对岸，父亲付了渡船费，我们下船，走了十来分钟，就到了大爷家。

大爷家，一桌接风酒已摆好。大爷见了父亲，眼角就红了，问："你们在西安都好吗？"

父亲忙回答说："都好，都好。"

大娘过来，拉了父亲的手，说好多年不见了，然后就落了泪。

堂姐走过来，说："做什么事呀，刚见面，就掉泪。"大娘说，这是高兴。

两个堂弟闻声从厨房出来。说："刚去江边望了，没见你们，前脚回来，你们后脚就到了。"

寒暄、问候之后，大家落座。

堂弟打开一瓶黄鹤楼酒，给每人斟满了，大家干了。三杯过后，大爷、大娘和父亲就唠叨起他们的童年，相互询问他们的老舅老姨七大姑八大姨。

我们弟兄三个以吃喝为主，还偷偷地笑他们爱怀旧，好伤感。堂姐说，人年龄大了都这样。

一个堂弟说："拐子（湖北话哥哥的意思），吃完饭，汉江游泳去。"

这可正中我下怀，我爽快地回答："去。"

父亲正和大爷说话，突然转过话头，对我们说："不能去。"

我说："没事，我会游的。"

父亲说："你那水平，游泳池里刨两下还行，这可是汉江。不能去。"

我说："刚才过江时，我看那水流得不急，我可以的。"

父亲沉了脸，说："不能去就是不能去。"

大爷也对两个堂弟说："你大哥没在江里游过，就不要去了。"

我赶忙接过话，说："不去，不去。"扭过头，对两个堂弟挤挤眼。

两个堂弟也忙说："好好，不去不去。"

酒足饭饱。父亲对两个堂弟说："坐了两天车，你大哥也累了，让他在里屋床上睡一会儿。"他则拿了把竹躺椅，支在了门边，躺下了。

我一看，这不是要在门口堵着我吗？好在，他确实累了。不一会儿，我们就听到了他的鼾声。小堂弟过去，拿扇子给他扇扇，他不动，轻轻喊他两声，也不应，我们就从躺椅边小心地挤出去。

出了门，我们直奔汉江。这里是汉江的下游，江面宽阔，水流平缓。

我迫不及待地蹦入水里。堂弟却踌躇了，问我："大拐，你真的行吗？"

我说："不要小看大拐。西安白家口有一个湖，水面比这江面还宽。我一口气能游一个来回。不信，咱们横渡去对岸。"说着，我就在他们前边游起来。

两个堂弟赶上来，一左一右护着我。

我奋力地向前游着，努力克服着流水的冲力。一会儿，竟气喘吁吁了。

堂弟告诉我，流水里游泳，要顺着水流斜着游，就会省力的。

按照他的方法游果然省力一些。快到江中心时，水流增大了，我终是有点心怯，就掉头往回游，却突然发现父亲在岸边站着。他将右手的扇子举到头上，遮着太阳，正向这边望着。我假装没看见他，又掉了头，背对着他。先游了蛙泳，又游了自由泳，给他展示我的泳技。

我再回头时，父亲已转了身，往回走了。他的汗衫被汗水浸湿了，贴在背上。

我们游累了，躺在河边休息。堂弟说："三叔管你管得真严。"

我说："是啊。我都当父亲了，他还照样管我。"

回到大爷家，又开了晚饭。父亲几杯酒下肚后问我："游泳水凉吗？"

我说："不凉。"

我又问父亲："你看到我游泳了吗？"

父亲说："看到了。"

我又说："再去游，你放心了吧？"

他没接我话，却说："再去时，避开大太阳。太阳毒，会晒坏皮肤的。"

堂弟说："三叔，大哥也做父亲了，你还管着他。"

父亲说："你们再大，也是我们的孩子。"

听了他这话，我突然觉着有点对不住他，我偷着去游泳，他不放心，跑去看我，而我却装作没看见他。

我站起来，拿了酒瓶，对父亲说："爸，我给你倒杯酒。"

父亲接了酒杯，一仰头，将酒喝了，我突然看到父亲两鬓生了白发。父亲曾经一头乌发，我多年都引以为傲。他天庭饱满，国字脸，头发总是整齐地梳了，向后背着，戴一副黑色宽边的眼镜。我的同学都说他像一个大干部。

有一年，母亲请了裁缝，给父亲做了一套藏蓝色的便衣棉袄和罩衣。父亲穿了，我的同学又说他像五四时期的大学教授。

想想，我跟父亲朝夕相处，他关心我甚多，而我竟不知他何时添了白发。于是，便觉歉疚他了。

忽然鼻子一酸，眼里就充满了泪水。怕他看见，忙转过头去。

父亲母亲的租赁屋

1958 年，父亲从宁夏回西安，在西安化工厂工作，在厂附近的牟家村租房住。

租赁屋在村子北端的一个院子里。院子东边是上房，南北各有两间庵间房。这种房子的顶只有一面坡，也就是陕西八大怪里说的"房子半边盖"。

房子都是土坯墙，外墙用麦秸泥护着土坯，墙面斑斑驳驳的露着麦秸。四间庵间房都住了房客。

租赁屋很小。一个土炕，两头顶墙，占了房间的三分之二。房子的内墙用细白土泥浆刷了，墙面上有一个比描红本大一些的洞，称作窑窝。窑窝最初的用途是放煤油灯的，后来，农村通了电，窑窝就放点随手的零碎物件。

房间半空扎了方格的羽子（芦苇秆）吊顶，羽子上边糊了白纸。夜深人静时，经常听到老鼠在顶上哗哗地跑，它们有时还打架，打架时会发出吱吱的叫声。

房间的窗子是木条方格，糊了白色的纸。窗扇顶部左右两端有圆轴插入窗框，窗扇开合时圆轴与窗框接触的地方就会发出吱吱的声音。

每天清晨，母亲将窗扇掀起来，用一个短棍撑住，屋里便涌进一缕白光，房里也会亮堂很多。

炕前是不满一米的一个走道，接着房门。走道另一边是用木棍支高了的一个棕色的大箱子和一个小一些的皮箱，这就是父母当时的所有家产。

房外屋檐下，用麦笕泥巴垒了锅头，一个风箱立在锅头侧面。母亲做饭时，风箱就呱嗒呱嗒地响。

这时，村里的大钟也当当地敲响了。老老少少的村民拿着碗筷，热热闹闹地去村里食堂吃饭了。我问母亲我们咋不去呢。母亲说："只有农业社的社员才能去。"

那时，我不知道社员是啥意思。但想，以后我也要当社员，和莉莉她们一起去食堂吃饭。

依稀记得父亲曾做玉米搅团。玉米在山东老家的吃法是做煎饼和糊涂。父亲做搅团肯定是受了牟家村人的影响。

那日，父亲戴了一个平光眼镜，两手攥着一根擀面杖，费劲地在一锅玉米糊里顺一个方向搅，锅里的玉米糊则咕嘟咕嘟地冒着泡。

可惜那天吃搅团的事我没有什么记忆了，倒是对夏天吃椿芽凉面印象很深。

吃凉面，我的任务是剥蒜，剥一把蒜瓣，捣成蒜泥。将蒜泥、酱油、醋、盐还有用开水发开的干椿芽拌在面里，吃一口，嘴里便浸满了椿芽的清香。

父亲年轻时是一个锻工，也就是铁匠。所以，生产队里有什么铁器坏了，或有什么锻造的活，就来央父亲给他们做。我记得父亲曾给村里锻造过一条水车的链条。因此，村里收了红薯、萝卜，他们也送我们家一些，以此来感谢父亲。

一次，父亲在院里挖了一个大坑，将送来的萝卜埋了进去。

我便想，不久以后那里是不是就会长出萝卜了，于是天天早上去看，可总没有看到有萝卜长出。

一天，下了大雪，父亲挖开了埋萝卜的地方。坑里的萝卜竟然仍是翠绿绿白生生的，萝卜头上还长了嫩黄的叶子。我忽然想，地底下不冷，到了冬天，萝卜啊，红薯啊，还有树叶，青草都会去那里住着。

听牛郎织女说话

村北头有一个涝池，每次下了暴雨，村里流出的水就汇到了涝池里。涝池水多的时候，村里的妇女也到这里洗衣服。涝池边上长满了草，有一种草，叶茎都是扁的，新茎总是从老茎里长出来，但我却一直不知它叫什么名字。

满天繁星的夏夜，坐在涝池边上，折一截茎秆，从一侧拉掉嫩茎，将空了心的老茎抿在嘴唇上，吹气，吸气，草茎就会发出清脆的声音。吹着吹着，竟能模仿出鸟的叫声。

一天晚上，我在这里听了牛郎织女的故事。故事的末尾，讲故事的翠儿她奶指着天上一条光灿灿的星带说："那个就是银河，王母娘娘将牛郎和织女隔在了河两边。每逢农历的七月初七才准他们见一次面。那天，天下的喜鹊都会飞上天去，在银河上为牛郎织女搭一座桥。晚上，在葡萄架下还可以听到他们俩说话呢。"

我记住翠儿她奶的话。当年七月初七，我去村头的喜鹊窝找喜鹊，果然没有喜鹊的踪影，我想它们一定是上天为牛郎织女搭桥去了。

这天夜里，我躲在莉莉她奶的葡萄架下，听牛郎织女说话。母亲喊了两次让我回家睡觉，我磨蹭着说："再等一会。"

后来突然觉着耳朵有点疼，猛地一抬头，正被父亲揪着耳朵。原来我已经在葡萄架下睡着了。

种 蓖 麻

　　三年级四月初的一天，自然课老师说："清明前后，种瓜种豆。"
为了配合我们上自然课，老师要我们在一块空地上种蓖麻，观察
蓖麻的生长过程。空地就在操场东北角的一个坡上。十来米长，
十来米宽。被划了四溜，分给了我们这个年级的四个班。

　　我们拔了空地上的草，用土培了几道埂，就做出了四块畦子。
土埂自然成了各班土地的分界线。我们在几个农村同学的带领下，
用锄头和铁锨翻了土，将土敲打细碎，又清除了土里的草根。然
后按老师说的株距和深度，挖了坑，每个坑里埋三粒蓖麻籽，又
用脸盆端水浇灌了，然后等着蓖麻发芽。

　　过了两天，我去蓖麻地里，希望看到蓖麻长出芽子。可地里
还是一片裸土，稀稀落落地长着些绿芽子，我知道那是野草的苗，
就拔了它们。回来写了第一篇观察日记。接下来我隔三岔五地去
看，可总见不到蓖麻的苗子。有一次，我甚至想挖开土看。农村
来的同学阻止我说："别急，时间还没到啊。时间到了，蓖麻芽自
然就钻出土了。"

　　听了他的话，我突然想到了"揠苗助长"的故事，便觉着自
己和故事里那个"揠苗助长"的人一样幼稚可笑。

　　大概七八天后，蓖麻苗终于出土了，有的一窝长了三株，有
的一窝长了两株。才出土的苗子是一个大头的细茎，头弯弯地垂

着，仿佛是初来这个世界还害羞似的。没几天，它就长了一掌多高，还分了枝，枝上长了叶子，叶子中部像一个手掌心，四边分了叉，像张开的手指。老师让我们每窝苗只留一株健壮的，其余的都掐掉。

这时，同学送我的蓖麻蚕卵，也钻出了幼虫，一个个像黑色的小蚂蚁，我用一个纸盒子装了它们。采了嫩嫩的蓖麻叶，剪成细细的丝，撒在盒里喂它们。

蓖麻长得很快，两个月后竟然高过我们很多，蓖麻秆粗得像玉米秆，叶子足球般大，托举它的枝干有筷子般粗细。

我和同学很喜欢去蓖麻园，我们坐在田埂上，蓖麻的叶子为我们遮了骄阳，我们用尺子量蓖麻秆的直径，量蓖麻的叶子的尺寸。折一节草茎，逗地上的虫子，听高树上的知了唱歌。

这时，我养的蚕也蜕了几次皮，长到小手指头大小。相貌很丑，浅黑的身子，墨黑的头和嘴巴，顶上长着两条黑眉毛，直直地戳出去，给人一种很凶的感觉，完全不像桑蚕那样的洁白温柔。

七月份时，蓖麻开了花结了果。果实是圆圆的球形，长了满身的软刺。它还没有完全成熟，我们就放了暑假。一个假期我再没有见到它们。

再一学期开学，老师让我们去收获蓖麻籽。我们才又记起了我们的蓖麻园。蓖麻园虽然还是一片黑绿，但有的叶子已经不再挺拔，无力地低垂着，在风里飘荡着。球形的蓖麻壳已经裂了开来，我们剥开壳，取出蓖麻籽，花生大小，浅褐色，表面油亮，生着斑驳的花纹。

老师告诉我们蓖麻籽含油量极高，是提炼工业油的好原料。

我们将蓖麻籽砸成糊状，用手指头搓一搓，果然油腻腻的。

回家，看到结了茧的蓖麻蚕出了壳，羽化了，像一个个的飞蛾。交了尾，产了卵，黄黄的颜色，比小米粒还小。

手　旗　队

　　四年级的一天，老师在课堂上说："学校要组建手旗队，大家踊跃报名。"

　　大家搞不懂手旗是做什么的，便有人举手问老师。

　　老师说："手旗是用旗子做出各种动作，每个动作代表一个拼音字母。然后，将字母连起来，就能拼出语言。"老师还说，旗子的动作就是旗子的语言，也叫旗语，旗语是全世界通用的语言。

　　听老师这样讲，我突然想起了《铁道游击队》中的一个故事。

　　铁道游击队在微山岛被日本鬼子包围，游击队员换了鬼子的服装，要走出敌人的包围圈。却远远看见鬼子给他们打手旗语，游击队员也用手旗语回答鬼子，说是自己人，骗过了日本鬼子，便大摇大摆地走出了敌人的包围圈。

　　英雄的故事激励着我，我赶紧报了名。

　　一天，学校将报了名的同学集中起来考试，主要是听写拼音。我们的音乐老师用很快的语速给大家读拼音，然后再将写下的拼音组成一篇短文。

　　我顺利地通过了考试，成了学校手旗队的队员。

　　手旗队的辅导老师就是我们的音乐老师。他偏中上的个子，脸瘦而白，头发乌黑，总梳一个背头。他给我们上音乐课，打拍子时，不时地用右手食指揉一下鼻梁，因此，大家都说他的高鼻尖就是老揉鼻梁揉出来的。

手旗队成立那天，音乐老师给我们讲话，他说："手旗动作虽然简单，但因是用在战场上的通信手段，所以操作时不能有丝毫错误。"他又说，"冰冻三尺非一日之寒，你们一定要多训练，将来，西安市还要进行小学生旗语比赛呢，我们一定要争取拿到好成绩。"

手旗队的训练是四个人一个小组。我们小组的组长是五年级的一个女同学。我和她很熟悉，她是我一个同学的姐姐，人长得漂亮，总是留着剪发头，穿一双黑皮鞋，显得特别精神。她不但学习好，歌也唱得好。我特别敬佩她，用现在的话说，我就是她的"粉丝"。

别看她平时对我和她弟弟乐呵呵的，可对我们的手旗训练特别严厉。我们小组哪天放学训练，训练多长时间，都是她说了算。训练出了错，她就像个大人似的训我们。

训练时，我们四人又分成两拨。我的搭档是低我一年级的一个女同学，她主要负责记录。训练时，我根据对方的旗语动作，读出拼音，她蹲在我后边做记录。对方发送完毕，我们俩一起将拼音翻译成汉语句子。

我俩向对方发送消息时，她给我读出拼音的单音，我则用手旗的动作将单音发出去。每一个词组发完，就做一个特殊的动作，表示这个词组发完了，再开始发另一组；所有词组发完，再发一个全部结束的动作。

这年的秋天，经过选拔，我们学校的手旗队在西安跳伞塔参加了小学生手旗比赛，得了第二名呢。

小 桥 遇 狼

一觉醒来，屋里已是很亮堂了。一缕阳光从未拉严的窗帘缝里挤进来，照在墙上，那一片墙，就亮得有些刺眼。

今天，又是一个周四。父母都去上班了，也将小妹送去了托儿所。

我睁着眼睛，赖在床上不想起来，那正是我五年级暑假的日子。不用去学校，也没有家长催写作业的絮叨，要是永远不开学，永远放暑假多好啊。

我躺在床上正胡思乱想，就听到有人在门外喊我："柿饼，走，看海报去。""柿饼"是我的外号。因我的名字叫士平，便被小朋友们叫了谐音。

叫我的是我关系最好的两个发小，一个叫陆亮，一个叫韩荣。

我忙起床，刷牙，洗脸，从笼屉里拿出一个凉馍，掰开了，再从盐罐里撮点盐，夹在里面，出门，和他俩去看海报。

所谓海报，就是将需要告诉大家的消息或事项写在纸上，再粘贴在墙上。我们要去看的海报，在离我们家两里路的西安化工厂福利区，海报贴在福利区传达室的外墙上。一张绿色的纸，上方用浓墨粗重地写着"海报"两个字，下边，略小的字是：今晚电影《地道战》，开演时间8点整。再下来，就是年月日。

那时节，西安化工厂福利区，每周四都会放映露天电影，所以我们总是早早地去看海报，然后再去告诉其他小朋友。颇有点广而告之的意思，也有点我比你先知的炫耀。

一次我们看了海报，韩荣将晚上要放的电影名字告诉了大我们两岁的伙伴，那伙伴不信。两人就打赌，谁输了，就给对方买一根冰棍。那伙伴输了，却赖账。我们不服，见了他就喊冰棍，白糖豆沙冰棍。最后，竟把冰棍生生地喊成了他的外号。

往日的海报，写了片名、放映时间就完了。今天的海报又多了一句话：据说最近有狼在周围出没，晚上看电影，路上要注意安全。

好几天前就有传闻说有狼，还有传说狼在什么地方叼走了小孩。这种传闻，好像每年夏天都会有，可我们谁也没亲眼见过，所以谁也不把这传闻当回事。

出了西安化工厂福利区，韩荣说："又是《地道战》，都看了三遍了。"陆亮说："再看一遍呗，反正晚上没事干。"我没言语，脑子里翻腾着电影里鬼子进庄的那段音乐。

回家的路，是一条坑坑洼洼的石子路。路的右边，是连片的菜地，有一片靠近路边的地，种了西红柿。地边有一排用指头粗细的竹竿编成的网状的墙，路的左边，是一条河。它其实是西安市的一条防洪渠。渠挺宽的，年代久了，不但有了水，还有了鱼和许多其他水生物。

公路到河边，是一片十来米宽的开阔地，顺着河堤延伸。过去，这地里还有人种麦子，这两年没人种了，野草葳蕤长得有半人高。有人还在草丛里见过奔跑的野兔。

再往前走，路边有一个农民的打麦场，麦子已经收完了，场边只剩一个高大的麦秸垛。

前几天，我们每晚都去那里乘凉。坐在一张破凉席上，仰天看银河，看牛郎织女，争哪个星星是自己。偶尔一颗流星划过，我们便叹息说，不知谁又去世了。

近几天，因有狼的传闻，母亲便不准我晚上再去打麦场。

这会儿，无人管束，又是白天，我们便去场上疯一阵。

我们在麦秸上翻筋斗、打趔子、摔跤，疯得满身汗。

下午，早早做了饭。吃了，搬了矮凳去占看电影的地方。来看电影的大都是小孩子，有的用凳子，有的用砖块，占了地方后，便满场子疯跑。

夜幕降下的时候，放映机头上吊的一盏灯亮了，我们就找到自己的座位坐下。

终于，一束白光从放映机射向了银幕，光束来回摆动，和银幕调整角度。有人便举起手做出各种动物的造型，投在银幕上。一个人两手叠在一起，竟做了一个狼头，惟妙惟肖。

电影开场了，我看了一半，便没了兴趣，遂东张西望，寻找小伙伴。可是黑漆漆的一片人头，什么也看不清，便端了凳，独自出了放映场。

去哪里呢？想想，还是回家吧。昨晚看《水浒传》，杨志失了生辰纲，正要轻生呢，本章却完了，又被母亲熄了灯，催睡觉。便决定还是回家看下一章吧。

一个人，走在石子路上。电影里，噼噼啪啪的枪声，渐行渐远，终于听不见了。

路边的西红柿地，一眼的黑，睁大了眼，寻找那段竹网墙，可是什么也看不到。白天，高大的麦秸垛，现在也只是一个阴影躲在暗夜里。身边的草丛里，蛐蛐和不知名的虫子，此起彼伏地叫着。头上，几只蝙蝠幽灵般地穿梭着。菜地里，一棵榆树上，突然传来的咕咕声划破夜空，传得很远。

我突然有些惊惧，便加快了脚步往回走。

前边，有一棵老柳树，老柳树下，有一座小桥。过了桥，就到家了。

我站在柳树下，看到河对面的家里亮着灯，心，一下就轻松了。右手在脸前扇扇，一阵凉风从脸上掠过。

蓦地，发现一条像狗的黑影立在桥上。它两耳尖尖地直竖着，屁股后面一条拳头粗的尾巴拖到地上，两眼射着绿光。我突然想到，这是不是人们最近说的狼？我的汗毛、头发一下子就竖了起来。

狼在桥上，我在桥头，我俩对峙着。我本能地想，不能后退，也不能跑，否则，狼会追我的。几秒钟，犹如过了半世。忽地想起来"狭路相逢勇者胜"，便举了矮凳，高喊着"打狼啊"向着狼冲了过去。那狼却从我腿边窜了过去。我一路狂奔到楼下，回头看时，已没了狼的踪影，这才感到汗衫已经湿透了。

后来，我将这次遇狼之事讲给小伙伴们听，他们有的相信，我就欣慰地觉着有知音；有人不相信，还说我吹牛，我也不和他们争辩。因为都说有狼，可是谁也没见过呀。

现在，那些空旷地，早已是高楼林立了。那条石子路早变成了四车道的柏油路，我和狼对峙的那座桥早没有了，那棵老柳树也没有了。

自行车情结

好多年没骑自行车了。

昨天下午，去北门参加摄影班关于汉中拍摄作品的影评活动，结束后，自北门顺城巷步行，到火车站。

本想乘公交车回家，忽然想起前两天手机下载了个共享单车软件，还未骑过，遂用手机搜索，100 米处有辆车，就在手机上预约锁定车子。

找到车子，再用手机扫描车头上的二维码，啪的一声，车锁开了。

骑上车出发，车头左右摇摆，没想到，自小练就的骑车技艺竟生疏了。摇摆了一会儿，就稳当了，也得心应手了。

本想走解放路，又觉得不如走背街，车少好走。于是，车把一偏，就拐入了尚德路。

这条路是机动车单行道，车辆一律由南向北行，果然好走。

一阵风吹来，敞开的外套呼啦啦地飘起来，刚才步行积下的汗，霎时散尽了，身心无比舒畅。

我骑着车，前行着，忽然就有了一种放飞自我的感觉。平时自驾车怕违章，怕堵车，怕无处停车。坐公交，要有耐心等车，有时，遇见急事，车偏不来。好不容易乘上了车，公交车却按部就班地缓慢行驶，我急得搓手顿脚，也无济于事。这自行车却是随意自由自行，随心所欲，无拘无束地宣泄着自我，张扬着自由。

车轮在转，脑子也在转。忽然，就想起了那个遥远的年代。

1970年，我在一个建筑公司参加了工作，工地离家很远，每周六回一次家。周日吃过午饭，便骑上父亲的自行车到城里，或寻一场电影，或逛逛钟楼书店。而后，找一家甜食店，买碗元宵，在厨房和饭厅隔墙上的洞口处排队，等着端元宵。透过洞口可以看到厨房里的一口大锅，咕嘟咕嘟地腾着蒸汽，元宵在锅里米白色的汤里上下翻滚，我的胃口就被吊得足足的。过了一番甜食瘾，该回家了，去自行车保管处，从车锁上卸下存车的牌子，和兜里装的另一半牌子合在一起，再掏出两分钱，交给看车人。

那时的西大街没有高楼，街铺都是两层高的木质小楼，路边是一溜中国槐的行道树。路上，车辆稀少，偶尔，一辆有轨电车从身旁驰过，拖着长长的辫子。

到西门时，恰值黄昏，城门楼沐了金色的夕阳，更添了一份古朴沧桑。成群的燕子在城楼上穿飞，留恋着太阳的余晖，不肯入巢。

有时周日父亲去单位加班，我就无车可骑了，就总萌生买一辆自行车的愿望。

那时，自行车凭票购买，供不应求。年轻人结婚，必备的家当是自行车、缝纫机、手表和收音机，俗称"三转一响"，而自行车就属"三转"之首。单位半年或一年会给我们班组发一张购车票，班里十几个人，我工龄最短，所以，十年八年也轮不到给我购车票的。

所幸，西安有了自行车厂，生产出了延河牌自行车。我最要好的同学的父亲在轻工局工作，主管自行车厂。一天晚上，我去他家，借口找同学，其实我知道同学在单位住，和同学父亲东拉西扯，却总没勇气说出求一张自行车票的祈求。眼看快十点了，再无坐下去的理由了，咬咬牙，怯生生地说了自己的请求。

同学父亲站起来，在大衣柜顶上摸出一张延河牌自行车票，给了我，说："拿去。"

呵，这可真是扭捏一宿难张口，得来全不费功夫。

自行车买来了。车身黑亮黑亮的，车圈车条耀眼闪光，将自行车掂起来，蹾一下，车链条在链盒里哗啦啦地闷响几声，心里那个美难以言表。骑车在路上，看到前边有骑车的姑娘，便想炫耀一番，猛蹬几下，刷地就从姑娘身边过去了。

后来，西安自行车厂又生产了可变换自行车速度的档位器，叫"三飞"，我买了一个装在车上。

一天，我去三桥，将三飞调在高速挡上，那速度比一般车子能快30%，两耳边呼呼生风，引得几个小伙子玩命地追我但都败了阵。

再后来，我结婚成了家，妻在西郊上班，而我已调入东郊的公司机关。每天由西郊骑车向东去上班。马路的另一边，是从城区涌出来，由东向西去上班的大军。每天早上七点到八点，是上班高峰期，马路两边，简直是两条自行车的洪流。骑车的人闷着头，不说话，唯有自行车的链条和牙盘咬合摩擦，发出沙沙的响声。

那个年代，自行车是我们主要的交通工具。我第一次去临潼、去咸阳，就是和数十位同学骑自行车去的。

那时，我们风华正茂，早上出发，晚上竟又回到了家，兴致未尽，又聚在一起，神聊一番。

不觉间，已经到了和平路，到家了，收回思绪，找一不碍交通的路边，放了车，落下锁，就停止了计费。这一趟单车共享试骑就结束了。

　　这一趟试骑，使我体会到共享单车带给我们现代生活的方便，也勾起了一段关于自行车年代的快乐回忆。

两位龙哥的生日

初中同窗 50 余人，唯八九人与我关系最密。

年节闲暇，或踏青或登高。也曾东上骊山，烽火台上观晚照；西下咸阳，渭水边上寻古渡，举杯畅饮，酒尽少年意气。岁月匆匆，流水翁忽，不觉间，面生皱纹，鬓生微霜，掐指算来已近知天命之年矣。遂约定，依生辰庆每人 50 岁生日。我们一群，大都是 1954 年生的属马之人，唯有两位长兄属龙，一名曰年年，一名曰平安。

是日，两位大哥生日，我们约好相庆，不得迟到。恰好我单位有事，不得按时赶到。寿星电话频催，进酒店时已逾时 30 多分钟。隔壁恰有蛋糕店，想买一蛋糕赔礼，尚或可少罚点酒。问店员蛋糕可否现做，答可以。遂选一白胚，告诉店员是两位属龙的大哥过生日，胚上画两条龙，店员手巧，一会儿龙便活灵活现了。店员问："龙中间写个'寿'字吧？"我说不，中间垂一直线吊一灯泡。店员疑惑，我解释因为一个龙哥绰号灯泡，店员扑哧笑了说："大哥有创意。"

灯泡画好后，我说周围添几道光吧。旁边两位女店员便痴痴地笑。灯泡下方空白，店员问："写'寿比南山'？"我说："不，写'250 瓦'。"两个女店员听了，将手里攥着的画筒丢在旁边，背对着我，两手撑在工作案子上笑，后背一起一伏的。笑了一阵，店员拿过画筒，又止不住地笑一阵，才写了"250瓦"。

我一脸春风，揣一肚子得意，提着蛋糕，推开包间房门。一伙子兄弟见我，便嚷着要罚酒。我说："为二位龙哥庆寿，来晚了该罚。但是我给大家带来一个好笑的宝贝，大家看过，笑了就饶过了吧。如果不笑，再罚。"年年说："什么宝贝，好笑我们也憋着，你今天休想耍滑头。"我说："先看宝贝吧。"接着将蛋糕盒放桌上。年年一看说："说的热闹是蛋糕啊，不稀罕，我们已经有两个了，兄弟们罚他。"其他人随声附和。我赶忙对平安说："泡哥管管二师兄吧。看了不笑再罚也不迟啊。"泡哥是我们中年纪最长的，性格内向，话也少，为人正直厚道，我们都很尊敬他。因他的外号叫"灯泡"，所以我们叫他"泡哥"。听了我的话，泡哥说："老二，就依士平，先看宝贝，料他也翻不出大家的手心。"我说："还是泡哥护我。"

我解开盒子上的丝带，掀开盒盖。我旁边的建平眼尖，第一个笑出声来。有录探过头，嘟囔着问："笑啥呢？"他看了一眼也哈哈哈地仰头大笑了。常青在对面坐着，正端着茶喝，看建平有录笑，就好奇地转过来看，没想到刚喝进口里的茶一下子就喷了出来，呛得一边咳嗽，一边指着我，却说不出话。赵峰从裤兜里摸手帕擦眼泪，安力蹲地上手捂着肚子笑，敬礼喃喃自语："蛋糕、灯泡，哈哈笑死我了。"年年还忍着绷着。我心想，不信你不笑，拿手给他指了"250瓦"几个字，说："你敢读吗？"他说："有啥不敢，不就是二百五吗，读了也不笑，不笑不笑就是不笑。"嘴上说不笑，却伏在了椅背上笑得直不起腰。繁荣没了影，原来躲包间外边笑去了。一时包间里人仰马翻，笑声震天，唯独泡哥和我正襟危坐。我，始作俑者，早知谜底，自然不笑。可是泡哥为何不笑呢？是我玩笑开大了吗？一会儿大家笑尽了兴，重新归座。斟了酒，我说："虽然大家笑了，但是我毕竟迟到了还是自罚三杯吧。"泡哥截住我的话说："士平等一下，我先说两句。今天我和年年 50 岁生日，弟兄们聚在一起，我很高兴。我平时话少，今天却发光了，发的还是二五零的光。"他的话逗得我们又笑了一阵。他又继续说，"这个光可不简单，它是见证咱们兄弟友谊的光，是咱们胜似亲兄弟的光。因此咱们共饮一杯，祝愿我们的友谊万古长存。"我们站起来，豪气地饮了杯中酒，一起大声说："愿我们的友谊万古长存。"

此后我们一群"马弟"也陆续热闹地庆了 50 岁生日。现在古稀了，还经常聚聚，因为我们的友谊是长存的。